फैसला

फैसला

परदेशीराम वर्मा

वाणी प्रकाशन

वाणी प्रकाशन
4695, 21-ए, दरियागंज, नयी दिल्ली 110 002

शाखा
अशोक राजपथ, पटना 800 004

फ़ोन: +91 11 23273167 फ़ैक्स: +91 11 23275710

www.vaniprakashan.in
vaniprakashan@gmail.com

FAISLA
by Pardeshiram Verma

ISBN : 978-93-5000-843-0
Collection of Short Stories

प्रथम संस्करण
मूल्य : ₹ 250

न्यू कृष्णा ऑफ़सेट, दिल्ली-110 093 में मुद्रित

वाणी प्रकाशन का लोगो मक़बूल फ़िदा हुसेन की कूची से

अनुक्रम

किस्सागोई के नये आयाम

इन कहानियों को पढ़ते हुए ग्रामीण होने के लोक-संस्कार को फिर से जीवित करने जैसा है। इनमें छत्तीसगढ़ ग्रामीण अंचलों के रीति-रिवाजों, परम्पराओं और मूल्यों को लेखक ने जिस अतीव और पैनी ऊर्जा से रेखांकित करने का प्रयास किया है, वह अत्यन्त जीवन्त है। स्वाभाविक प्रवाहमयता इसकी ख़ासियत है। संग्रह की सभी कहानियों में अक्षय जीवटता कूट-कूट कर भरी हुई है, इनमें है मेहनतकश जिन्दगी का पसीना और आंचलिक-सांस्कृतिक सम्पदा का ताना-बाना...।

चूँकि परदेशीराम वर्मा एक सजग और सचेष्ट कथाकार हैं, इसलिए इनकी कहानियाँ सामाजिक तौर पर सरोकारों से युक्त हैं, जिसकी रीढ़ है—राजनीतिक संचेतना।

कहानी 'झालर' को ही लें। इसमें छत्तीसगढ़ के खेत-खलिहान और सामाजिक-राजनीतिक जीवन की जो झाँकी देखने को मिलती है, वह किसी भी पाठक में रोमांच के साथ-साथ सरोकारमय चेतना भी जगाती है। वास्तव में झालर एक उम्मीद है, एक उल्लास है, एक महोत्सव है, जिसकी ख़्वाहिश से परे कोई नहीं है। भाषा, संवेदना और विचार के स्तर पर देखें तो परदेशीराम वर्मा की इस संग्रह की सभी कहानियाँ इसी टेम्परामेंट का अनुपालन करती हैं।

लेकिन परदेशीराम वर्मा की लेखन-शैली की जो सबसे बड़ी विशेषता है, वह है किस्सागोई की मौलिकता। फिलहाल हिन्दी कहानी की आत्मा पर से किस्सा तत्त्व के लुप्त होने का ख़तरा देखा जा रहा है, और यही बड़ी वजह है कि हिन्दी कहानी के पाठक सिमटते जा रहे हैं, पर परदेशीराम वर्मा के इस संग्रह की कहानियाँ किस्सागोई के जीवित रहने का धीरज बँधाती हुई प्रतीत हो रही हैं। लेखक ने जिस तरह के मुहावरे बनाये हैं, वे रोजमर्रा के सरल-सहज जीवन के काफ़ी करीब हैं, लेकिन इन कहानियों का जो मूल तत्त्व है—वह जतलाता है कि हमारा अंचल आज़ादी के इतने सालों बाद भी और पूरी दुनिया में तकनीकी विकास के तमाम चमत्कारों के बावजूद कितना दुखी और दीन है। परदेशीराम वर्मा की यह कहानियाँ अपने समय के दारुण यथार्थ को पेश करते हुए रचनात्मक सरोकारों को भी रेखांकित करती हैं और कहानी के कथा तत्त्व के नये आयामों की रचना भी करती हैं! परदेशीराम

वर्मा इतने ख्यातिप्राप्त रचनात्मक कथाकार हैं कि उनकी कहानियों को किसी तरह की सिफारिश की जरूरत नहीं हैं पर यह उनका अपनत्व है कि उन्होंने यह दो शब्द लिखने का दायित्व मुझे सौंप दिया।

मेरी समस्त शुभकामनाएँ।

—**कमलेश्वर**

06.06.05

5/116, इरोज गार्डन
सूरज कुण्ड रोड,
दिल्ली-फरीदाबाद बार्डर
नयी दिल्ली-110044

फैसला

उस स्टेशन पर चरबज्जी गाड़ी आती है तो केवल यात्री ही डिब्बा नहीं छोड़ते, खेत में काम कर रहे मजूर भी हाथ का काम छोड़कर बाहर निकल आते हैं। यह गाड़ी मजूरों की घड़ी है।

जगन अपने कन्धे पर झोला और हाथ में अटैची लेकर हड़बड़ाया सा प्लेटफार्म पर उतर गया। उसके साथ तीन और लोग भी उस छोटे से स्टेशन में उतरे। सहसा उसे कुछ नहीं सूझा तो स्टेशन से सीधे गाँव की ओर निकल गया। स्टेशन से लगा हुआ गाँव था खुसरा। खुसरा गाँव के कारण ही स्टेशन का नाम भी रखा गया था खुसरा रेलवे स्टेशन। जगन कोई पहली बार तो खुसरा स्टेशन पर नहीं उतरा था। प्रायः हर माह वह अपने बड़े भाई बल्दू से मिलने जंगल के बीच बसे अपने गाँव में आता। गाँव जाने के लिए खुसरा तक रेल की सुविधा है। खुसरा से पन्द्रह किलोमीटर भीतर जंगल में है उसका गाँव छछान। पता नहीं यह छछान नाम किसने दिया। छछान एक चिड़िया का नाम है। जगन सोचता है कि वह भी छछान होता तो उड़कर गाँव पहुँच जाता। मगर उसे तो पैदल ही गाँव जाना पड़ता है। खुसरा से रास्ता कटता है छछान के लिए। पाँव-पाँव चलने वालों से बने रास्तों को इधर पैडगरी रास्ता कहते हैं। पैडगरी रास्ते पर इधर साइकिल और मोटर साइकिलें भी चलने लगी हैं। मगर छछान के लोगों की नहीं होतीं ये साइकिलें। छछान गाँव नदी के उस पार बसा है। बारह किलोमीटर पैदल चलने के बाद नदी आती है। नदी में नाव आज भी नहीं चलती। दस माह नदी में कमर भर पानी रहता है। केवल बरसात में उफनती है नदी। बरसात में जगन अक्सर नहीं आता। गाँव के लोग तो बरसात की पगलाई नदी को भी तैर कर पार कर लेते हैं मगर जगन धीरे-धीरे सुखियार हो गया है। वह भिलाई के बड़े कारखाने में नौकरी लग गया। वहीं क्वार्टर में रहने लगा। जाने कैसे पचीस बरस नाचते-गाते बीत गये। राजहरा खदान में ही उसके पूरे दिन बीते।

जगन गाँव की ओर सुटुर-सुटुर जा रहा था। भले ही वह नौकरी लग गया मगर था तो जंगलिहा ही। उसे डर नहीं था। इस बार वह अपने बड़े भाई से कुछ सलाह लेने जा रहा था।

जगन कई बार अपनी पत्नी जुगरी को भी साथ लेकर गाँव आता है। इस बार

अकेला ही आ गया। जल्दी जो थी। जुगरी के बाल-बच्चे नहीं हैं। जगन अपने भतीजों को ही पढ़ाता-लिखाता रहा। जुगरी ने कई बार उसे डौकी (पत्नी) बना लेने के लिए कहा मगर जगन ने साफ कह दिया कि होना होता तो जुगरी तुमसे ही हमारा आँगन जगाजग हो जाता। अब सन्तान के लिए फिर औरत बनाकर नर्क में नहीं पड़ना चाहता। भाई के बच्चे भी तो अपने ही हैं।

जुगरी जगन से सहमत होती गयी और इस तरह बीत गये पचीस बरस।

अब जगन का मन राजहरा में नहीं लगता। उजड़ रहा है राजहरा।

अचानक चलते-चलते मुँह से निकल गया, "उजड़ गया राजहरा।" उसने देखा उसके पीछे-पीछे चलते हुए चुपचाप आ रहा बुजुर्ग राहगीर धम्म से उसके पास आ गया। उसने पूछा, "क्या उजड़ गया दादी।"

अब जगन सकपकाया। वह तो यूँ ही बड़बड़ा रहा था। डोकरे ने ऊपर से सवाल दाग दिया। गँवइंहा आदमी है। रास्ता लम्बा है। इसे चाहिए रास्ता काटने के लिए बातचीत का सहारा। अब छोड़ेगा नहीं। जगन को भी बहुत बुरा नहीं लगा। आखिर वह भी तो गाँव का ही आदमी था। उसने भर नजर बुजुर्ग को देखा। वह भी उसी के गाँव का डोकरा था। जगन ने पूछा—"आप कब से पीछा कर रहे हैं काका?"

काका ने हँसकर कहा—"बेटा मैं तो टेसन से ही पीछे-पीछे आ रहा हूँ। तुम्हें पहचान नहीं सका। तुम सुटुर-सुटुर चलते बने तो संगवारी जानकर मैं भी पिछलग्गे संघर गया। मगर तुम्हें टोक नहीं सका। अब जब अकबका गया तब टोका। यह राजहरा उजड़ क्यों गया बाबू?"

जगन ने सहसा कुछ जवाब नहीं दिया। दोनों चुपचाप चलते रहे।

अचानक जगन की नजर एक पेड़ पर गयी। पेड़ भर काले चमगादड़ उल्टे लटके थे। हर डाल पर चमगादड़। जगन पेड़ पर लटके चमगादड़ों को देख ही रहा था कि काका ने कहा—"बाबू, जंगली चमगादड़ों का यही हाल है। एक चमगादड़ जहाँ आया कि धीरे-धीरे उसी पेड़ पर सारे चमगादड़ लटक जाते हैं। दिन भर लटके रहेंगे उल्टे, रात को करेंगे शिकार, बिल्कुल नक्सलाइट जैसी चाल है इनकी भी।"

काका की बात सुनकर जगन ठठाकर हँस पड़ा। उसने कहा—"काका, तुम्हें तुम्हारा जवाब मिल गया।"

"क्या जवाब बाबू?"

"उजाड़ वाला।"

"राजहरा का?"

"हाँ, हाँ काका। राजहरा उजड़ रहा है। मैं अब नौकरी छोड़ने जा रहा हूँ। फारम भर दिया है। बची नौकरी का पैसा मिल जायेगा। वी. आर. एस. स्कीम है काका। तुम समझोगे नहीं। लेकिन अब नौकरी नहीं करूँगा। एक रंग के नक्सलाइट नहीं हैं काका। कई-कई रूप के हैं नक्सलाइट। सरकारी कारखाने के बड़े-बड़े साहब लोग

नक्सलाइट हैं, मन्त्री-जन्त्री नक्सलाइट हैं। सब लूट में लगे हैं। कारखाने को बेच खाना चाहते हैं। छोटे-छोटे सेठों को पैसा लेकर रावघाट की खदान बेच रहे हैं काका। हम लोग जंगली हैं। चाल नहीं समझते। हमारी जमीन लील गये। बस्ती उजाड़ कर खदान की नगरी राजहरा बसा ली। अब रावघाट बेच रहे हैं। काका नक्सली बेकार बदनाम हैं। अत्याचार ही ऐसा बढ़ रहा है काका कि एक दिन तुम-हम भी नक्सली बन जायेंगे।

जंगल में शाम जल्दी घिर जाती है। दोनों बात करते हुए नदी किनारे पहुँचे तो सूरज नदी में मुँह धो रहा था। यह उस दिन के सूरज की विदाई का संकेत था। काका ने जगन का हाथ पकड़ लिया। दोनों एक-दूसरे के सहारे पार उतर गये। काका ने कहा—

"जगन, देखो हाथ में हाथ आता है तो कैसे हिम्मत बढ़ जाती है।" जगन ने कहा—"तुम तो काका कब का नारा धरे बैठे हो...?"

"हाथ पर हाथ दो, इन्दिरा का साथ दो।"

"चली गयी इन्दिरा दाई। क्यों गयी पता है काका? उग्रवाद का उसने विरोध किया। देश के सम्मान को चोट पहुँचाने वालों को ललकारा। इसीलिए मार दी गयी।"

"क्या करोगे बेटा, सदा दिन यही लड़ाई चली है। फिर भी जीत तो सच की ही होती है।" अभी काका कुछ और लम्बी बात करता कि सामने भेड़ों को एक जगह सिर पर सिर दिये झुण्ड में गोलबन्द होते उसने देख लिया। जगन को सावधान करते हुए काका ने कहा—

"जगन नजदीक में हुंड़रा (भेड़िया) है। तभी भेड़ें इस तरह ठुर्रिया रही हैं बेटा। सँभलकर चलो। देखो गड़रिया पता नहीं कहाँ चला गया। अभी काका की बात खत्म भी नहीं हुई थी कि एक भेड़िया पेड़ की ओट से निकलकर भेड़ पर कूद गया। जगन और काका मिलकर चिल्लाने लगे। गड़रिया दिशा-मैदान के बाद नदी में पानी लेने बैठा ही था। वह हड़बड़ाकर दौड़ा। भेड़िया भेड़ को पीठ पर लाद चुका था। इधर से पत्थर लेकर जगन दौड़ा उधर से गड़रिया लपका। लाठी लिये आ रहे गड़रिये को देखकर भेड़िया दूसरी ओर भागना चाहता ही था कि जगन का पत्थर उस पर पड़ा। भेड़ को वहीं पटक कर भेड़िया भाग गया।

भेड़ चराने वाला नौजवान हताश सा खड़ा था। भेड़ मर चुकी थी। अचानक काका ने भेड़ को कन्धे पर उठा लिया। कन्धे पर भेड़ को उठाये काका को देखकर जगन ने कहा—"सुकूल काका भी पन्द्रह बरस पहले इसी तरह जंगली सूअर को उठाकर गाँव ले आये थे।"

काका ने कहा—"बेटा, मैं हूँ सुकूल। जिसे तुम सुकूल काका कह रहे हो वे मेरे बड़े भाई मंगलू हैं। वे आज भी तगड़े हैं।"

जगन ने कहा—"तगड़े ऐसे थे वे काका कि उन्होंने बरहा (जंगली सूअर) को

खेत में भाले से मार गिराया था। गाँव भर के लोग फिर सूअर का मांस खाकर मस्त हो गये थे।"

उस दिन भी गाँव में मस्ती का आलम था। मरी भेड़ का मांस पका था। ताड़ी पीकर मंगलू, सुकूल काका और जगन के बड़े भैया मस्ती में झूम रहे थे। जगन राजहरा में कलाकारी भी करता था। उसकी गायकी की धूम थी। खंजरी पर कायाखण्डी भजन गाने के लिए उसे राजहरा के पास के गाँवों में आये-दिन न्यौता मिलता था। जगन जानता था कि यहाँ भी उसे खंजरी पर भजन गाना पड़ेगा। वह तैयारी किये बैठा था। साथी के रूप में सुकूल काका भी खंजरी हाथ में लिये बैठे थे। जगन ने अलाप लिया...

"मन फूला फूला फिरे जगत में,
कैसा नाता रे...।"

गीत का मजा सब ले रहे थे कि जगन को गाना बन्द करना पड़ा। साथ में खंजरी बजा रहे सुकूल काका ने बजाना छोड़कर रोना शुरू कर दिया था। काफी देर तक सुकूल काका बच्चों की तरह रोते रहे। गाँव वालों को आश्चर्य नहीं हुआ। विगत पन्द्रह बरस से यही देख रहे थे कि भावपूर्ण अवसरों पर सुकूल काका इसी तरह रो पड़ते थे। राम कथा हो चाहे पंडवानी, भागवत हो या भजन, सुकूल काका मार्मिक प्रसंग में रोना-धोना शुरू कर देते हैं। राम वनवास की कथा तो इस गाँव में जाने कब से कोई कथावाचक सुनाता ही नहीं। अयोध्या छोड़कर जंगल जाने वाले राम की याद में सुकूल काका विह्वल हो उठते हैं।

द्रोपदी चीर हरण का प्रसंग आया कि वे रोये। पाण्डवों को लाक्षागृह में जलाने की साजिश का प्रसंग हो या पाण्डवों का वनवास जाने का, काका हक और सम्मान पर डकैती की कथा सुनते ही दहाड़ मारकर रो पड़ते हैं। ये बात गाँव वाले तो जानते थे मगर जगन नहीं जानता था।

खा-पीकर और गा-बजाकर जब जगन अपने बड़े भाई के साथ कमरे में सोने गया तब भैया ने बताया कि "सुकूल काका आजकल जंगल बचाओ अभियान में जुड़ गये हैं। उनकी एक ही लड़की थी कमला उसका ब्याह पास के गाँव में हुआ था। दामाद चला गया नक्सली लोगों के साथ। कुछ दिनों बाद कमला को भी ले गया। आजकल सुनते हैं कि दामाद तो जोनल कमाण्डर है और कमला भी नक्सली महिला विंग की कमाण्डर है। काका ही क्या हम सब लोग भी नक्सली लोगों की इज्जत करते हैं।"

"क्यों?" जगन ने अकबका कर पूछा?

"क्यों न करें?" भाई ने प्रतिप्रश्न कर दिया।

"नक्सली तौर-तरीकों से समस्या का हल कभी हो नहीं सकता। यह रास्ता गलत है इसलिए।"

"अब भाइं उठ खड़ा हुआ। उसने आँख तरेरते हुए कहा—"तो कौन सा तुम्हारा तरीका ठीक है?"

"इसमें तुम्हारा मेरा कहाँ आ गया, भैया?"

"आ कैसे नहीं गया। तुम हो लाठी वालों के हिमायती और हम हैं मार खाने वालों के पक्ष में।"

"सो कैसे?"

"वो ऐसे कि राजा भंजदेव को किसने मारा? सत्ता ने न? क्यों मारा? क्योंकि वे आदिवासी राजा थे। शान्तिप्रेमी आदिवासियों की भलाई चाहते थे। इसलिए उन्हें गोली मार दी गयी। और गोली-गोली में भेद नहीं है जगन। छत्तीसगढ़ के हित की बात जो भी करता है उसे मार दिया जाता है। शंकर गुहा नियोगी को क्यों मार दिया गया? बताओ?"

जगन अपने भाई की बात सुनकर अवाक् रह गया।

वह रात भर सो नहीं सका।

जंगल में एक पहर रात रहते सवेरा हो जाता है। लोग दिशा-फरागत के लिए निकल पड़ते हैं। पेड़ों से महुआ झरकर जमीन को ढाँप लेता है। चिड़ियों के शोर से जंगल गूँज जाता है। जगन ने देखा भैया खाट पर नहीं थे। वह भी उठ गया।

लोटा लेकर कुबरी डबरी की ओर निकल गया। लौट रहा था कि फिर सुकूल काका मिल गये। राम रमउवा के बाद सुकूल काका ने उसे अपने घर में भोजन के लिए न्यौता दिया। न्यौता देते हुए सुकूल काका ने कहा कि आज कड़कनाथ (मुर्गा) और दारू उसकी ओर से होगा, मगर भजन नया होना चाहिए।

जगन ने यह चैलेंज स्वीकार कर लिया। शाम होते ही बुलौवा आ गया। जगन अपने दो अन्य ग्रामीण साथियों के साथ काका के घर गया। भैया भी साथ हो लिये।

पहले भजन-भाव हुआ। दो भजनों के बाद एक दौर-पीने का चला। पीने के बाद सुकूल काका ने कहा—"अब बाबू, वचन के मुताबिक नया भजन सुनाओ।"

जगन ने हाँ हाँ जी हाँ...कहते हुए भजन प्रारम्भ तो किया मगर अचानक गायन बन्द कर उसने कहा कि "पहले कथा प्रसंग समझ लीजिए। भाषा में समझिए, फिर भजन चलेगा।"

"लो बाबू, तुमने तो मन की बात कह दी"...सुकूल काका ने कहा। जगन ने बताया कि "यह जो नया भजन है उसका नाम है 'रावघाट'। जैसे कभी चित्रकूट का घाट था। जहाँ तुलसीदास जी ने चन्दन घिसा और भगवान राम ने तिलक लगाया। उसी तरह यह घाट जो है वह है 'रावघाट'। मगर घाट-घाट में अन्तर है। यहाँ सरकार और कारखाने के आला अफसरान चन्दन घिस रहे हैं और तिलक जो लग रहा है, वह निजी कम्पनी के मालिकों के माथे पर लग रहा है। कथा कम रोचक नहीं काका। थोड़ा विस्तार से समझ लो। समझ लोगे तो तुम भी बता सकोगे दूसरों को।"

अचानक एक साँवले रंग का कड़ियल जवान लोगों के बीच से उठा। उसने कहा—"विस्तार से बताएं। घबंराएं नहीं।"

जगन ने कहा—"घबराने की तो बात ही है भाई। यह रावघाट जो है भिलाई इस्पात संयंत्र की माई कोठी है। माने कि प्रमुख खदान। नेहरू जी ने इसे भिलाई कारखाने के लिए रिजर्व कर दिया था। विशेष अध्यादेश के तहत। अब इसी रावघाट को बेचने का षडयन्त्र चल रहा है। निजी कम्पनी के मालिक अब इसे खरीद रहे हैं। और मजे की बात देखो, रेल लाइन जो बिछाई जाने वाली है उसके करीब जो खदानें पड़ेंगी वह निजी कारखाने को दी जायेंगी। भिलाई को फेंका जायेगा बहुत दूर। ताकि आते-जाते ही उसकी साँस उखड़ जाये। इस तरह धीरे-धीरे खदान पर कब्जा होगा सेठों का और देश के कारखाने की उखड़ती जायेंगी साँसें। कारखाना भूखा रह जायेगा। धीरे-धीरे मर जायेगा। सेठों के पेट लगेंगे फूलने। यह षडयन्त्र है। इसे समझाने के लिए हमारे साथियों ने राजहरा में रावघाट बचाओ अभियान चलाया है। उसी अभियान के लिए बना है यह भजन तो अब करता हूँ शुरू।"

कड़ियल जवान ने कहा—"करिये। खूब मन से करिये।"

भजन का शुरू होना था कि फिर सुकूल काका लगे रोने। उन्हें लोगों ने सँभाला। भजन खत्म हुआ।

जगन को सुकूल काका ने हाथ जोड़कर घर के भीतर आने को कहा।

जगन आँगन में आया ही था कि कमला ने आकर पाँव छू लिया। जगन को सुकूल काका ने बताया कि यह कमला है मेरी बेटी। और वह जो जवान तुमसे प्रश्न पूछ रहा था वह है हमारा दामाद, चलो वह कमरे में बैठा तुम्हारा इन्तजार कर रहा है।

जगन ने कमला से पूछा—"कैसी हो कमला?"

"बने बने हाबन भइया"—कमला ने कहा।

तब तक जवान भी कमरे से निकलकर जगन का स्वागत करने आ गया। जवान ने भी जगन को प्रणाम किया। जगन का बहन-दामाद जो था गाँव के रिश्ते में। जगन को अब पता चला कि काका ने जोनल कमाण्डर दामाद और महिला विंग की प्रमुख बेटी को भी बुलावा भेज दिया था। जगन सहजता से सब बातों को स्वीकार रहा था।

वहाँ कमला ने तीन थाली में खाना परोस दिया। भोजन करते हुए अब पहली बार नक्सली कमाण्डर ने दामाद का चोला उतारकर पूछा—"तो आप पहले सीटू में काम करते थे।"

जगन ने भर नजर कमाण्डर को देखा। उसके तेवर बदले हुए थे। चेहरे पर कई भाव आ जा रहे थे। जगन ने ध्यान से देखा कमाण्डर कमर में हथियार खोंसे हुए था। कमरे में एक कोने पर दो एस.एल.आर बन्दूकें अलग से आराम फरमा रही थीं। काका सुकूल को भारी नशा हो गया था। वह खाना छोड़कर खड़े हो गये। फिर बच्चों की तरह सुबकते हुए भरे गले से बोले—"दादी सब क्या से क्या हो गया। कहाँ गया

जंगल का जीवन। खुल्ला घूमते थे। राज करते थे। महुआ बीनते थे। चिरई मारते थे। मछरी धरते थे। बाजार-हाट जाते थे। कहाँ गया हमारा जीवन। पहले पुलिस-दारोगा साहेब का डर था, अब ये कमाण्डर बेटा लोगों का डर है। हम तो दोनों ओर से गये ददा हो।"

ऐसा कहकर सुकूल काका फिर रोने लगे। कमाण्डर ने आँख तरेरकर उन्हें चुप हो जाने का संकेत दिया। कमला लाली गमछे से बाप का मुँह पोंछने लगी।

जगन का मन खट्टा हो गया। वह हाथ धोने लगा।

कमाण्डर ने कहा—"थोड़ा बैठिये।"

अब कमाण्डर का लहजा आदेशात्मक हो गया था।

वह वहीं खाट पर बैठ गया। कमाण्डर कुर्सी पर बैठा था।

कमाण्डर ने पूछा—"आप सलवा जुडूम वालों के साथ भी खंजरी पर भजन गाते हैं।"

"हाँ गाता हूँ।"

"उन्हें प्रोत्साहित करते हैं?"

"हाँ करता हूँ।"

इतना सुनना था कि कमाण्डर उठ खड़ा हुआ। उसने कहा—"आपका भाग अच्छा है कि आप हमारे ससुराल गाँव के हैं। कमला के भाई लगते हैं। वरना अब तक तो आप हाँ नहीं करने योग्य भी नहीं रहते।"

जगन पर इस धौंस का असर नहीं हुआ। जगन ने कहा—"उठूँ चलूँ बाबू, कि कुछ और डराना-धमकाना बाकी है।"

सहसा कमला ने प्रतिवाद किया। उसने कमाण्डर के प्रति नकली गुस्सा व्यक्त करते हुए कहा—"आप तो बस सदा जीन कसे घोड़े पर चढ़े रहते हैं। अरे भैया, बी.एस.पी. के कर्मचारी हैं। अपने ढंग का उनका जीवन है। अपनी समझ है। बस आप चढ़े पड़ते हैं।"

जगन ने कमला से कहा—"रौब जो है वह बन्दूक और ताकत का है बहन जी। बन्दूक की ताकत से सरकार जंगल में आग लगा बैठी और उसी तरह की ताकत से ये कमाण्डर लोग जल रहे जंगल में पेट्रोल छिड़क रहे हैं, मरना तो जंगल के बाशिन्दों को है।" कमाण्डर उसकी बात से प्रभावित हुआ। उसने कहा—"जगन जी, क्या हमारा रोल भी पुलिस वालों की तरह ही लगता है आपको?"

"बिलकुल! जंगल में शासन के लोग ऐसा करने की मंशा से आते रहे और इसे लूटते रहे। उससे जंगल खोखला होता गया। तब आप लोगों को हताश जंगल ने भूलवश मौका दे दिया और अब आप लोग उसका सत्यानाश कर रहे हैं।"

"तो ये जो बाहर के बड़े लोग आकर छत्तीसगढ़ में अत्याचार कर रहे हैं वे अपराधी नहीं हैं।"

"आप किनकी बात कर रहे हैं? आपके संगठन में भी तो ऊँचे पदों पर दूसरे

प्रान्त के लोग हैं। क्या छत्तीसगढ़ के जंगलिहा लोगों का हुकुम चलता है वहाँ?"

उसके इस प्रश्न से कमाण्डर और कमला दोनों हताश से दिखे। अब जगन उठ खड़ा हुआ।

कमाण्डर ने कहा—"यह सलवा जुडूम का ड्रामा चलेगा नहीं। नकली संगठन ताकतवर नहीं रह पाते।"

जगन ने कहा—"अगर ऐसा है तो नक्सलाइट मूवमेन्ट भी अपने आप खत्म हो जायेगा। अपनी मौत मर जायेगा, क्योंकि नकली संगठन तो वह भी है।"

कमाण्डर से अब रहा न गया।

उसने कमर में खुंसे पिस्तौल को निकाल ही तो लिया। कमला ने फिर सँभाला। कमाण्डर ने गुस्साते हुए कहा—"बता दो अपने भाई को कि वी.आर.एस. का फार्म जो भरा है उसे उठा ले। अभी नौकरी इन्हें नहीं छोड़नी है।"

जगन ने पूछा—"मैं नौकरी छोड़ने का संकल्प ले चुका हूँ। बहुत हो गयी चाकरी। अब जनसेवा करूँगा। जागरण का काम जो बन पड़ेगा करूँगा।"

कमाण्डर ने कहा—"मरना है कि जीना है? मैं गाँव में शराब पीने, मुर्गा उड़ाने नहीं आया हूँ। तुमसे मिलने ही आया हूँ। हमारे संगठन को तुम्हारे बारे में सारी खबर है। मुझे तुम्हें समझाने भेजा गया है। तुम नौकरी नहीं छोड़ोगे। जाकर फार्म उठा लोगे। वहाँ पर्सनल विभाग के बेनर्जी को खबर हो जायेगी। अभी फार्म आगे नहीं बढ़ा है। बेनर्जी हमारा आदमी है। पुलिस, प्लान्ट, प्रशासन सबमें हमारे लोग हैं। अब तुम्हें भी हम उसी दस्ते में शामिल करना चाहते हैं। तुम नौकरी करो और राजहरा में रहकर हमारे संगठन की मदद करो, यही हुकुम है, और यही आखिरी फैसला भी।"

जगन ने उठते हुए कहा—"मेरा नाम उन लोगों की सूची में डाल लो जो तुम लोगों का फैसला और हुकुम नहीं मानते। मर भले जाते हैं मगर जिन्दगी का असली मकसद बतला जाते हैं।"

हार

आबादी इतनी बढ़ गयी है कि शनीचरी बाज़ार फ़कत सड़क के दोनों किनारों तक सिमट आया है। चारों ओर मकान बन गये हैं। मजार और पुलिस लाइन के बीच जो सड़क जाती है, उसी सड़क के किनारे शनीचरी बाज़ार लगता है। तहसीली के बाद बाज़ार शुरू हो जाता है। बल्कि कहिए, तहसीली भी अब बाज़ार के घेरे में आ गया है।

शनीचरी बाज़ार कें उस हिस्से में केवल चमड़े के देसी जूते बिकते हैं। यहीं किसन गौशाला का कार्यालय भी है। अक्सर गौशाला प्रबन्धक की झड़प मोचियों से हो जाती है। मोची कहते हैं कि उनके पुरखे शनीचरी बाज़ारी में आकर हरपा, भन्दई, पनही बेचते रहे। तब पूरा बाज़ार मोचियों का था। जाने कहाँ से कैसे गो सेवक यहाँ आ गये। अगर सांसद प्रतिनिधि आकर बीच-बचाव न करते तो शायद दंगा ही हो जाता। लेकिन सांसद का शनीचरी बाज़ार से बहुत अपनापा है, इसलिए मोचियों का बल बढ़ा रहता है। अपनापा भी खरीदी बिक्री के कारण है। सांसद रहते हैं दिल्ली में मगर हर माह लगभग पचीस-तीस जोड़ी विशेष देसी जूता जिसे यहाँ भन्दई कहा जाता है, दिल्ली मँगा लेते हैं। भन्दई के बहुत बड़े खरीदार हैं सांसद महोदय। मोची तो उन्हें पहचानते ही नहीं, क्योंकि वे स्वयं तो आकर भन्दई नहीं खरीदते। उनके प्रतिनिधि भन्दई खरीदकर ले जाते हैं। गौशाला के संचालक भी सांसद का लिहाज करते हैं। आखिर उन्हीं की कृपा से नज़दीक की बस्ती जरहा गाँव में बीस एकड़ ज़मीन गौशाला वाले ज़बर्दस्ती कब्ज़ा कर सके। किसन गौशाला शहर के क़रीब बसे जरहा गाँव में फैल रहा है। अब लगभग तीस एकड़ ज़मीन पर है गौशाला। सांसद वहाँ कई बार जा चुके हैं। पहले गौशाला वालों ने दस एकड़ ज़मीन गाँव के किसानों से ख़रीदी। वहाँ कुछ गायों को रखा। कृष्ण जन्माष्टमी के दिन सांसद के मुख्य आतिथ्य में कार्यक्रम हुआ। सरपंच के मित्रों ने दही लूटने का कमाल दिखाया। फिर अखाड़े का करतब हुआ। गाँव वाले बहुत खुश हुए कि चलो गाँव में गौ माता के लिए विधि-विधानपूर्वक एक ढंग का आसरा तो बना। सांसद ने उस दिन गाँव के मोचियों को भी समारोह में बुलवाया। जरहा गाँव शहर से सटकर बसा है। गौशाला का कार्यालय शहर में है और गौशाला

है जरहा गाँव में।

कार्यालय के पास जरहा गाँव, बोरिद, अकोली के मोची चमड़े का उपयोगी सामान बेचने शनिवार को आते हैं। शेष दिन वे चमड़े की कमाई करते हैं और गाँव में जूता-भन्देई बनाते हैं। जाने कब से यह सिलसिला इसी तरह चल रहा है। लेकिन जब से सांसद भोलाराम भन्दई खरीदकर दिल्ली में ले जाने लगे हैं, मोचियों का कारोबार कुछ नये रंग पर आ गया है। ऊपर से सांसद ने अपनी निधि से जरहा गाँव में मोची संघ के लिए पिछले वर्ष तीन लाख रुपया दे दिया। वे गाँव-गाँव में अलग-अलग मंचों के लिए सांसद निधि से खूब राशि देते हैं, मगर इन दिनों मोची मंचों की धूम है।

इस क्षेत्र में दलितों की संख्या अधिक है। इसलिए सांसद अपने हिसाब से अपना भविष्य पुख़्ता करते चल रहे हैं। इसीलिए मोची मंचों का लगातार विस्तार हो रहा है तो गौशाला का भी उद्धार हो रहा है। सांसद उन्हें भी उपकृत करना नहीं भूलते।

गौशाला के कर्ताधर्ता सब दूसरे प्रान्त के हैं। वे शहर के धनी-मानी व्यापारी हैं। सबने थोड़ा-थोड़ा धन लगाकर दस एकड़ जमीन ले ली और किसन गौशाला खोलकर गाँव में घुस गये। वहाँ दो दुकानें भी अब इसी वर्ग की खुल गयी हैं। एक पाठशाला भी जरहा गाँव में चलता है, जिसे किसन शाला नाम दिया गया है। इस किसन शाला के सभी शिक्षक सेठों के इलाक़े के लोग हैं। सांसद सेठों और मोचियों में समान रूप से लोकप्रिय हैं। वे समदर्शी हैं। सबको पार लगाते हैं। चूँकि सब उन्हें पार लगाते हैं।

लेकिन इधर जब से बाबरी मस्जिद ढही है, जरहा गाँव में दूसरा दल भी सक्रिय हो गया। सेठ सांसद के विरोधी दल को पसन्द करते हैं। सांसद साम्प्रदायिक सद्भाव, गंगा-जमनी संस्कृति आदि शब्द आज भी उसी तरह उच्चारते हैं, बावजूद इसके जाने कैसे क्षेत्र में साम्प्रदायिक तनाव जड़ पकड़ने लगा है। जिले में दो ही झण्डे प्रभावी हैं, तिरंगा और भगवा। दो ही चिह्न पहचाने जाते हैं, पंजा और कमल। गौ प्रेमी सभी सेठ कमल आसन पर विराजने वाली लक्ष्मी मैया के भगत हैं। मोची, लुहार, धोबी, कुम्हार, कुरमी, मरार, तेली—इन्हीं जातियों की संख्या इस इलाके में अधिक है। इसीलिए आज़ादी के बाद कांग्रेस को भी इलाके के लोगों ने अपना समर्थन दिया। लेकिन जब से बाबरी मस्जिद को ढहाकर जरहा गाँव का नौजवान सुन्दरलाल गाँव लौटा है, कमल की नई रंगत देखते ही बन रही है। लेकिन सांसद भोलाराम चिन्तित नहीं होते। वे जानते हैं कि सेठों को इस अंचल पर राज करने के लिए धन्धा प्यारा है और परलोक सुधार के लिए किसन गौशाला। दोनों कि हित में है कि वे कभी भोलाराम जी का दामन न छोड़ें।

ये भोलाराम जी भी विलक्षण व्यक्ति हैं। अंचल के एक बड़े किसान के घर जनमे। मैट्रिक पास कर आगे बढ़ना चाहते थे लेकिन उनके पिताजी ने पाँवों में बेड़ी

पहनाने का संकल्प ले लिया। शादी की सारी तैयारी हो गयी, लेकिन् बारात प्रस्थान के ठीक पहले दूल्हा छू-मन्तर हो गया। यहाँ से अन्तर्धान हुआ दुल्हा प्रगट हुआ दिल्ली में। यह 1946 की बात है। साल भर में भोलाराम ने दिल्ली के एक अखबार में अपने लिए जगह बना ली। धीरे-धीरे नामी पत्रकार होते चले गये।

उनके दल के लोग तो चुनाव के समय रो-रोकर यह भी बताते हैं कि भोलाराम जी तब रिपोर्टिंग के लिए गाँधी जी की अन्तिम प्रार्थना सभा में भी गये थे। नाथूराम ने जब गोलियाँ चलाईं तो गाँधी जी 'हे राम' कहकर भोलाराम जी की गोद में ही गिरे।

उनके विशेष प्रतिनिधि तो यह भी कहते हैं कि भोलाराम जी का खून सना कुर्ता आज भी गाँधी संग्रहालय में है। जिसे देखना हो दिल्ली जाकर देख आवे।

क्षेत्र के लोगों को कुर्ता देखने में रुचि कभी रही नहीं। भोलाराम जी लगातार आगे बढ़ते गये और दिल्ली में विख्यात पत्रकार हो गये। और एक दिन इन्दिरा जी ने उन्हें इस क्षेत्र का सांसद बना दिया। इस क्षेत्र के लोग नेताओं की बात नहीं टालते। इन्दिरा जी ने प्रथम चुनावी सभा में कहा, "यह इलाका भोले-भाले लोगों का है। यहाँ भोलाराम ही सच्चे प्रतिनिधि हो सकते हैं।"

इन्दिरा जी से आशीर्वाद प्राप्त कर भोलाराम जी भी उस दिन उत्साह से भर गये। उन्होंने मंच पर ही कहा, "इन्दिरा जी की आज्ञा हम सबको शिरोधार्य करना है। अगर विरोधियों के भालों से बचना है तो भोले को समर्थन जरूर दीजिए।" भोले और भाले का ऐसा सुन्दर विश्लेषण इन्दिरा जी को भी भा गया। उन्होंने मुस्करा कर भोलाराम जी को और अतिरिक्त अंक दे दिया। तब से लगातार पाँच बार भोलाराम जी ही यहाँ के सांसद बने।

यह क्षेत्र बड़े लोगों की बेहद क़द्र करता है। उनकी बात नहीं टालता। इसीलिए भोलाराम जी की बात भी नहीं टलती। न सेठ उनकी बात काटते हैं, न ही ग़रीब-गुरबा। मोची तो ख़ैर उनके मुरीद ही हैं। माह भर पहले शनीचरी बाज़ार में हंगामा मच गया। हुआ यह कि भोलाराम जी अपने टोपी धारी विशेष प्रतिनिधि के साथ बाजार आये। चैतराम मोची की दुकान बस अभी लगी ही थी कि दोनों नेता उसके आगे जाकर खड़े हो गये। चैतराम ने इससे पहले भोलाराम जी को देखा भी न था। वह केवल साथ में आये गोपाल दाऊ को पहचानता था। गोपाल दाऊ ने ही चैतराम को भोलाराम का परिचय दिया। खादी का कुर्ता-पजामा और गले में लाल रंग का चारखाने का गमछा। ऊँचे-पूरे भोलाराम जी लगभग सत्तर बरस के हैं, मगर चेहरा लाल है। सांसद का चुनाव जीतने के बाद उनका सूखा चेहरा लाल होता गया और वे दो भागों में बँट गये। दिल्ली में रहते तो सूट-बूट पहनते। गले में लाल रंग का गमछा तो खैर रहता ही। दिल्ली में दिल्लीवासी की तरह खाते-पीते लेकिन अपने संसदीय क्षेत्र में मुनगा, बड़ी, मछरिया भाजी, कान्दा भाजी और बासी का ही भोग लगाते।

अपने क्षेत्र के भन्दई प्रेमी सांसद को सामने पाकर सहसा चैतराम को कुछ सूझा

ही नहीं। भोलाराम जी ने उसके कन्धे पर हाथ रख दिया। चैतराम ने देखा भोलाराम के पाँवों में उसके हाथों की बनी भन्दई थी। भन्दई छत्तीसगढ़ी सैन्डिल को कहते हैं। गाँव के मोची गाँव में मरे मवेशियों के चाम से इसे बनाते हैं। सूखे दिनों की भन्दई अलग होती है, बरसाती भन्दई अलग बनती है।

अपने ही हाथ की बनी भन्दई पहने देख भोलाराम जी के सामने चैतराम झुक गया। भोलाराम ने कहा, "भाई, पता लगा है कि तुम्हीं मुझे भन्दई बनाकर देते हो। इसलिए मिलने चला आया। इस बार सौ जोड़ी भन्दई चाहिए।"

"सौ जोड़ी!" चैतराम का मुँह खुला का खुला रह गया।

भोलाराम ने कहा, "हाँ, सौ जोड़ी। दिल्ली में अपने मित्रों को तुम्हारे हाथ की भन्दई बहुत बाँट चुका। इस बार विदेशी मित्रों का समागम होने वाला है। मैं जब भी विदेश जाता हूँ तो वहाँ भन्दई पर सबकी नज़र गड़ जाती है। सोचता हूँ, इस बार एक-एक जोड़ी भन्दई उन्हें भेंट करूँ। बन जायेगा न?"

चैतराम ने पूछा, "कब तक मालिक?"

"दो महीने में।"

"दो महीने में साहेब?"

"हाँ हाँ, दो महीनें में तुम्हें देना है। मैं खुद आऊँगा तुम्हारे गाँव भन्दई ले जाने के लिए।"

"मालिक, गाँव भर के मोची मिल-जुलकर बनायेंगे। मैं गाँव जाकर सबको सुनता-सुल्लाह करूँगा।"

"तुम जानो तुम्हारा काम जाने, मुझे तो भन्दई चाहिए बस।" इतना सुनना था कि पास में दुकान लगाये उसी गाँव के दो और मोची एक साथ बोल पड़े, "दाऊजी, आपकी किरपा से सब ठीक-ठाक है। हम मिलकर बना देंगे भन्दई, मगर मालिक ये गऊशाला वाले बीस एकड़ भाँठा ज़मीन को कब्ज़ा किये बैठे हैं गाँव में। वहाँ चरागान नहीं है। दो साल से गाँव के किसान अपने जानवरों को रिश्तेदारों के गाँव पहुँचाने लगे हैं। जानवरों के लिए चरने की जगह थी, उसे सेठ लोग घेरकर कब्ज़ा कर लिए मालिक। दो साल से हम सब लोग फरियाद कर रहे हैं कोई सुनता ही नहीं। अब आप आ गये हैं तो कुछ रास्ता निकालिए। छुड़ाइए गाय-भैंसों के लिए उस बीस एकड़ जमीन को। गौशाला के नाम से सेठ लोग गऊ के चरने के स्थान को ही लील ले गये साहेब। अजब अन्धेर है!"

भोलाराम जी को इस बेजा कब्ज़े की जानकारी तो थी, मगर वे यही सोच रहे थे कि सेठ लोग सब सँभाल लेंगे। यहाँ तो पासा ही पलट सा गया है। भन्दई का शौक अब उन्हें भारी पड़ रहा था। फिर भी उन्होंने चैतराम को पुचकारते हुए कहा कि मैं देख लूँगा, तुम लो ये हजार रुपये एडवान्स के।

"येकर ज़रूरत नई ये मालिक।" हाथ जोड़कर चैतराम ने कहा।

"रख लो।" भोलाराम ने कहा।

चैतराम ने रखने को तो अनमने ढंग से हजार रुपया रख लिया, मगर सौ जोड़ी भन्दई बना पाना उसे सरल नहीं लग रहा था।

गाँव जाकर उसने अपने मुहल्ले के लोगों को एकत्र किया। चार लोगों ने पचीस-पचीस जोड़ी भन्दई बनाने का जिम्मा ले लिया। चैतराम का जी हल्का हुआ।

लेकिन सेठों को भी ख़बर लग गयी कि गाँव के मोची किसन गौशाला का विरोध भोलाराम से कर रहे थे। वे बहुत भन्नाये। उन्होंने गाँव के अपने पिछलग्गू सरपंच, पंच और कुछ खास लोगों से सम्पर्क किया और गाँव में बैठक हो गयी। सरपंच ने मोची मुहल्ले के लोगों के साथ गाँव वालों को भी बुलवाया।

सरपंच ने कहा; "देखो भाई, आज की बैठक बहुत खास है। गऊ के कारण बैठी है सभा।"

चैतराम ने कहा, "मालिक गऊ का चरागाह सब गौशाला वाले दाबे बैठे हैं। चरागाह नहीं रहेगा तो गौ-धन की बढ़ोतरी कैसे होगी?"

उसका इतना कहना था कि बाबरी मस्जिद ध्वंस करने गयी सेना में शामिल होकर लौटे जरहा गाँव के एकमात्र वीर सुन्दरलाल उठ खड़ा हुआ। उसने कहा, "वाह रे चैत्राम! तू कब से हो गया गौ का हितचिन्तक? अब गऊमार भी गौ-सेवक हो गये?"

उसका इतना कहना था कि चैतराम के साथ उसके मुहल्ले के सभी लोग उठ खड़े हुए। चैतराम ने कहा, "आप मालिक हो, मगर बात सँभाल कर नहीं कर रहे हो। हम मरे हुए गाय-भैंस का चमड़ा उतारते हैं, आप लोग तो जीते-जागते गाय का चरागान दबाने वालों के हाथों खेल गये।"

सुन्दरलाल सिटपिटा गया। तभी भोलाराम दल के जवान रामलाल ने उठकर कहा, "राजनीति करो, मगर धर्म-ईमान बचाकर। आदिवासियों को गाय बाँटने का झाँसा तुम लोग देते हो और गाँव की ज़मीन जिसमें गायें चरती थीं, उसे पैसा लेकर बाहर से आये सेठों को अर्पित कर देते हो।"

सुन्दरलाल ने कहा, "सौ जोड़ी भन्दई के लिए गायों को ज़हर देकर मरवाओगे क्या?"

उसका इतना कहना था कि 'मारो-मारो' की आवाज़ होने लगी और लाठी-पत्थर चलने लगे। गाँव में यह पहला मौक़ा था जब बैठक में लाठी चल रही थी। तीन मोचियों के सर फट गये। चैतराम का बायाँ हाथ टूट गया।

अख़बार में ख़बर छप गयी।

भोलाराम ने जरहा गाँव का दौरा किया। उन्होंने मोचियों से कहा, "तुम लोग एक-एक घाव का हिसाब माँगने का हक़ रखते हो। यह गुण्डागर्दी नहीं चलेगी। मैं सब देख लूँगा।"

भाषण देकर जब भोलाराम अपनी कार में चढ़ रहे थे तो उन्हीं की उम्र के अंकलहा ने उन्हें आवाज़ देकर रोका। अंकलहा के पास पहुँचकर भोलाराम ने पूछा—"कहो भाई?"

अंकलहा ने कहा, "भोला भाई, अब आप न भोले हैं, न भाले हैं। मैं पहले चुनाव से आपका संगी हूँ। जहाँ भाला बनना चाहिए वहाँ आप भोला बन जाते हैं, जहाँ भोला बनना चाहिए वहाँ भाला। इसलिए सब कुछ गड्ड-मड्ड हो गया। भाई मेरे कोई जीवित गाय की राजनीति कर रहा है तो कोई मृत गैया के चाम का चमत्कार बूझ रहा है। हैं दोनों ही गलत। मगर हमारी मजबूरी है कि दो ग़लत में से एक को हर बार चुनना पड़ता है। इस तरह हम ही हर बार हारते हैं।"

थप्पड़

“बड़े फजर उठो और दौड़ो। देखो कैसे नहीं बनता है बदन।” रामदास ने अपने लड़के को समझा तो दिया पर उसे भरोसा नहीं था कि लड़का दौड़ने ही लगेगा। उसकी चंट बहू चमेली ने सुबह कमल को चिकोटी काट कर उठा दिया। “हाय दाई, का चाब दिस।” कहते हुए कमल खाट से रटपटाकर उठा बैठा। चमेली हँसने लगी। कमल को नाराज देख चमेली ने कहा—“मंडल जी उठिये, आज से दौड़ शुरू कीजिए। बाबू ने कल कहा था कि नहीं?”

कमल समझ गया कि अब तो दौड़ने के सिवा चारा ही नहीं है। मुँह-हाथ धोकर वह धीरे-धीरे लुहुंगी चाल में दौड़ता हुआ निकल गया नदी की ओर।

कमल पैरी नदी में छुटपन से तैरता रहा। उसके कूल-किनारों से अच्छी तरह परिचित भी है। मगर आज अल सुबह उठकर किनारे-किनारे दौड़ते हुए उसे लगा मानो किसी अनजानी नदी की कगार पर वह आ गया हो। पैरी नदी के किनारे ही बसा है उसका गाँव परेवाडीह। कई परेवाडीह हैं इस क्षेत्र में मगर पैरी के कारण इस गाँव को पैरी-परेवाडीह कहते हैं। यह गाँव बना भी है पैरी के ही कारण, कुछ अकाल पीड़ित परिवार आज से सौ बरस पहले यहाँ आया और खपरा, ईंट बनाकर जीविका चलाने लगा। उन्हीं परिवारों में से एक कमल के परदादा का परिवार भी था। उन्होंने एक छोटा सा घर बना लिया था। जिसे कमल बाबू ने बरसों के बाद थोड़ा बड़ा सा कर दिया। मकान बना है ठीक पैरी नदी के किनारे। जो साल-दो साल में एक बार ढह सा जाता है। जिसे रामदास फिर बनाता है। रामदास के दो लड़के हैं। बड़ा बेटा रतन पास के कारखाने में मजदूर है। वह कमल से बड़ा है। उसके भी बाल-बच्चे हैं। दूसरा बेटा है कमल। कमल के बाबू रामदास ने खपरा-ईंट बनाने का पुस्तैनी धन्धा छोड़कर बाजा बनाने और बजाने का काम सीख लिया। अब तो इस इलाके में रामदास जैसा हरमुनिया मास्टर और बाजा छाने वाला दूसरा कारीगर है भी नहीं। रामदास ने काफी नाम कमाया। वह अपना साज-बाज लेकर बड़े-बड़े हाकिम-हुक्कमों के बेटों की शादियों में जाता है। उसकी बड़ी अच्छी पहचान है मातबर लोगों से। उसे अपने बाजा दल के लिए घर में ही कलाकार मिल गये हैं। वह खुद, उसका बड़ा बेटा रतन और कलावन्त खुद्दार छठवाँ बेटा कमल। कमल बाजादल का हीरो

है। वह बाईस साल का अखब्बर जवान है। अपने बाप से उसने मिट्टी के बरतन बनाने की कला सीखी ही, कुछ उस कला में इजाफा भी कर लिया। पहले पोले के दिन छोटे-छोटे बैल वह बनाता था। फिर एक दिन अचानक बची हुई मिट्टी से एक बड़ा सा बैल उसने बना लिया। उसका घर है टीले पर। टी़ले पर बने बैल को पास के गाँव के दाऊ ने देख लिया। फिर क्या था, कमल को नन्दी बनाने वाले कलाकार के रूप में मान्यता मिल गयी। नन्दी को दाऊ अकेले नहीं ले जाना चाहते थे। नन्दी के साथ वे बमभोले को भी बनवाकर ले गये। अगले वर्ष गणेशजी पर कमल ने हाथ आजमाया। इस तरह धीरे-धीरे वह मूर्ति बनाने वाले कलाकार के रूप में इस इलाके में प्रसिद्ध हो गया। उसके संगी-साथी आस-पास के कारखानों में नौकरी करने लगे मगर कमल अपनी हस्तकला के दम पर मजे से दिन काटने लगा। उसकी घरवाली चमेली भी उसका साथ खूब देती। चमेली भी बसदेव कुम्हार की कलावन्त बिटिया है। उसने कभी नहीं चाहा कि कमल कारीगरी छोड़कर नौकरी-चाकरी के लिए भटके। बल्कि वह तो आवाँ में खिलौनों को सजाकर और पकाकर बाजार में बेच आने तक हर काम मे कमल के साथ-साथ चलती है। खिसिया जाती है तब कमल को उलाहना देकर कहती है–'धनी, खिलौनों को तो आवाँ में पका लेती हूँ लेकिन तुम्हारा मन बड़ा कच्चा है। जाने कब पकेगा।'

कमल हँसकर पूछता है–"यह तुमने कैसे जाना कि मेरा मन कच्चा है?"

कभी तो कलाकार बनकर जीना चाहते हो कभी बन जाते हो दुनियादार। गुणा-भाग करने लग जाते हो। नौकरी में यह फायदा है, वह फायदा है, ये बातें करने लगते हो। हर जगह अगर कुछ फायदा है तो कुछ नुकसान भी तो है। सो तुम्हें नहीं दिखता, "चमेली ने उलाहना दिया।"

"नौकरी में क्या नुकसान है बही?" कमल ने चमेली को उचकाने के लिए पूछा?

"नुकसान कला का है। यहाँ मालिक हो। बनाओ तो ठीक न बनाओ तो ठीक। नौकरी तो नौकरी है हर हाल में हुकुम की गुलामी!

कमल ने बात खत्म करते हुए कहा कि सबकी औरतें नौकरी करने के लिए पति को कोंचकती हैं। एक तुम हो कि बस "घर राखो छेना थापो।" यह सलाह देती हो। लेकिन सलाह तुम्हारी है पते की। आखिर बेटी किसकी हो। बसदेव कुम्हार की।

चमेली ने अपने बाप का जिक्र कमल के मुँह से सुना तो गद्‌गद हो गयी। उसे अच्छी तरह याद है कि कमल के कलावन्त हाथों के कारण ही उसके बाप ने कमल को दामाद बनाया। उसके बाप ने कहा था–"बेटी कमल कलावन्त है। धन से सुख नहीं मिलता। कमल तुम्हारे मान-सम्मान की रक्षा करेगा। कलाकार सब सह सकता है, लेकिन अपमान नहीं। इसलिए यह जो कमल है वह सबसे अच्छा लड़का है।"

चमेली देख भी तो रही है। तीन तेरह से दूर रहने वाले कमल ने इन तीन वर्षों में क्या कुछ नहीं किया। कन्डरका के शेर अली के कहने पर उसने सुन्दर ताजियों

का निर्माण ही नहीं किया बल्कि इस साल तो वह स्वयं शेर भी बना। चमेली ने घर आने पर पैरी नदी के किनारे बिठाकर कमल को खूब रगड़ा। मगर दो दिनों तक शेर की धारियाँ दिखती रहीं। लीला में हनुमान बनने से लेकर राउत नाचा दल के साथ सींगबाजा बजाने में कमल को खूब आनन्द आता है। पिछले बरस तो गजब ही हो गया। गाँव में दीवाली के दिन रामबगस राउत ने पूरी अद्धी चढ़ा ली। कमल का बाजा दल पहुँचा रामबगस को परघा कर निकालने के लिए। रामबगस नशे में धुत्त था। बाजा वाले जब देवारी पार बजाने लगे तो रामबगस अर्राते हुए उठ खड़ा हुआ। उसने एक नया दोहा पढ़ा...।

"अर र र र भइया रे...
अद्धी पियेंव कुम्हारी के रे, कुकरा घर के खांय रे,
कमल टुरा के बाजा सुनके गहिरा पिला अघांय रे।"

दोहा के बाद धमाकेदार बजगरी होनी चाहिए थी। मगर सिंगबाजा वाला कमल हँसते-हँसते वहीं बैठ गया। उसे हँसता देख रामबगस नाराज हो गया। रामबगस ने कमल को अपनी लाठी से दो बार दमदम जमा दिया देखो-देखो हो गया। कमल भी खुद्दार जवान है। गाँव वाले घबरा गये कि कहीं झगड़ा बढ़ न जाय। मगर लाठी झेलकर कमल ने हँसते हुए कहा—"बड़े भैया, कुम्हारी वाली के कारण पीट रहे हैं। छोड़ो। चलो बजाओ जी।" और बाजा घटकने लगा।

दूसरे दिन रामबगस कमल को पकड़कर खूब रोया। उसने कहा कि भाई बरोबर हित नहीं, भाई बरोबर बइरी। मेरे भाइयों ने मुझे पिलाकर पागल बना दिया। मगर तुमने पागल भाई की मार को हँसकर झेल लिया।

कमल ने हँसकर कहा—"मार-मार में अन्तर होता है बगस भाई। मैं कलाकार हूँ इसलिए समझता हूँ कि मार-मार में अन्तर होता है।"

बगस शायद कुछ और कहता मगर चमेली आ गयी चाय लेकर। उसने चाय देते हुए कहा—'बगस भइया, भाई को मारने का हक है क्योंकि गाड़ा भर दुलार भी तो भाई ही देता है। और फिर दीवाली के दिन जो बाजा बजाना छोड़ ही-ही, भक-भक करेगा उसे लाठी नहीं पड़ेगी तो क्या फूल-पान चढ़ेगा।

चमेली की बात पर सभी हँस पड़े।

कमल के बाबू ने कहा—"चमेली अस बहू नयी मिले कहूँ।"

बाबू की बात सुनकर कमल ने बनावटी गुस्सा दिखाते हुए कहा—"बाबू, मुड़ में मत चढ़ा, पछताबे।"

बाबू ने कहा—"कमल आदमी अपने काम से, करम कमाई से चढ़ता-उतरता है। कोई किसी को क्या चढ़ा उतार सकता है।"

बाबू की ऐसी बड़ी-बड़ी बातों का कमल जवाब नहीं देता। केवल वहाँ से खिसक जाता है।

चमेली का सम्मान उसकी समझ के कारण सभी करते हैं। चमेली है ही इस लायक। चमेली जानती है कि कमल को काम से लगा दिया जाये तो उसे बड़े अच्छे ढंग से पूरा करता है। बस भिड़ने-भिड़ाने की बात है। इसीलिए चमेली अपने कर्तव्य का पूरे मन से निर्वाह कर रही है। पि़छले पन्द्रह दिनों में उसने एक भी नागा नहीं होने दिया, कमल को प्रातः उठाने में।

चमेली रात चार बजे चिकोटी काटकर उठा रही है कमल को पिछले पन्द्रह दिनों से। एक बच्चे का बाप यह कमल विवशता में उठ तो जाता है मगर कुछ देर दौड़कर घर आ जाता है। और फिर तान-दुपट्टा लगाकर सो जाता है। यही बात रामदास को अच्छी नहीं लगती। दौड़ का कार्यक्रम बना है बदन बनाने के लिए। बदन बनाने की जरूरत है पुलिस में जाने के लिए पुलिस में जाना जरूरी है दबका मारने के लिए और दबका जरूरी है पैरी परेवाडीह में शान से रहने के लिए। इतनी बड़ी योजना और ऐसी तैयारी।

मगर चमेली मुस्तैद है। वह चाहती तो नहीं कि कमल नौकरी लगे मगर पुलिस के बड़े हाकिम रामनगीना सिंह ने इस बार कहा है कि ले लेंगे इसलिए अपने ससुर के कहने पर वह कमल को उठाकर दौड़ा रही है। कमल भी जानता है कि पैरी नदी के किनारे घूमने और सुबह-सुबह अकेले दौड़ने का संकट पुलिस विभाग के बड़े साहब रामनगीना सिंह के कारण आया। कलाकारी में कमल मस्त था। मगर होनी को भला कौन टाल पाया है।

एक कार्यक्रम में रामदास दल के प्रदर्शन में मुख्य अतिथि सिंह साहब भेंटा गये। कमल सिंगबाजा बजाने में माहिर है। सिंगबाजा बजाकर जब वह बाल खोलकर नाचता है तो शंकर भगवान के ताण्डव नृत्य की याद हो आती है। उस दिन दल में कमल नाच रहा था। वह दफड़ा बजाने में भी उस्ताद है। रामदास का बड़ा बेटा मोहरी बजाता है। पूरा परिवार नाचने-गाने में सिद्ध है। जिस दिन कार्यक्रम होता है उस दिन बड़ा बेटा भी बोतल धोने नहीं जाता दारू के कारखाने में। नागा के घाटे को वह कार्यक्रम से पूरा कर लेता है। सिंह साहब जिले में चल रहे पुलिस मीट प्रतियोगिता में मुख्य अतिथि थे, रामदास दल ने कुछ इस तरह नाच-गाकर उनका स्वागत किया कि वे खुश हो गये। जब कमल ने अपनी कमर में बँधे बाजा का नाम सिंगबाजा बताया तो आई.जी.रामनगीना सिंह हो-हो कर हँसने लगे। हँस चुकने के बाद सिंह साहब ने कमल के पिता रामदास से कहा कि भई तभी न हम कह रह थे कि साला यह बाजा हमें क्यों अपनी ओर खींच रहा है। भई सिंग को सिंगे न खींचेगा जी? उनकी इस चुटीली उक्ति का आनन्द पूरे महकमे ने लिया। एस.पी. साहब और दूसरे आला अफसरान सिंह साहब के इस शानदार कथन के सम्मान में विभागीय ट्रेनिंग के अनुरूप स्तरीय हँसी हँसते रहे। तभी सिंह साहब ने फिर प्रश्न दाग दिया कि भई, यह तो बताओ कि इसे सिंग बाजा क्यों कहते हैं।

उनका इतना पूछना था कि फिर खलबली मच गयी। एस.पी. भारतीय पुलिस सेवा से सीधे नहीं आये थे, वे राज्य सेवा से घिस-घिसा कर इस शानदार ओहदे तक आये थे। उन्हें इस अवसर पर अपने अनुभवी होने का लाभ मिलना ही था, वे बोले, सर इस बाजा मण्डली में जो सबसे प्रमुख है उसे सिंग बाजा का सम्मानजनक नाम मिला है सर। यह जो गोल सा बाजा है सर, इसे दफड़ा कहते हैं। और सर, यह जो छोटी सी चीज है, यह है सर टिमटिमी। इसे झाँझ कहते हैं सर और...सिंह साहब ने उन्हें बीच में टोकते हुए कहा, "और यह जो शहनाई के नियां हेरा रहा है सो क्या है?"

एस.पी. ने कहा, "सर, यह मोहरी कहलाता है। शहनाई का भाई-बन्धु ही है सर। इसे सर, जब उस्ताद बिस्मिल्लाह खान बजा दें तो यह शहनाई हो जाती है, जब रामदास दल के वादक फूँकते हैं तो सर, वही कहलाती है मोहरी। चीज तो सर एक ही है लेकिन कोई पत्थर मन्दिर में हो, तो शंकर और घाट पर हो तो पत्थर...।" एस.पी. की व्याख्या पर सिंह साहब इतने खुश हो गये कि उनका बस चलता तो वे वहीं उन्हें राष्ट्रपति अवार्ड के लिए रिकमेण्ड कर बैठते। मगर यह पुलिस मीट का कार्यक्रम था इसलिए केवल शाबाशी देकर रह गये। शायद बात और आगे बढ़ती कि विभागीय मोटर साइकिल राइडर सीट पर खड़ा होकर सेल्यूट दागता सामने से गुजरने लगा और सिंह साहब को उसने सलामी का प्रत्युत्तर देने में व्यस्त कर लिया।

इस बीच एडीशनल एस.पी. ने एस. पी. को कुछ दूर ले जाकर बताना चाहा कि सर, यह जो बाजा दल है इसे गंड़वा बाजा दल कहते हैं यहाँ...।

एस.पी. ने आँख तरेरते हुए कहा—"तुम भी बस्स...। अरे जब कोई गंड़वा साला मुख्य अतिथि होगा तब वैसा ज्ञान बघारना। अभी तो सिंह साहब मुख्य अतिथि हैं। कुछ समझा भी करो...।"

एडीशनल एस.पी. ने निहाल होते हुए कहा—"समझ गया सर। सर, यू आर सिम्पली ग्रेट सर। थैंक्यू सर। क्षमा चाहता हूँ सर।"

एडीशनल एस.पी. अभी बस क्षमा भर माँग पाया था कि मोटर साइकिल राइडर करतब दिखाता फिर आगे बढ़ गया। सिंह साहब को फिर बाजा दल के लोग याद आ गये।

उन्होंने रामदास को पास बुलाकर पूछ लिया कि उसके दल में कौन-कौन लोग हैं? रामदास ने कमल, रतन आदि का परिचय दिया। उसने कहा कि साहब, यह बड़ा बेटा रतन दारू कारखाने में बोतल धोता है और यह कमल बइठांगुर है सर। घर पर बैठा रहता है। बेकार है। सिंह साहब ने कमल को भर नजर देखकर मुस्कुराते हुए कह दिया कि छत्तीसगढ़ नया बना है। पुलिस में भर्ती होने वाली है। हजारों लोगों की जरूरत है। लड़का तुम्हारा ऊँचा तो है मगर छाती कुछ चौड़ी करनी पड़ेगी। छत्तीसगढ़ियों की छाती ही कमजोर है। इसीलिए मार खा जाते हैं। चौड़ी भी हो जायेगी। कोशिश करने से तो मउगा भी हिम्मती न बन जाता है। जाओ, हमको

तुम्हारी मण्डली जम गयी। जाओ ऐश करो।

ऐश करने का हुकुम पाकर निहाल रामदास अपने दल को लेकर स्टेडियम से बाहर निकल आया। अफसरान सब व्यस्त हो गये। बाहर आकर रामदास ने देखा कि एक डग्गा गाड़ी खड़ी है जिसमें कैदियों को भरकर लाते-ले जाते हैं पुलिस वाले। रामदास ने पास ही खड़े पुलिस वाले से पूछ लिया कि भइया, हमारी जीप कहाँ है जिसमें हम लोग आये थे। डग्गे के ड्राइवर ने जवाब दिया—"कलाकार लाने के लिए थी वह जीप अब जाने के लिए तो यही डग्गा है। बैठो, चलो। छोड़ आता हूँ पैरी परेवाडीह। रामदास ने कहा—"यह तो कैदी गाड़ी अस दिखती है ददाजी।"

ड्राइवर उसकी बात से ठठाकर हँसा, उसने कहा—"तो तुम कौन कैदी नहीं हो बाबू। अब नाच लिये न। तो देखो आगे-आगे कितना नाचना है तुम्हें। जिसकी नाच बड़े साहब को पसन्द आ जाती है समझो हो गया कल्याण। पुलिस के आगे नाचना और नेता के पीछे भागना भारी पड़ता है बाबू।" रामदास ने समझा कि ड्राइवर को भी यह पता चल ही गया कि सिंह साहब उसके लड़के को पुलिस में भर्ती करने वाले हैं। इसीलिए वह ऐसी बात कर रहा है।

डग्गे में बैठकर रामदास का दल गाँव आ गया। कुछ लड़कों ने रामदास से कहा कि न पैसा न कौड़ी, न नाश्ता न पानी। यह क्या पुरोगिराम है। रामदास ने उन्हें समझाया कि पैसा तो सदा कमाते हैं, कभी जश भी कमाना चाहिए। ये लोग बड़े लोग हैं। छोटी-मोटी चीज नहीं देते। जब देते हैं तो जिनगी भर याद रखने लायक चीज देते हैं। इसलिए धीरज धरो। लड़के उसकी बात से सहमत हो गये।

और दूसरे दिन से कमल पैरी नदी के किनारे दौड़ लगाने लगा। छाती चौड़ी करने के लिए ईंट-पत्थर उठाने लगा और अपने बदन में बल सँजोने का जतन करने लगा। उसने चमेली से साफ कह दिया कि उससे माह-दो माह अलग रहे। परेवाडीह के दर्जी कंगलू से उसने बड़े इसरार के साथ एक लँगोट सिलवाया। बदन बनाने के लिए लँगोट का सच्चा होना जरूरी है यह जानता था कमल। रामदास ने पाव भर दूध भी बँधा दिया। रामदास ने अपनी बाई से साफ कह दिया कि एक जून हम लोग भले न खायें मगर कमल को रोज गेहूँ की रोटी और दाल जरूर मिलनी चाहिए। अरे, पुलिस में जहाँ एक बेटा गया कि फिर क्या पूछना है। करो फिर ऐश। बड़े साहब ने खुद कह दिया है कि जाओ करो ऐश। जब कह दिया है तो करना ही पड़ेगा।

कमल को दौड़ते हुए एक सप्ताह भी नहीं बीता था कि टी.आई. ने आकर बताया कि "सिंह साहब की लड़की की शादी है, उसमें तुम लोगों को बाजा बजाना है। बराती बाहरी हैं। देश से आ रहे हैं, इसलिए कुछ छत्तीसगढ़ का रंग जमाना है, ऐसा बड़े साहब चाहते हैं।

रामदास ने हाथ जोड़कर कहा—"साहब छोटा बेटा तो साथ में नाचता है उसे तो पुलिस में आप लोग ले ही लेंगे। बड़ा बोतल धोता है। ठेकेदार ठीक से पैसा नहीं

देता। क्या उसे भी छुड़वा दूँ। वह भी पुलिस में लग जाता तो अच्छा जमता। दोनों बेटे खाकी ड्रेस पहनकर जब चलेंगे साहब तो छाती चौड़ी हो जायेगी रामदास बाजदार की।"

टी.आई. ने कहा, "देखो हमारे साहब बड़े दयालु हैं। उनकी बेटी की शादी में नाचो ढंग से। फिर क्या है। बड़ा-छोटा सब ड्रेस पहन लेंगे। ढंग से पहने तो ड्रेस में फीता और स्टार भी लगेंगे।"

उसी दिन से रामदास ने कमल और रतन दोनों को रिहर्सल करवाना शुरू कर दिया। अपने बड़े बेटे से उसने साफ कह दिया कि इतने बड़े साहब की कृपा हो रही है, छोड़ो बोतल धोना। अब तो शान से पुलिस में भर्ती होकर मजे में जिनगी गुजारोगे। बड़े हाकिम लोग जो कह दिये तो हो गया कल्याण।

अपने परिवार के कल्याण की खातिर रामदास ने खूब रिहर्सल किया। कार्यक्रम के दिन सुबह से ही रामदास अपने दल के साथ तैयार हो गया। टी.आई. ने जीप भेज दी थी। उसमें सवार होकर जब रामदास गाँव से निकला तो उसका चेहरा चमक रहा था।

रामदास के दल में उसके दोनों बेटे तो थे ही, साथ में चिंगरी वाला दामाद भी था। उसे भी रामदास ने दल में शामिल कर लिया था। उसने सुन रखा था कि अफसरों की चाकरी करने से छोटी-मोटी कमियाँ यूँ ही नजरअन्दाज कर दी जाती हैं। इसलिए रामदास अपने परिवार के सभी बेरोजगार लड़कों को लेकर दल सहित निकला।

घण्टे भर की यात्रा के बाद, धूल में नहाया जीप में सवार यह दल जब रायपुर पहुँचा तो वहाँ पुलिस महकमे के अफसरान दौड़ पड़े। कुछ घुड़कने लगे कि सालों ने कभी समय से आना नहीं सीखा। मगर बात बिगड़ी नहीं क्योंकि अभी बारात की अगवानी का समय नहीं हुआ था। जल्दी-जल्दी रामदास के दल ने अपना ड्रेस पास के टेण्ट में बदला फिर घटकने लगा बाजा। कमल, रामदास, रतन तथा दल के सभी लोग खूब नाचकर करने लगे तैयारी। अभी वे घण्टे भर ही वहाँ नाच पाये कि बारात आ गयी। रामदास तो मानो पागल हो गया। बारातियों को बहुत मजा आया इस नये नाच दल के कौशल से...

"तोला देखे रहेंव गा,
तोला देखे रहेंव रे,
धमनी के हाट में बोझर तरी"

पण्डित द्वारिका प्रसाद तिवारी विप्र के इस गीत को गाकर जब रामदास नाचता था तो बाराती भी नाचने लग जाते थे। रामदास के दल में लड़के-लड़कियों का स्वांग किये नाच रहे थे। कुछ बारातियों ने उनकी अंगियों में रुपया खोंस दिया। रुपया पाकर लड़की के भेष में नाच रहे लौंडे गीत गाने लगे...

"छत्तीसगढ़िया नोहय, दूरिहा ओकर देस हे गा,
बला के मोला सौ के नोट दिसे अबड़ ओकर टेस हे गा"

रुपया देने वाले नौजवान ने इस दोहे का अर्थ समझना चाहा। उसने एक तीन फूल वाले की ओर इशारा किया। तीन फूल वाले ने सर-सर कहते हुए उस्तादी तो दिखाई मगर वह भी परदेशी था। उसने एक छत्तीसगढ़ी हवलदार को पकड़ा। हवलदार ने जब अर्थ बताया तो बाराती खुश हो गये। अंगियों में नोट खोंसने की होड़ लग गयी।

और रामदास का डंका बज गया। बड़ी शान से बारात जनवासे में गयी। भोजन का समय हो गया, सब भोजन स्थल की ओर बढ़ चले। रामदास के दल को जब भी ऐसी शादियों में आमन्त्रित किया गया है, प्रायः बारातियों के साथ ही उसके दल ने भी भोजन किया है। ड्रेस उतारकर रामदास अपने दल के साथ कुछ देर बाद निकला भोजन स्थल की ओर। कमल और रतन गेट पार कर ही पाये थे कि एक बाराती की नजर उन पर पड़ी। यह वही बाराती था जो खूब रुपया लुटा रहा था। रामदास ने उसे देखकर सलाम किया। बाराती नशे में धुत्त था। उसने डपटा—"सरऊ यहाँ कहाँ घुसे आ रहे हो।" रामदास ने कहा—"साहेब, आपके साथ खाना खायेंगे और परेवाडीह जायेंगे। अपने गाँव।"

बाराती इस जवाब से आगबबूला हो गया। पास में खड़े तीन फूल वाले को उसने हाथ के इशारे से बुलाया और कहा—"क्यों रे, अब हमें मउगड़ों के साथ खाना खिलाओगे? ये साले हमारे साथ खाना खायेंगे?"

बाराती का इतना कहना था कि तीन फूल वाले ने रामदास को दिया एक हाथ। रामदास अकबका गया। तब तक तीन-चार पुलिस वाले और आ गये। वे सभी कलाकारों को घेरकर बाहर ले गये। रामदास का नाच दल सन्ना गया। लड़कों को कुछ भी समझ में न आया कि आखिर क्या हो गया।

रामदास ने रोते हुए कहा कि क्या गलती हो गयी मालिक। ऐसा अन्धेर तो कभी नहीं देखा। तीन फूल वाले ने डपटते हुए कहा—"माधरचो...समझता क्यों नहीं। यह छत्तीसगढ़ी बाराती नहीं हैं साले। जान से मार देंगे। देखते नहीं हो कन्धों पर बन्दूक और कमर में पिस्तौल। अपनी खैरियत चाहता है तो निकल पड़ गाँव के लिए भाग तोहरी मैया के..."

रामदास भूखा-प्यासा वहाँ से लौट आया। गाँव पहुँचकर जेवन-पानी बना। रात हो गयी थी इसलिए परेवाडीह में ही सब सो गये। मगर कमल नहीं सो पाया। छटपिट-छटपिट करता रहा। चमेली ने जब बहुत पूछा तो उसने सारा वृत्तान्त बता दिया।

चमेली ने बिफरते हुए कहा—"तभी मेरे पिताजी तुम्हारी जस गाते हैं कि कमल स्वाभिमान की रक्षा करेगा। बाप पर तमाचा जड़ दिया गया और तुम...।"

कमल ने समझाते हुए कहा–"चारों ओर पुलिस और हम अकेले।"

चमेली ने कहा–"तुम तो कुम्हार हो। फिर कलाकार हो। हाथ की कला तुम्हें भी दिखानी होगी। तभी तो जस पाओगे बाबू। पेट में बाजा बाँधकर नाचते हो इसलिए मान-सम्मान सब को पेट में बाँधे बैठे हो क्या?"

कमल ने केवल इतना ही कहा–"अब और मत कहो चमेली। रात तो बीतने दो। अब सबेरे दौड़ना भी तो नहीं है। बहुत दौड़ लिया पेट की चिन्ता में।"

सबेरे फिर पुलिस की गाड़ी धड़धड़ाते हुए आयी और कमल के घर के आगे खड़ी हो गयी। इन्स्पेक्टर ने रामदास को तलब किया। रामदास का मुँह सूज गया था। उसने सर नवाकर जै-जोहार किया। इन्स्पेक्टर ने कहा–"रामदास, इतना बढ़िया भी मत नाचा करो कि बाराती तुम्हारे नाच के बगैर विदा ही न हों। अब सबकी जिद्द है कि तुम्हारा दल नाचेगा तब वे देस के लिए प्रस्थान करेंगे।"

रामदास ने कुछ नहीं कहा। चुपचाप सोचते हुए खड़ा रहा। कमल ने ही सामने आकर पूछा–"क्या बात है साहब और मारना है क्या?" इन्स्पेक्टर सिटपिटा गया।

उसने अपनी पुलिसिया घाघवृत्ति से काम लेते हुए पुचकार कर कहा–"बेटे पुलिस में भर्ती होना है कि नहीं। पुलिस में बाबू मार को दुलार कहते हैं। यह जो मार है न समझो वही आशीर्वाद है। बड़े किस्मत वालों को तीन फूल वाले की थप्पड़ मिलती है। समझो, हो गया तुम्हारा बेड़ापार। चलो तैयार हो जाओ। बाराती चाहते हैं कि तुम्हारी नाच से हो उनकी विदाई। दिखा दो कुछ रंग छत्तीसगढ़ की लोक कला का।"

कमल ने बिफरते हुए कहा–"तो आप भी तो छत्तीसगढ़ के हैं। ड्रेस खोल लीजिए और नाच दीजिए बारात के सामने।"

इन्स्पेक्टर हक्का-बक्का रह गया।

तब तक गाँव के लोग भी एकत्र हो गये थे। सरपंच सीताराम भी आ गये। गाँव वालों ने सारा वृत्तान्त रामदास से सुना। सुन लेने के बाद अन्त में सरपंच ने कहा–"लाओ तो रे चोली, इसे इन्स्पेक्टर के बच्चे को पहनाते हैं और नचवाते हैं। साले हमारे कलाकारों को झाँसे में डालकर ठग भी रहे हैं और हिम्मत तो देखो हरामियों की गाँव में दुबारा आ गये। पुलिस में भर्ती करेंगे साले। नौकरी देंगे। मारो साले को...।"

भीड़ के तेवर देखते हुए इंस्पेक्टर ने भाग जाना ही ठीक समझा। वह गाड़ी स्टार्ट ही कर रहा था कि कमल ने तानकर एक भरपूर थप्पड़ उसे रसीद कर दिया और कहा–"छक्कों के आगे नहीं नाचना है बे, भाग यहाँ से। साला, साहबों का रखैल, किसबा, भड़वा साला...।"

इन्स्पेक्टर को गाड़ी स्टार्ट कर भागते देख कमल ने कहा–"बड़े भाग वालों को कमल जैसे कलाकार का थप्पड़ मिलता है बे। जा तू भी तर गया...।"

झालर

झालर बनकर तैयार नहीं हुआ था। दाई बार-बार पुन्नी को आगाह कर रही थी कि शाम घिर आयी है जल्दी जा घर। मगर झालर का काम पूरा नहीं हुआ था, इसलिए पुन्नी टस से मस नहीं हो रही थी। उसने कहा—"दाई, चिरई चुरगुन के लिए तो कुछ कर लेने दो। झालर बना लूँ तो जाऊँ।"

"पुन्नी, स्कूल से सीधे खेत मत आया कर बेटी। घर जाकर कुछ खा लिया कर। तब आया कर खेत में।" पुन्नी की दाई ने समझाया।

"दाई, मैं कोई साल भर थोड़े ही तंग करती हूँ। खाली अगहन-पूस में ही तो ऐसा होता है। पता नहीं दाई, मुझसे रहा क्यों नहीं जाता। इसी मौसम में धान कटता है। और इसी मौसम में ही बन पाता है धान का झालर। पिछले बरस तो बासमती, गुरमटिया, चिन्नौर धान के दस-दस झालर बन गये थे। इस साल तो गड़बड़ है दाई। स्कूल से सीधे खेत न आऊँ दाई तो रात हो जायेगी। फिर धान चुन-चुन कर चिड़ियों के लिए झालर बनाने का मेरा काम कैसे पूरा होगा। चिड़ियों के लिए झालर जरूरी है दाई। आँगन के मुनगा पेड़ में आकर चहचहाते हैं तो मुझे लगता है जैसे कह रहे हों—"पुन्नी, तूने हमारे लिए इन्तजाम किया कि नहीं।"

दाई ने हँसते हुए कहा—"पुन्नी, तू पिछले जनम में बाम्हन-चिरई रही होगी, तभी इतनी चिन्ता करती है। और फिर बेटी, कुछ दिन में तो तू भी चिड़िया की तरह उड़कर जा बैठेगी किसी दूसरे आँगन में, तब चिरई का खयाल कौन रखेगा यहाँ।"

दाई की बात से उसे सुआ गीत के बोल याद हो आये। पोवा नाचने वाली औरतें बीच में कागज के बने तोते को डलिया में रखकर सुरहुत्ती के दिन हर साल उसके आँगन में यह गीत गाती हैं...

"के सुवना फेर तिरिया जनम झनि देय"

झूम-झूम कर औरतें गोल घूमते हुए यह गीत गाती हैं। इस गीत में औरत होने की व्यथा का मार्मिक वर्णन है। एक आँगन को छोड़कर दूसरे आँगन में जाने, वहाँ पितृ-गृह को भूल, नये सिरे से खुद को सिरजाने और खपा देने का जो वर्णन गीत में आता है उसे याद कर पुन्नी की आँखें भर आयीं। दाई ठीक ही तो कह रही है। पुन्नी ने सोचा।

वह सोच भी रही थी और झालर भी तैयार किये जा रही थी। यह हर साल का उसक पक्का नियम है। अगहन में धान कटाई शुरू हुई नहीं कि पुन्नी स्कूल से सीधे खेत आ जाती है। मन लगाकर जी भर बनाती है झालर। उसके बाबू और दूसरे बनिहार धान का करपा बाँधते हैं। बाँधते-बाँधते जो धान छूट जाता है उसे सीला कहते हैं। पुन्नी दो माह सीला बीनती है। दस-बारह झालर भी बना लेती है और बीने हुए सीले से सौ-पचास रुपये का धान एकत्र हो जाता है। दूसरे बच्चे केवल सीला सिधाते हैं इसलिए अच्छा-खासा पैसा बन जाता है उनका। मगर पुन्नी चिड़ियों की चिन्ता करती है। घर के मुनगा पेड़ में अपने बनाये झालर को वह लटका देती है। पास ही मिट्टी से बने नांदी को रस्सी से बने जाली में फँसाकर लटका देती है। फिर उसमें भर देती है साफ पानी। चिड़ियों को दाना चुगते देख पुन्नी को बहुत सुख मिलता है। इसीलिए हर साल वह धान का झालर जरूर बनाती है। इस साल अलबत्ता उसे कुछ परेशानी हो रही थी मगर धुन की पक्की है पुन्नी। उसने झालर बनाना छोड़ा नहीं। बनाते-बनाते ही उसने कहा—"दाई, इस साल पानी के कारण वैसे झालर नहीं बनेंगे। मगर फिर भी बिना झालर के भला घर की शोभा होती है क्या? जैसे भी हो बनाकर ही रहूँगी।"

दाई ने कहा—"बेटी, इस साल तो पानी ने सइतानाश कर दिया। सब चोरो-बोरो हो गया। बादर जब चाहे बरस जाते हैं। सावन में लाहो लेते तो बात थी। अगहन-पूस में तप रहे हैं। धन्न रे कलजुग।"

पुन्नी ने हँसते हुए कहा—"दाई, इसीलिए तो झालर नहीं बन रहा जल्दी-जल्दी। धान गें वाली ठीक है, न पेड़ जबर है। पिछले बरस कितना सुन्दर बना था झालर। दस-दस बन गये थे। जेठ भर बाम्हन-चिरई मजे से झूमकर खाते रहे।"

दाई ने लम्बी साँस लेते हुए कहा—"बेटी, अब चिरई-चिरगुन की छोड़। मानुख तन को पसिया मिल जाये तो बहुत है। कलऊ खरागे बेटी। पचास बछर की हो गयी मैं, कभी ऐसा नहीं हुआ। तोर बाबू तो अधमरा होगे कमा-कमा कर बेटी।" आगे दाई से कुछ कहते नहीं बना। यह हाल पूरे इलाके का था। ठीक दीवाली के दो दिन पहले जो मूसलाधार बारिश हुई तो फिर रह-रह कर बरसात होती ही रही। माघ में भी वही हाल।

खेत में करपा सड़ गया। ब्यारा में खरही का बेहाल।

महाजलप्लावन में विनष्ट होती दुनिया को देखकर ब्रह्मा को शायद दुःख न होता हो मगर खड़ी फसल को आँखों के सामने नष्ट होते देखना किसान को भारी पड़ता है। वह सौ जतन कर उसे बचाना चाहता है। मरणासन्न बीमार बच्चे से कम ममत्व नहीं होता उसे अपनी बिगड़ी फसल से। इस साल तो जो मार पड़ी है उसे, किसान ही समझ सकता है।

पुन्नी के बाबू खेतों में खड़ी फसल को देखकर फूले नहीं समाते थे। "दसों बछर

में ऐसी फसल नहीं दिखी। यह शायद पुन्नी के ब्याह के लिए भगवान ने सौगात दे दी है।" वे कई बार कह चुके थे।

मगर पानी से लिथड़े धान के करपों को उठा-उठा कर मेंड़ पर रखने के लिए जब वे मजबूर हुए तो उनके मुँह से निकल गया—"तभी मैं कहता था कि इतना अनाज क़हाँ से उछर रहा है खेत। जाना था इसलिए तमाशा हुआ था।" पुन्नी की दाई वैसे भी कम बोलती है। बाबू नाराज हो जायें या दुखी हों तो वह मुँह सी लेती है। 'चुप सांही सुख नहीं' यह उनका आदर्श है। इसी आदर्श के सहारे उनकी गृहस्थी चलती चली आयी है।

पुन्नी के बाबू के पास चार एकड़ जमीन है जिसे जोत बोकर वे दूसरों के यहाँ भी काम कर लेते हैं। गृहस्थी भी छोटी है। पुन्नी, चमेली और सबसे छोटा कुमार। तीन ही तो बच्चे हैं। काम मजे से चल जाता है। मगर पुन्नी सोलह पार कर चुकी है। इसीलिए बाबू को चिन्ता खाये जाती है। वे उसे आठवीं के बाद शायद ही पढ़ाते मगर पुन्नी के भाग्य से गाँव में ही हाईस्कूल उसी बरस खुल गया जिस बरस वह आठवीं से नवीं में गयी। पुन्नी के साथ सात और लड़कियाँ नवीं में आ गयीं। यह गाँव में पहली बार हुआ। गाँव से दो कोस दूर हाईस्कूल है। उसमें लड़के तो जा पहुँचते थे मगर लड़कियाँ रह जाती थीं। पुन्नी पढ़ने में होशियार शुरू से थी। दसवीं में इस वर्ष प्रथम श्रेणी जरूर लेगी यह उसकी सहेलियाँ कहती हैं।

इधर धान की फसल पर मार, उधर चुनाव का चक्कर। चार बरस पहले गाँव पर पंचायत का चुनाव ही भारी पड़ा था। तीन लोग खड़े थे। बड़े दाऊ, छोटे दाऊ और मँझले दाऊ के घर से एक-एक प्रत्याशी। बड़े दाऊ के लड़के को गिलास चुनाव चिह्न मिला था। मँझले को नागर और छोटे को तलवार। बड़े दाऊ ने चुनाव से एक दिन पहले शहर से स्टील के गिलास मँगवा लिये। वे हर घर जाते। घर के मुखिया को नमस्कार कर एक गिलास पकड़ा देते फिर कहते....

"गिलास में पानी पीना छान के,
मोहर लगाना जान के,"

किसी मनचले मतदाता ने दाऊ को कह दिया...

"हम पानी पी के मोहर लगायें,
आप दारू पी के डल्ला उड़ायें"

बड़े दाऊ समझ गये कि देश इक्कीसवीं सदी में जाने वाला है। उन्होंने उसी दिन दो बकरों का प्रबन्ध किया। भट्ठी से भरपूर दारू भी आया। बड़े दाऊ का भरा-पूरा गिलास जीत गया। तलवार और नागर हार गये। तब से गाँव के मतदाता अपनी कीमत और औकात जान गये हैं। पहले आदमी देखकर ठप्पा लगा देते थे, अब आदमी की हैसियत देखकर ठप्पा मारना है, यह तय हो गया है। इसीलिए थोड़ी सी पूछ-पहचान भी उनकी बढ़ी है।

इलाके भर में धान की फसल खराब है। किसान का मन दुखी है। कहीं किसान जुरिया गये तो सरकार ने गोली चला दी, यह खबर भी सबको है। इस क्षेत्र में तो वैसे भी लोग डर लेकर ही पैदा होते हैं। किसी भी हक के लिए जुरियाते नहीं, खाली भजन गाते हैं। इसलिए गोली चलने की तो खैर, कोई सम्भावना नहीं रहती, मगर दुःख तो दुःख है। लोग कह-बोलकर जी हल्का कर लेते। चुनाव वाले आते तो यूँ ही 'धान के भाव दो', 'किसान भूखा है' जैसे दो-चार शब्द कह-बोल लेते। मगर गाँव के चंट-चालाक अगुवा किस्म के लोग दल बनाकर शाम को भरे गिलास का प्रबन्ध कर लेते। और इस तरह थोड़ी राहत कुछ लोगों को मिल जाती।

पुन्नी के बाबू को यह सब नहीं सुहाता, वे घर में घुसे रहते। कभी मन नहीं मानता तो लीला चौरा तक चले जाते। कुछ सुनते मगर बेचैनी कम न होती।

इस बीच एक अच्छी खबर भी पुन्नी के बाबू के हाथ लगी। चुनाव खत्म होते ही तरेसर गाँव के बड़े मंडल पुन्नी को देखने आयेंगे, यह रतन नाई ने बताते हुए कहा—"थोड़े शौकीन हैं। लड़का मैट्रिक पढ़ी लड़की चाहता है। स्वागत ठीक से करना।"

चुनाव और जीत-हार से तो पुन्नी के बाबू को कोई मतलब था ही नहीं। ठीक मतदान के दूसरे दिन गाँव में मंडई रखा गया। उसी दिन मंडल को लड़की देखने का निमन्त्रण दिया गया।

मंडल नहीं आये। सीधे लड़के को उन्होंने भेजा। एक दोस्त के साथ। लड़का मोटर साइकिल से उतरा दोस्त के साथ। पूछा—"रमेसर का घर यही है?" पुन्नी के बाबू का नाम रमेसर है। वे खाट बुन रहे थे। बुनाई छोड़कर रमेसर ने कहा—"मैं ताँव।" लड़के ने कहा—"हम तरेसर वाले हैं, लड़की देखने आये हैं।"

"आवव" कहते हुए रमेसर अन्दर आँगन में चले गये। रेंगान में तखत पड़ा था। उसी में चादर बिछाकर उन्होंने आगन्तुकों का स्वागत किया। चाय लेकर पुन्नी नहीं आयी। पुन्नी के बाबू ही चाय ले आये। लड़के ने कहा—"हम तो लड़की देखने आये हैं। चाय उसे लाने को कहिए।"

रमेसर को बहुत बुरा लगा। मगर नया जमाना था। वे केवल इतना ही कह सके—

"आज तो मण्डई देखने आप लोग रुक रहे हैं। कल सुबह देख लीजिए।" लड़के के दोस्त ने झट से कहा—"हाँ जी, कल देख लेंगे। आज तो मँडई का आनन्द लेने दो।"

शाम घिर आयी थी। दोनों लड़के निकल पड़े मण्डई देखने। साथ में रमेसर भी थे। उन्होंने लड़कों को पान खिलाया। पान के पहले लड़के ने एक ब्रिस्टल माँगा। दोस्त ने पनामा। दोनों को एक-एक सिगरेट देते हुए पान ठेले वाले ने कहा—"आप दोनों दोस्त हैं मगर सिगरेट अलग-अलग है। बरन बरन के बरांड पिथव ददा हो...।"

सब उसकी बात से हँसने लगे। रमेसर को थोड़ा बुरा लगा मगर वह भी फीकी हँसी हँसकर साथ देने लगा। लड़के ने कहा—"अपना-अपना टेस्ट है, जरूरी नहीं कि

दो दोस्त एक ही तरह से सोचें।"

पान-सिगरेट के बाद वे आगे बढ़े। लड़के के कन्धे पर कैमरा लटक रहा था। अभी कुछ दूर ही वे चले थे कि जटाओं वाले विराट बड़देव दिख गये। "बूढ़े सन्यासी की तरह लग रहा है यह बड़ का पेड़" लड़के के दोस्त ने कहा और लगा कैमरा साधने। कैमरा सन्धान से पंछी भरभराकर उड़ने लगे। फ्लैश की चमक से शेष पंछी भी उड़ चले। बरगद की लटें जमीन में धँस गयी थीं। लड़के ने करीब जाकर कुछ लटों को छुआ फिर कहा—"एक से एक्कीस इसे ही कहते हैं। अब तो बड़ के बीसों थम्म हो गये हैं। लगता है जैसे एक नहीं बीस बड़ हैं। शहर में नहीं होते ऐसे पेड़। यह तो आँधी के बाप से भी नहीं उखड़ेगा।"

अब रमेसर से रहा न गया। उसने दोनों लड़कों को बताया कि सौ बरस से ऊपर है बड़ की उम्र। इसमें कई पीढ़ियों के लड़कों ने डण्डा पचरंगा खेला होगा। यहीं पंचायत स्थल था पहले। न्याय के आगे सब चुपचाप सर झुका देते थे तब। अब यहाँ पंचायत नहीं लगती। नया पंचायत भवन बन गया है गाँव में। वहीं इकट्ठे होकर लड़ते-झगड़ते हैं।

कैमरा साधकर तब तक लड़का कई फोटो खींच चुका था। लड़के के दोस्त ने कहा—"चाचा, आप खड़े हो जाइए उस चबूतरे पर जहाँ पत्थर रखा है। फोटो खींच लेते हैं।"

रमेसर ने कहा—"फोटो यहीं खींच लो।"

लड़के ने समझाया—"पत्थर है, उसमें सिन्दूर है, वहाँ आप खड़े होंगे तो फोटो अच्छा आयेगा।" कहते हुए लड़के ने अपना सिगरेट फेंका। सिगरेट ठीक चबूतरे पर गिरा। दौड़कर रमेसर ने सिगरेट का फेंका हुआ टुकड़ा उठा लिया। उसे यूँ लपककर टुकड़ा उठाते देख लड़के के दोस्त ने कहा—"आप क्या करेंगे टुकड़े का। नया ले देता हूँ। छोड़िए।"

रमेसर ने कहा—"बाबू, मैं तो कुछ नहीं करूँगा मगर बजरंग बली तुम्हें रात को आँक देंगे। पत्थर नहीं है यह, ये नशा-नाशक बजरंग बली कहलाते हैं। मेरी पीढ़ी के बहुतेरे लोगों ने यहाँ बीड़ी चढ़ाकर संकल्प लिया और जीवन भर बीड़ी से दूर रहे। बजरंग बली से बल मिलता है। यहाँ बीड़ी-सिगरेट नहीं फेंकना चाहिए।" लड़कों को रमेसर की बातों से अचरज हुआ मगर ऐलानिया बात थी। भरोसा करना ही पड़ा।

लड़के ने पूछा कि आजकल भी कोई यहाँ बीड़ी-सिगरेट चढ़ाता है कि नहीं? नशा-नाशक बजरंग अब भी बली हैं कि कमजोर हो गये।

रमेसर ने कहा—"बाबू, श्रद्धा की बात है। कभी कोई नेक लड़का यहाँ बीड़ी चढ़ाकर नशा मुक्त भी हो लेता है। पीने-खाने वाले अब बहुत हो गये हैं। एक-बार तो एक लड़के ने नशे में बजरंगबली को ही उठा लिया था। पंचायत बैठी। नौजवान सरपंच ने फैसला सुनाया कि यहाँ अब पंचायत नहीं करेंगे। भवन बनाकर ही रहेंगे।

भवन के लिए उस शराबी बजरंग उठाऊ नौजवान से चार डिसमिल जगह दान करवाया गया। शराबी की जमीन में बना पंचायत भवन। चलकर देख लेना। वहाँ दस-बीस अंग्रेजी दारू के खाली बोतल लुढ़के पड़े रहते हैं। पंचायत भवन में ही सब चलता है खाना-पीना।" लड़कों को रमेसर की बातों में आनन्द आने लगा। वे बतकही करते हुए गाँव से बाहर निकल गये।

गाँव के बाहर दइहान के पास एक पत्थर का अधबना रावण खड़ा था। दसों सिर तो बन गये मगर हाथ ठुठुवा। हाथ ही नहीं था रावण का । लगता था जैसे किसी ने रावण को हस्तहीन कर दिया है।

लड़कों ने रमेसर से पूछा कि रावण बिना हाथ का क्यों है? रमेसर ने कहा कि अजीब कहानी है बाबू? गाँव के कलाकार को पिछले चुनाव के ठीक पहले सरपंच ने पक्का रावण बनाने का ठेका दिया था। वह हाथी पर चढ़े हुए रावण की मूर्ति बना बैठा। कलाकार सरपंच का पिट्ठू था। सोचा, नया कुछ ऐसा किया जाये कि देखनी हो जाये। एक हाथ को खुला आशीर्वाद की मुद्रा में रख दिया। दूसरे में कमल फूल धरा दिया। तीसरे हाथ में चक्र सुदर्शन भी था। चुनाव का साल था वह। रावण को लेकर झगड़ा मच गया। हाथ, कमल फूल, हाथी और चक्र सुदर्शन सब चुनाव चिह्न हैं इसलिए इन्हें तोड़ दो, कलाकार को कहा गया। कलाकार तो नहीं माना मगर धीरे-धीरे दल वालों ने रावण को ठुठुवा कर दिया। हाथी का सूँड भी तोड़ दिया गया। अब यह सूअर की तरह जो दिख रहा है वही हाथी है। रूप ही बिगड़ गया बाबू। जनता के हजारों रुपयों को खण्डित रावण बनाने के बहाने खा गया सरपंच। सइत्तानाश हो गया। तब से रावण खण्डित है, खड़ा है भूत की तरह।

लड़के ने पूछा—"क्या यहाँ रामलीला मण्डली भी है?"

रमेसर ने कहा—"है नहीं, थी। यहाँ की मण्डली का नाम चारों ओर था। शहर तक में मण्डली लेकर हम लोग गये। अभी जो सरपंच है न तालसिंग दाऊ, वही तो छुटपन में राम बनता था। सुन्दर दिखता था। राम बने तालसिंग को घर-घर ले जाकर पाटे पर खड़ा कर बाकायदा तिलक लगाते और पाँव पूजते थे। नारियल धराते थे। बड़ा आनन्द आता था। अब तो सब बदल गया।"

"क्या बदल गया?"

"यही कि तालसिंग झबरीली मूँछें रखता है। पी-पी कर साँड हो गया है। लीला मण्डली तो खत्म हो गयी, खाली दशहरे के दिन नौटंकी होती है। वही तालसिंग दारू पीकर बनता है रावण। गरजता है...

"निज भुजबल में बयरु बढ़ावा,
दैंहव उतर जो रिपु चढ़ि आवा।"

बैर तो खैर, वह गाँव में खूब बढ़ा रहा है। और उत्तर भी दे रहा है। गिलास भर-भर कर उत्तर। कहते हुए रमेसर की हँसी छूट गयी।

लड़के ने पूछा—"आप कुछ नहीं बनते थे मण्डली में?"

रमेसर ने कहा—"बाबू, मैं तो जनक का पाठ करता था। सीता का बाप मैं ही तो बनता था।"

लड़के उसके कहने के अन्दाज पर हँस पड़े। रमेसर ने कहा—"एक बरस मजबूत कमचिल का धनुष बन गया। यह तालसिंग काँखता रह गया मगर धनुष टूटबे न करे। आखिर उस साल मुझे उठकर फिर से वही दोहा दुहराकर सीन खत्म करना पड़ा..."

"तजहु आस निज निज गृह जाहू,
लिखा न बिधि वैदेहि बिबाहू।"

इसके बाद परदा गिरा दिया गया। दूसरा मरहा-घुनहा धनुष लाया गया, तब तोड़ पाया यह तालसिंग। दुबला-पतला तो था। नाजुक सा। अब तो रावण हो गया है पूरा।

लड़के रमेसर की बात से खूब हँसे।

रमेसर ने कहा—"अब तो हर साल आधा घण्टे में ही रावण जल जाता है। धान के पैरे से बनता है रावण। इस साल तो पानी के मारे पैरा भी सड़ गया है। सड़े पैरे का बनेगा रावण इस साल। जलना ही तो है। सड़े को जलाने में और आसानी होगी।"

लड़के रमेसर के व्यक्तित्व के रंगों से प्रभावित हो रहे थे। रावण भांठा के बाद वे कुछ आगे बढ़े। तो वहाँ लम्बा-चौड़ा साफ-सुथरा मैदान मिला। लड़कों के पूछने पर रमेसर ने बताया कि यह पुराने अखाड़े की जमीन है। यहाँ कबड्डी, सूर सब खेलते थे तब। अब यहाँ क्रिकेट खेलते हैं लड़के। गुल्ली-डण्डा तो जाने कहाँ चला गया। चल निकला क्रिकेट। सामने ही स्कूल था। रमेसर ने बताया—"पिछले बरस ही तो यहाँ हाईस्कूल खुला है। लड़कियों के लिए बड़ा अच्छा हो गया।"

बातचीत चल ही रही थी कि गाँव के बड़े गुरुजी वहाँ आते दिखे। रमेसर ने लपककर गुरुजी को राम-राम कहा। गुरुजी ने पूछा—"मंडल, ये नौजवान कौन हैं मण्डई के दिन यहाँ रावनभांठा में क्या कर रहे हैं आप लोग? फसल कैसी रही? मिंजई तो हो गयी होगी? धान बढ़ा लिये?"

गुरुजी चुप हुए तो लड़के ने नमस्ते कहते हुए ठट्ठा किया। "गुरुजी, अब यह भी कह दीजिए कि किसी एक प्रश्न का उत्तर दो। सबमें समान अंक हैं।"

लड़के की ठिठोली गुरुजी को अच्छी लगी। गुरुजी ने कहा—"बाबू होशियार हो। रमेसर के यहाँ सगा आये हो क्या?"

लड़के के बदले रमेसर ने कहा—"गुरुजी, सगा ही समझिए। पुन्नी को देखने आये हैं। शादी तो अब करनी ही है न।"

गुरुजी ने कहा, "लो रमेसर तुम्हारा भी जवाब नहीं। स्कूल खुल गया तो शादी का चक्कर लगा रहे हो। स्कूल नहीं खुला था तो पढ़ाई कराने की बात करते थे। तुम्हारे लिए ही कहावत बनी है—"दाँत है चना नहीं, चना है त दाँत नहीं।" अब

पढ़ने दो पुन्नी को। होशियार है।"

रमेसर ने कहा–"पुन्नी की दाई जान खा रही है गुरुजी। कहती है, बेटी सज्ञान हो गयी।"

गुरुजी ने कहा–"सो तो है। पुन्नी है होशियार।" फिर लड़कों की ओर मुखातिब होकर गुरुजी ने कहा–"दोस्तो, भाग्य से मिलती है ऐसी छात्रा। पुन्नी इस साल शाला का नाम रोशन करेगी। प्रथम श्रेणी, वह भी गाँव के प्रथम हाईस्कूल बैच में। मैं तो भई, जी भर आशीष देता हूँ कि जहाँ जायेगी अपने नाम के अनुरूप पूर्णिमा के चाँद की तरह घर-आँगन को आलोकित कर देगी।"

लड़के सुनते रहे। रमेसर ने ही कहा–"गुरुजी, आप तीन-चार दिनों से थे नहीं, कहीं गये थे क्या?"

गुरुजी ने लम्बी साँस लेते हुए कहा–"रमेसर मंडल, जाना कहाँ था। चुनाव ड्यूटी लगी थी। इसीलिए तो शिक्षा विभाग को मुरली विभाग कहते हैं। जो चाहता है एक फूँक मार लेता है। आलू हैं शिक्षक। किसी भी काम में जोड़ दो।"

लड़के ने कहा–"गुरुजी, बार-बार के चुनाव से देश हो गया गारद।"

गुरुजी ने कहा–"बाबू, सही चीज का चुनाव करना नहीं आयेगा तो गारद तो होना ही है। अब सब तो तुम्हारी तरह होशियार नहीं होते। देखो न, तुम आये हो चुनने तो हमारी सबसे होशियार बिटिया के लिए, वाह रे जवान।"

गुरुजी की बात से लड़के भी हँसे बिना न रह सके। लड़के के दोस्त ने कहा–"गुरुजी, अगर क्षमा करें तो एक प्रश्न मैं भी करना चाहता हूँ।"

"पूछो", गुरुजी ने कहा।

"ऐसा है सर, कि आप हम जहाँ खड़े हैं, इसे रावनभांठा आपने कहा। हर गाँव में रावनभांठा होता है। जहाँ पक्का या कच्चा रावण बना होता है। दशहरे के दिन भर, साल में एक बार, यहाँ लोग रावण मारने आते हैं। मगर गाँव-गाँव यह तमाशा जाने कब से हो रहा है। आखिर क्यूँ? रावनभांठा में रावण तना हुआ खड़ा रहता है गाँव-गाँव।"

गुरुजी ने कहा, "वत्स, तुम्हारा प्रश्न अधूरा है। छत्तीसगढ़ के गाँवों में रावण गाँवो के बाहर रहता है। इसी तरह मिट्टी-पत्थर से बना हुआ। यह तो ठीक है, मगर हर गाँव में एक चीज और है, उसके बारे में तुमने नहीं पूछा?"

"क्या चीज गुरुजी?" लड़के ने अकबकाते हुए कहा।

"रामलीला का चौरा। जिसे लीला चौरा कहते हैं। यहाँ बड़ पेड़ के पास एक छोटा सा चौरा नहीं है। वही तो लीला-चौरा है। यह बहुत बड़ी बात है। छत्तीसगढ़ को पूर्व में दक्षिण कोशल कहा जाता था। कोशल की बेटी थी कौशल्या। राम की माता। इसलिए छत्तीसगढ़ हुआ राम का ननिहाल। हमारे गाँवों के बीचों-बीच राम की लीला का चौरा होता है और गाँव के बाहर खड़ा मिलता है रावण। यह

प्रतीकात्मक है। राम को तो हम हृदय में रखते हैं मगर रावण के अस्तित्व से इनकार नहीं है। हमें सदैव यह अहसास रहे कि बाहर रावण खड़ा है जिसे हमारे भीतर का राम हराता रहेगा। यह हमारी सांस्कृतिक पृष्ठभूमि से जुड़ा आख्यान है बाबू।"

गुरुजी की बात से रमेसर अवाक् रह गया। उसने पूछा—"गुरुजी, राम हमर भांचा ये?" गुरुजी ने उसकी पीठ पर धौल जमाते हुए कहा—"रमेसर, रात भर रमायन पढ़िस, बिहनिया पूछिस राम सीता कौन ये, तौन हाल मत कर...।"

इतना कहकर गुरुजी हँसने लगे। गुरुजी के साथ लड़के भी हँसने लगे। बात शायद और भी आगे चलती तभी जोर की आवाज हुई खड़ खड़...खड़ खड़...फड़ फड़ फड़ फड़...।

आवाज से ध्यान आया कि वे निकले थे मण्ड़ई देखने। गुरुजी को नमस्कार कर वे बढ़ गये मण्डई की ओर । खड़-फड़ की आवाज खड़खड़िया जुआ वालों का था। जहाँ मण्डई तहाँ खड़खड़िया, नाचा और दारू। लड़के खड़खड़िया वाले के पास जाने लगे। तभी उन्होंने देखा दो पुलिस वाले करीब ही टहल रहे हैं। लड़के सहम गये। रमेसर ने कहा—"जा बाबू, पुलुस से मत डर। पुलुस वाले आते ही हैं जुआरी, शराबी और गुण्डों का काम आसान करने के लिए। सिपाही नहीं आते तो शरीफ लोग चैन से रहते हैं। सिपाही जी लोग आ जाते हैं तो दरुहा, जुवाड़िया, लोग चैन से अपना शौक पूरा करते हैं। शान्तिपूर्वक मण्डई का कार्य सम्पन्न होता है। आखिर चढ़ावा भी तो कोई चीज है।"

रमेसर के कथन से लड़कों का डर तो परा गया मगर मन न लगा। वे मण्डई से लगी दुकानों की ओर बढ़ गये। वहाँ बीच में चौकोर जगह विशेष रूप से राउत नृत्य के लिए छूटी थी। लड़कों को राउत नाच देखना ही अच्छा लगा। साजू, खुमरी, कटार, घोलघोला, फरी, पगड़ी से सजे, मुँह में मुरदार शंख, चिमकी लगाये राउत ठुमक रहे थे। परी भी नाच रही थी। दफड़ा, दमऊ, टिमटिमी, मोहरी का समवेत स्वर गूँज रहा था। लड़के वहीं खड़े हो गये।

राउत नाच दल मस्ती में झूम रहा था। कुछ राउत लड़के धूल में लोट रहे थे। कुछ एक को तो उल्टी भी हो गयी थी। लड़कों ने कुछ दूर खड़खड़िया के पास खड़े होकर आनन्द लिया फिर राउत नाच दल के पास चले आये।

देखते ही देखते राउतों में झगड़ा होने लगा। एक दोहा पारना चाहता था मगर दूसरा और तीसरा आलाप देने लगा। ऐसा हो नहीं सकता था। आजकल बड़े लोगों की चापलूसी भरे दोहों की भरमार हो गयी थी। सबके अपने बड़े लोग थे। एक राउत ने जोर लगाकर दोहा पढ़ा...

"अरर रर भैया रे...
तालसिंग के ताल बरोबर ककरो ताल न भावै
गिलास छाप के महिमा भैया हमला अबड़ सुहावै।"

उसका यह दोहा पढ़ना था कि दूसरा, तीसरा राउत भी अटियाने लगा। इसी बात को लेकर झगड़ा हो गया। लाठी चल गयी।

सरपंच तालसिंग झूमते हुए आये। उन्होंने कहा–"मण्डई मेला का दिन है, अरे आज तो नहीं पीना था जी। दूध को बेचते हो और शराब को खरीदते हो।"

एक राउत ने नशे में ही कह दिया–"दाऊ, रावन राज म अउ का हो ही। बुड़ो के काहत हे, नहकौनी दे। सियान बने हे।"

उसका इतना कहना था कि तालसिंग दहाड़ने लगा। शायद दूसरा दिन होता तो मारामारी हो जाती मगर मण्डई का दिन था। किसी तरह बात सँभल गयी।

फिर थोड़ा सा बाजार में सब घूमे। नकली वेणी, टिकली-फुंदरी, शीशे से बने तरह-तरह के झालर, नकली पिस्तौलें, सिनेमा के कलाकारों के चित्र, सभी तो सजे थे बाजार में। रमेसर ने आग्रहपूर्वक लड़कों को गरम-गरम जलेबी खिलाकर चाहा पीने का आग्रह किया। फिर वह उन्हें पान ठेले के पास ले गया।

लड़कों ने कहा–"चाचा, अब पान-सिगरेट कुछ नहीं। अच्छी चीज खाने के बाद मुँह खराब क्यों करें।"

रमेसर को अच्छा लगा। वह उन्हें लेकर घर की ओर बढ़ गया। भोजन का समय भी हो गया था। डोलची लेकर रमेसर सीधे बाड़ी की ओर बढ़ा। लड़के ठहर गये तो उसने कहा–"बाबू, हाथ-मुँह धो लो। बाड़ी में कुआँ है, चलो।"

लड़के रमेसर के साथ बाड़ी गये। हाथ-मुँह धोकर लौटे। भोजन तैयार था। पाटा-पीढ़ा लग चुका था।

विशेष रूप से जिमीकांदा और आलू मुनगा की सब्जी रमेसर ने बनवाकर मेहमानों का स्वागत नाई के कहे मुताबिक किया। लड़के ने भोजन करते हुए कहा– "हमारा पूरा परिवार गायत्री परिवार से जुड़ा है। मैं भर खाली माँस-मछली खाता हूँ।"

रमेसर ने इशारा तो समझ लिया मगर आज तो भोजन बन चुका था। उसने मन ही मन सोचा, कल देखा जायेगा।

रात को अछोटा साज का नाचा था। लड़कों के साथ वह भी गया नाच देखने। लड़के ने परी को पचास रुपया दिखाकर टॉर्च मार दिया। परी झमाके से आयी। उसने लड़के के पास जाकर अपने बनावटी उरोज को नचाया। फिर पचास रुपया प्राप्त कर नाम पूछा। मंच पर जाकर परी ने अलाप किया–

"ये गाँव के रहइया नोहय,
तरेसर ओकर गाँव ये गा,
बला के मोला पचाय के लोट दीसे,
अशोक कुमार ओकर नाव ये गा।"

इस दोहे पर खूब ताली बजी। लड़का तो जैसे निहाल ही हो गया। उसके मुँह

से बेसाख्ता निकल गया—"छुटा गे साले पचास रूपिया हा।" परी मंच पर अब दूसरा गीत उठा चुकी थी।

"नैना जोगनी हो दिल मोहे डोंगरगढ़ ला" गाते हुए वह गोल चकरी की तरह मंच पर घूम रही थी।

रमेसर को नींद सताने लगी। उसने लड़कों से कहा—"मैं चलता हूँ बाबू, आप लोग नाच खत्म होने पर आ जाना।"

नाच देखकर लड़के सुबह ही पहुँचे। नाच सूरज उगने तक चला। लड़कों की आँखें लाल थीं। अशोक ने कहा—"चलो नहा आते हैं।" दोस्त भी सहमत हो गया।

तालाब में दो घाट थे। एक डौका घठौंदा, दूसरा डौकी घठौंदा। डौका घठौंदा मर्दों के लिए, डौकी घठौंदा औरतों के लिए। डौकी घठौंदा तालाब के द्वार वाले सिरे में था। लड़के जब तालाब में पहुँचे तो वहाँ एक मोटीयारी औरत नहाकर गीले कपड़े में ही निकलने की तैयारी कर रही थी। लड़के ने साबुन का डिब्बा उसी घठौंदे में रखकर मुँह धोना शुरू कर दिया। औरत ने टोका—"बाबू, अपन घाट म जा, ये जगह माई लोगन के घाट ये।"

लड़के ने तुरन्त पटन्तर दिया—"घाट का क्या है बाई, छुवाता नहीं है। सब चलता है।"

अभी वह कुछ और कहता कि तालाब में तीन-चार किसान आ गये। वे जान चुके थे कि लड़का रमेसर के यहाँ पुन्नी को देखने आया है। एक किसान तनिक नर्म होकर कहा—"बाबू, नियम है। गाँव में हो तो गाँव के होकर रहना चाहिए।" लड़का उसकी बात से झेंप गया। साबुन का डिब्बा उठाकर पुरुषों के घाट की ओर जाने लगा। एक किसान ने मजाक में कहा—"बाबू, तोर गाँव म सब एक है का जी।"

लड़का कुछ बोल नहीं सका। तीनों किसान ठठाकर हँस जो पड़े थे। खिसियाकर लड़का चड्ढ़ी बनियान सहित तालाब में कूद पड़ा। तालाब बहुत बड़ा था। लड़का भी तैराक था। आल-पाल तालाब को नापने के लिए तैरने लगा। किसान नहाकर चले गये। तब दोनों दोस्त निकले।

इधर रमेसर के यहाँ भोजन के बहाने लड़की दिखाने की सारी तैयारी पूरी हो चुकी थी। परछी में पीढ़ा-पाटा लगा था। लड़कों ने देखा, रमेसर के चाचा अंकलहा भी आ गये थे पड़ोस से। परिचय हुआ।

लड़के ने गर्वपूर्वक बताया कि वह भिलाई के कारखाने में खलासी है। क्वार्टर भी मिल गया है। खुर्सीपार में। यह मेरा दोस्त है कुमार। मास्टर है।

कुमार ने स्वयं अपना परिचय देते हुए कहा—"दादा, मैं भी तरेसर का हूँ। दो बरस पहले ही मेरी शादी हुई है। एक बच्चा है। गाँव के स्कूल में ही हम और यह अशोक साथ-साथ पढ़े। इसका भाग ऊँचा था। करखनहा हो गया।" अंकलहा ने

कहा—"हाँ बेटा, आजकल ऐसी नौकरी मुश्किल से मिलती है। देखो न, हमारे गाँव के पास दारू कारखाना क्या खुला, सारे मजदूर लड़के वहीं जा लगे। साल भर बाद हो गयी छँटनी। अब न घर के रहे न घाट के। खेती होती नहीं, कारखाने में नौकरी पक्की लगती नहीं।" अशोक ने बीच में कहा—"खेती से तो भीख भली।"

अंकलहा ने कहा—"बाबू, ऐसी बात नहीं है। खेती न हो तो लोहा खा के पेट नहीं भर सकोगे। खेती अपन सेती।"

रमेसर ने आँख के इशारे से चाचा को समझाया।

दोनों थोड़ी देर के लिए बाहर आ गये। कोने में ले जाकर रमेसर ने कहा—"कका, समझो बात को। वह भी किसान का पूत है। उसका बाप किसान है। नौकरी लग गया है तो टेस मार रहा है। तुम्हें तो बस सचाई की पड़ी रहती है। लड़की देखने आया है तो क्या अकड़ेगा नहीं।"

काका ने कहा, "रमेसर, क्या जमाना आ गया है। लड़के आ गये साले, लड़की देखने। मैं तो तुम्हारी काकी को दो बच्चों की माँ होने के बाद ही भर नजर देख पाया था।"

रमेसर ने कहा—"फिर वही बात, अब यह जमाना काकी का नहीं, पुन्नी का है। चलो दिखायें। कुछ जुगत जमाकर बात बनानी है।"

काका ने कहा—"गलती होगे रमेसर, ले चल। बनही बात।"

पुनः लौटकर अंकलहा मंडल और रमेसर खाट में जा बैठे। बात के सिरे को पकड़ते हुए सयाने होने के कारण अंकलहा काका ने लड़के से पुनः कहा—"बाबू, तोर उम्मर कितना है?"

लड़के ने कहा—"तेइस साल।"

लड़के के द्वारा तेइस साल कहते ही अंकलहा काका के मुँह से निकल गया "रमेसर, अतेक उम्मर म तो मोर दू लड़का होगे रिहिस।"

काका की बात से सबको हँसी छूट गयी।

फिर बात आगे बढ़ाते हुए अंकलहा ने लड़के से खानदान, मामा, गाँव, गोत्र आदि के बारे में पूछा। फिर नजर लड़के के सर की ओर गयी। अंकलहा ने पूछा—"बाबू, तुम्हारे बाल आधे रह गये हैं।" लड़के ने कहा—"हाँ, कुछ ही दिन बाद पूरे झड़ जायेंगे।"

"क्यों?" अंकलहा ने कहा।

"हम लोगों का खानदान ही चेंदुवा खानदान है।" लड़के ने आगे बताया—"मेरे पिताजी गंजे, नाना गंजे, सारे मामा गंजे। मैं बस दो बरस में निपट जाऊँगा।" अंकलहा उसके जवाब से हो-हो कर हँसने लगा। अंकलहा ने कहा—"मर्द की शोभा बाल से नहीं बल से है। शरीर मजबूत हो तो बाल भी बांका नहीं होता।"

काका की बात से हँसते हुए और बात को नये सिरे से पकड़ते हुए लड़के ने कहा—"लड़की खाना बना लेती है क्या?" रमेसर ने कहा—"कामचलाऊ।" लड़के

ने फिर पूछा–"गोबर-कचरा, खेत निंदाई, सब में कच्ची तो नहीं है?" अब अंकलहा से रहा न गया। उसने कहा–"बाबू, तुम तो भिलाई कारखाने में काम करते हो, वहाँ गोबर-कचरा, निंदाई-रोपाई का क्या काम?"

लड़के ने कहा–"गाँव में खेती तो है। पिताजी बोले हैं कि बहू ऐसी चाहिए जो किसानिन हो।"

अंकलहा ने तब पूछा–"और तुम चाहते हो मैट्रिक पास बाई। पढ़ी-लिखी। यह तो मैं पहले ही जान चुका हूँ।" अंकलहा ने आगे कहा–"बेटा, लड़की पढ़ी-लिखी हो, गोबर-कचरा भी करती हो, खेती का काम भी सँभालती हो, यह ऐसे ही घर की लड़की कर सकती है बाबू। अच्छा किये यहाँ आ गये। पुन्नी होशियार है। पढ़ाई में भी और काम-कमाई में भी। साक्षरता वाले नारा भी तो देते हैं..."

"खेत सुधरे निंदई ले, जिनगी सुधरे पढ़ाई ले।"

नारा सुनकर सबको हँसी छूट गयी। तब तक खाना लग गया था। लड़कों के साथ रमेसर और उसके काका भी खाना खाने बैठ गये।

भीतर पुन्नी की माँ थाली में सब सामान सजाकर बार-बार कह रही थी कि बेटी, एक बार जाकर सबको परोस दो फिर बाद का परोसा मैं दे दूँगी। पुन्नी की आँख भर आयी। वह तैयार नहीं हो पा रही थी। उसे बड़ी लाज लग रही थी। उसने कहा–"दाई, मैं गिर परहूं। मत भेज।" मगर दाई के बार-बार ढाढ़स बँधाने से वह मान गयी।

काँपते हाथों से उसने थाली को उठाया। बजरंगबली को शायद पहाड़ उठाने में भी उतना बल नहीं लगाना पड़ा होगा जितना पुन्नी को थाली उठाने में लगाना पड़ा। वह दबे कदमों से चौखट पार कर परछी में आयी। सबसे पहले उसने अपने दादा के सामने थाली रखी, फिर पिता के सामने। उसके बाद लड़के के दोस्त के आगे। अन्त में लड़के के सामने रखे बड़े से पीढ़े पर सलीके से उसने थाल को रखा।

लड़के ने भर नजर पुन्नी को देखा, दोस्त ने भी। दादा और पिता के सामने इस जाँच-परख के कार्यक्रम में पुन्नी अधमरी हो रही थी। वह झट भीतर चली गयी। लड़के ने पुन्नी के जाने के बाद सामने दरवाजे को ध्यान से देखा। एक काँच का सुन्दर झालर दरवाजे पर लटक रहा था। लड़के ने झालर को देखकर पूछा–"क्या यह लड़की ने बनाया है? सुन्दर है।"

रमेसर ने कहा–"सुन्दर तो है मगर सिर्फ लटकने के लिए है। इसे पुन्नी ने नहीं बनाया। बाजार का है। काँच का, न खाने में न पीने में। लो, खाना तो खाओ।" रमेसर के इस कथन पर मुस्कुराते हुए सब जीमने लगे।

भोजन समाप्त हुआ। रमेसर ने आग्रहपूर्वक आँगन में बिछी खाट पर मेहमान लड़कों को बिठाया। सौंफ-सुपारी का दौर चला।

अब विदाई की बेला आ गयी थी। रमेसर ने कहा—"अच्छा लगा बाबू, तुम लोगों का आना अच्छा लगा। किसान के बेटे अब नौकरी-चाकरी में जा रहे हैं। दिन इसी तरह बहुरता है। अपने पिताजी को भी भेजना। मेरा राम-राम कहना अशोक।"

अशोक रमेसर की बात से भीग सा गया।

खाट मुनगा पेड़ के नीचे ही बिछी थी। पेड़ पर अशोक की नजर चली गयी। लम्बी-लम्बी फलियों से लदे मुनगे के पेड़ की डालियाँ लहस रही थीं। पेड़ देखकर लड़के से रहा न गया। उसने कहा—"फल से लदा पेड़ तो मैंने बहुत देखा लेकिन इस मुनगे जैसा कभी नहीं।" लड़के की बात से रमेसर मुस्कुराकर रह गया।

तभी बाम्हन-चिरई का झुण्ड मुनगा की डाली में आकर बैठ गया। चिरई दल की तेज चहचही के कारण सबका ध्यान उस ओर गया। वहाँ एक बड़ा सा धान से बना झालर लटक रहा था। उसी में लग रहा था चिड़ियों का मेला। लड़के ने ध्यान से झालर की कारीगरी को देखा। धान के पुष्ट पौधों को छाँटकर बड़े जतन से बनाया गया था झालर। दस-दस चिड़ियों के बैठने पर भी उसका बाल बाँका नहीं हो रहा था।

रमेसर ने लड़के को झालर में अटके देखकर कहा—"बाबू, इसे बनाया है पुन्नी ने।"

लड़का मुस्कुराने लगा।

अब रमेसर के काका अंकलहा ने पूछा—"बेटा, लड़की पसन्द आयी क्या हमारी?"

लड़के ने उठकर दोनों बुजुर्गों का पाँव छूते हुए कहा—"आशीर्वाद दीजिए कि मेरे घर में भी झालर की शोभा सदा बनी रहे।"

रास्ता ही रास्ता

मैना नहीं जानती कि उसे कहाँ उतरना है। मैना में सवार लोग भी नहीं जानते कि उड़ती मैना कहाँ उतरेगी। जहाँ चौरस मैदान दिखता है वहाँ अचानक मैना उतर जाती है।

छत्तीसगढ़ के जंगलों में बोलने वाली मैना तो अब लुप्त सी हो रही है मगर आसमान में उड़ने वाली लोहे की मैना रोज गर्मी के दिनों में घरघराती है। छत्तीसगढ़ शासन ने अपने हेलीकाप्टर का नाम मैना रखा है।

मैना इन दिनों जंगली गाँवों के ऊपर ज्यादा उड़ती है। कभी-कभी सलवा जुडूम के लिए जुट आये आदिवासियों के ऊपर से मैना उड़ जाती है। आदिवासी पीढ़ी दर पीढ़ी ऐसी हवाबाजी देख रहे हैं। उन्हें आज भी कुछ समझ में नहीं आता है कि जंगल के भीतर ऊँघते से अपने छोटे से गाँव में वे कब जा पायेंगे। वे कैम्पों में धांध दिये गये हैं। सड़क किनारे सत्रह कैम्प बने हैं। अपने गाँव के लोगों के साथ कैम्प में बल्दू गोंड़ भी आ गया है। बल्दू साठ साल का है। पढ़ा-लिखा है। उसने कुछ दिन फौज में भी नौकरी की है। मैट्रिक पास करने के बाद बल्दू फौज में नौकर लग गया। उन्हीं दिनों राजा प्रवीरचन्द भंजदेव के आह्वान पर आदिवासी लामबन्द हो रहे थे। बल्दू अपने गाँव में कभी-कभार छुट्टी में आता और अपने मितान अंकालू कोटवार के साथ बैठकर सभी जानकारी लेता। आजकल बल्दू और अंकालू दोनों कैम्पों में हैं।

लेकिन पुरानी यादों के सहारे वे दोनों कैम्प में भी सरस जीवन कांट लेते हैं। खासकर जब मैना कैम्प के ऊपर से उड़ती है तो बल्दू अपने पुराने दिनों के अनुभवों की किताब अंकालू और दीगर आदिवासियों के बीच खोल बैठता है।

बल्दू कम फितरती नहीं है। छुटपन से उसे भरपूर ऊपर उठने का अवसर मिला। बल्दू के चाचा राजहरा में काम करते थे। बल्दू को वहीं पढ़ने का अवसर लगा। यहीं उसे कहानी, कविता लिखने का चस्का लगा। हर हाल में बल्दू की कलम चली है। इसीलिए तो बल्दू अतराप के गाँव में सबसे अधिक पढ़ा-लिखा समझदार जवान कहलाता था। जवान तो वह साठ बरस की उम्र में भी है। कसा शरीर, चौड़ी छाती, घुँघराले बाल और मजबूत हाथ-पाँव! वह आज भी चश्मा नहीं पहनता। जीवन की हर लड़ाई लड़ता हुआ बल्दू लगातार लिखता भी रहा। अब तो खैर काफी नाम कमा लिया है उसने। उसे वह एक प्रसंग कभी भूलता नहीं। तब द्वारिकाप्रसाद मिश्रा

मुख्यमन्त्री थे। उनकी ठन गयी राजा भंजदेव के साथ। तब पढ़कर स्कूल से निकला ही था बल्दू! खूब नम्बर मिले थे उसे मैट्रिक में! दो बरस पहले ही जगदलपुर के महल में खून की होली खेली गयी थी। बल्दू को गहरा आघात लगा था। उसने यह भी सुना कि डॉ. खूबचन्द बघेल ने गोली काण्ड का विरोध किया था। तब मुख्यमन्त्री पंडित द्वारिकाप्रसाद मिश्र ने धमकाकर कहा था कि बघेल तुम मिटा दिये जाओगे। पर वाह रे छत्तीसगढ़ के सपूत डॉ. खूबचन्द। उसने जवाब दिया कि मिश्राजी, आप सब कर सकते हैं मुझसे मेरी गरीबी नहीं छीन सकते। बल्दू डॉ. खूबचन्द बघेल के जवाब को कभी भूल नहीं सका। शायद छत्तीसगढ़ के आदिवासी भी इस जवाब को अपना जवाब समझने लगे। इसीलिए लगातार वे शासन से कटते गये और धीरे-धीरे उनकी टूटन का लाभ लेकर नक्सलाइट जंगली गाँवों में पैर पसारते गये।

बल्दू तब भी शोषण का विरोध करता था। आग उगलती कहानियों का लेखन भी उसने इन्हीं दिनों शुरू किया। उसकी कहानियाँ खूब छपने भी लगीं। बल्दू गाँव भर में अकेला फौजी सिपाही था। वह छुट्टी में गाँव आया था। गाँव के घोटुल में लड़के-लड़की गीत गा रहे थे कि एक सरकारी जीप आकर वहाँ रुकी।

बल्दू का दोस्त अंकालू कोटवार हाथ में पँचहत्था लाठी लेकर जा पहुँचा जीप में आये साहबानों के पास। देखा तो तहसीलदार साहब के साथ एक नौजवान दढ़ियल मानुष बैठा था। अंकालू को पास बुलाकर तहसीलदार ने कहा—

"ये साहब नजदीक के रेस्ट हाऊस में रुके हैं। बड़े पत्रकार हैं। बस्तर के बारे में लिखने आये हैं। इनके लिए खाना बनाना है। दो सुन्दर लड़की गाँव से हमें दो। रात भर के लिए।"

अंकालू का हाथ पँचहत्था भाले वाली लाठी पर कस गया। "हव साहब" कहते हुए वह गाँव की ओर चल पड़ा। थोड़ी देर में ही बल्दू के साथ अंकालू जीप के पास आ खड़ा हुआ। जंगल की रात। रोशनी के दो हण्डों की तरह जीप की हेडलाइट जल रही थी। भीतर दो लोग बैठे थे, अँधेरे में। घात लगाकर बैठे भेड़िये की तरह। अंकालू के साथ आये नवजवान को देखकर ही तहसीलदार भाँप गया कि हो न हो यह सिपाही ही हो। हेयर कटिंग से ही तहसीलदार अनुमान लगा चुका था। तहसीलदार कुछ कहता कि बल्दू ने ही कह दिया—"साहब, इनके लिए खाना बनाने अपनी बाई को भेज दीजिए। हमारे गाँव की लड़की ऐसा काम नहीं करतीं।"

तहसीलदार ने कहा--"साले, अपनी हैसियत में रह। बन्द करा दूँगा हरामी।"

शायद तहसीलदार कुछ और कहता कि बल्दू अपने तीन-चार साथियों के साथ जीप की ओर लपका। तहसीलदार गाड़ी स्टार्ट कर भाग निकला। बल्दू ने अंकालू से कहा, "देखो मितान, यह साला तहसीलदार तुम्हें और मुझे तंग करेगा। लेकिन हिम्मत मत हारना।"

तीन दिन बाद गाँव में थानेदार आ पहुँचा। उसने अंकालू को तलब दिया।

अंकालू को गुंडी में बुलाकर सब लोगों के बीच थानेदार ने कहा—"साले, इज्जतदार बनते हो। साहब लोगों से पंगा लेते हो।"

अभी वह कुछ और कहता कि बल्दू वहाँ आ पहुँचा। बल्दू ने थानेदार से कहा—"गाली मत दो, ढंग से बात करो।"

उसका इतना कहना था कि थानेदार ने डण्डे से उसे पीटना शुरू कर दिया। बल्दू को दो-तीन डण्डे ही पड़े थे कि अंकालू ने भाले से थानेदार की जाँघ में छेद कर दिया। उसके बाद तो उसके गाँव में पुलिस की चौकी ही खुल गयी। दोनों रातों-रात गाँव से भाग गये। बल्दू फौज की नौकरी में नहीं गया बल्कि जंगल में ही छुपा रहा। अंकालू भी उसी के साथ भटकता रहा।

एक रात दोनों गाँव में आये। उनके घर वालों ने रो-रोकर बताया कि पुलिस उनको रोज सताती है। जीना मुश्किल हो गया है। बल्दू ने कहा, अब नहीं सतायेगी। बस दो-एक दिन में हिसाब हो जायेगा।

बल्दू के घर वाले उसके बदले हुए तेवर को देखकर कुछ अकबका से गये मगर यह सोचकर रह गये कि बल्दू तो शुरू से ही फितरती है, कुछ उपाय सोच ही रहा होगा।

इस बीच उसके रेजीमेण्ट से उसे पकड़ लाने का वारन्ट भी निकल गया। पुलिस बार-बार घर आकर पूछती कि बल्दू को हाजिर करो वरना तुम लोगों को मार पड़ती ही रहेगी। बल्दू का बाप कलपता रह जाता मगर पुलिस के जवान नहीं पसीजते। रोज ब रोज की पिटाई से अधमरा बाप अब रोता भी नहीं था। बल्दू के घर उस दिन भी पुलिस वाले आ तो गये मगर वापस न जा सके। गाँव के बाहर दोनों ठोलों को बल्दू और अंकालू के साथियों ने पीट-पीट कर मार दिया।

दोनों पुलिस वालों की लाश को गाँव के बाहर खड़े बड़े पीपल के पेड़ में बल्दू ने टँगवा दिया और लिखवा दिया—

"जंगलराज चलाने वाले चेत गये होते तो
क्यों फिर बल्दू नक्सल बनता,
अंकालू ललियाता,
रामू, चमरू को जंगल में
सुख से रहने देते,
शायद ही कोई फिर बढ़कर
झण्डा लाल उठाता।"

—कवि कामरेड बल्दू

इस कविता की खूब चर्चा हुई। रायपुर के अखबारों में लगातार यह कविता छपती रही। कामरेड बल्दू के बारे में काल्पनिक कहानियाँ भी छपीं। डेस्क पर ही सभी समाचार अन्वेषित कर लेने वाले चमत्कारिक पत्रकारों ने लिखा कि बल्दू गोंड़ फौजी था। उसकी प्रेमिका थी। तहसीलदार ने उसकी प्रेमिका का अपहरण कर लिया इसलिए वह नक्सलाइट बन गया।

अंकालू गाँव का सीधा-साधा कोटवार था। वह भी अत्याचार सहन न कर सका और लाल झण्डा थाम बैठा।

एक समाचार-पत्र ने लिखा कि अब उस क्षेत्र में बल्दू ही प्रमुख बन गया है। छत्तीस-गढ़ी साथियों को आन्ध्रा के नक्सली ट्रेनिंग दे रहे हैं और बड़ी जिम्मेदारी दे रहे हैं।

एक कलम के उस्ताद ने लिखा कि वह स्वयं जंगल में जाकर बल्दू और साथियों से मिल आया है। बल्दू की कविताएँ खूब लोकप्रिय हो रही हैं। वह नाच कर खंजरी पर कविताओं का गायन करता है। कविताओं में वह बताता है कि राजा भंजदेव को मारने वाले सफेदपोशों को अब कुचल दो। जंगल वालो जागो। या तो स्वाभिमान से जियो या फिर मर जाओ।

बल्दू और अंकालू धीरे-धीरे खूब नामी हो गये। छत्तीसगढ़ राज्य बनने की सुगबुगाहट शुरू हुई तो जंगल में मार-काट भी थोड़ी थमी। छत्तीसगढ़ राज्य बन गया। अजीत जोगी ने कई प्रयोग किये। उसमें से एक प्रयोग फसल चक्र परिवर्तन का था। एक जंगली गाँव में जाकर एक आदिवासी मन्त्री अपने साथियों के साथ भाषण दे रहा था। वह समझा रहा था कि एक फसल से कुछ नहीं होगा। बरसात में यह लगाओ, ठण्ड में वह फसल लगाओ और गर्मी में फिर यह लगाओ। भाषण चल ही रहा था कि सभा में एक अधेड़ सा वनवासी उठ खड़ा हुआ। उसने पूछा–"बारहों महीना हम फसल ही लगाते, काटते रहेंगे तब करमा कब नाचेंगे?"

मन्त्री ने भर नजर उस आदिवासी को देखा। प्रश्नकर्ता ने कहा–"नौटंकी बन्द करो और चले जाओ वरना ठीक नहीं होगा। जंगल को जंगल रहने दो। भ्रम मत फैलाओ। हमारी चिन्ता अगर ढंग से तुम लोग ही कर लेते तो बेड़ा पार हो जाता। क्या करें, हमें तो हमारा अपना भी ठगता है और ठग्गू लोग तो खैर ठगते ही हैं।"

उसकी बात सुन-सुनाकर बीच सभा से उठकर मन्त्री वापस राजधानी आ गया। दूसरे दिन सभी समाचार-पत्रों में उस प्रश्नकर्ता का चित्र छपा तब लोगों ने जाना कि वही बल्दू था। चित्र में उसी के पास अंकालू भी बैठा दिख रहा था। सभा में लगभग तीन सौ नक्सली घेरा किये बैठे थे, ऐसा पेपर वालों ने लिखा।

फिर सरकार बदल गयी। और मैना फिर जंगली गाँवों के ऊपर उड़ने लगी। गाँव के लोगों ने दल बनाकर नक्सलियों का विरोध शुरू कर दिया। बल्दू ने सरकार के पास अपने साथियों के हस्ताक्षर से एक आवेदन भेजा। उसने लिखा कि हम तो उजाले के हामी हैं। अँधेरा गहरा हो रहा था तो हम दिये की तलाश में भटक रहे थे। पचीस वर्षों से दीप से दीप जलाने का जतन कर रहे थे। अब अगर सरकार हमारे संगी-साथियों को रोजगार और सम्मान दे तो हम वापस लौट सकते हैं।

पत्र का सम्मान किया गया और बल्दू अंकालू के साथ वापस गाँव लौट आया। इसीलिए उसके गाँव के आस-पास सलवा जुडूम की सफल सभाएँ हुईं। सभाओं में बल्दू की कविताएँ समाँ बाँध देतीं।

एक शासकीय अधिकारी ने रुचि लेकर बल्दू की कविताओं को पुस्तकाकार

प्रकाशित करवा दिया। एक समाचार-पत्र ने बल्दू का उपन्यास ही छाप दिया। छत्तीसगढ़ भर में बल्दू के लेखन-कौशल की धूम सी मच गयी। वह लगातार जागरण के गीत लिखकर नाच-नाच कर सुनाता रहा। इस बीच दो बार उस पर हमला हुआ। उसे कैम्प में आकर रहने का सुझाव दिया गया। हमले उसके पुराने साथी कर रहे थे। बल्दू के पुराने साथी चाहते तो उसे मार ही देते मगर उसकी ईमानदारी और नक्सल आन्दोलन को उसकी देन को वे भी स्वीकारते थे इसलिए ऐसे विलक्षण कामरेड को वे सदा के लिए चुप नहीं कराना चाहते थे।

नक्सली मानते थे कि बल्दू है तो आखिर उनका ही साथी। गाँव के लोग उसे अपना हितैषी समझते थे और सरकारी गलियारों में भी धीरे-धीरे उसकी समझदारी और योग्यता की कद्र होने लगी।

कैम्प में रहते हुए बल्दू ने राजा भंजदेव स्मृति साहित्य मंच 'अंजोर' का गठन कर लिया। इसी नाम से वह पत्रिका भी निकालने लगा। तीन अंकों बाद ही पत्रिका चर्चा में आ गयी।

बल्दू ने अनुमति लेकर एक भव्य समारोह रखवाया। उसमें राजा भंजदेव स्मृति सम्मान भी रखवा दिया। इस अवसर पर उसने मन्त्री की उपस्थिति में कहा कि स्वाभिमान से जीने का हक सबको है। जंगल के लोग कभी किसी का हक नहीं छीनते। राजा भंजदेव की हत्या वनवासी सपनों की हत्या थी। डॉ. खूबचन्द बघेल की बात अगर कांग्रेसी जन सुन लेते तो इतना खून-खराबा ही नहीं होता।

उसने कहा कि सरकारें अपना कर्तव्य निभायें, हम अपने ढंग से जीवन को व्यवस्था देंगे। मन्त्री के सामने उसने यहाँ तक कह दिया कि डॉ. खूबचन्द बघेल का कहना है कि कोई हमसे कुछ भी छीन सकता है। मगर हमारी गर्वीली गरीबी नहीं छीन सकता। उसके इस कथन पर खूब ताली बजी। फिर उसने आगे कहा कि चन्दूलाल चंद्राकर ने तो यहाँ तक कह दिया कि हक छीने जाने पर भी, जो उफ न कर सके, समझो वही छत्तीसगढ़िया है। उनके इस कथन में तड़प है! अगर उनकी बात न समझी गयी तो आज जंगल में धमक है। कल पूरे छत्तीसगढ़ में बारूदी गन्ध से लोग अकबका जायेंगे। छत्तीसगढ़ में सब सम्मानित, सुखी हैं, केवल दुखी है तो छत्तीसगढ़ी। कोई लोहार सोनार के पद पर बैठा दिया जाता है लेकिन छत्तीसगढ़ चुप रहता है। मगर कोई छत्तीसगढ़ी कहीं एक पीढ़े पर बैठा दिया गया तो बाहर से आये शातिर लोग कुछ इस अन्दाज में फन्दा कसते हैं कि उसका दम ही घुट जाता है।

उसके इस कथन पर भी तालियाँ बजीं।

बल्दू ने कहा जो आदिवासी का 'अ' नहीं जानता वह आदिवासी संस्कृति पर बकवास करता है और वाहवाही पाता है। उसका भाषण चल ही रहा था कि मुख्य अतिथि आदिवासी मन्त्री ने एक स्लिप भिजवाई, उसमें लिखा था कि थोड़ा संयम बरतें।

कार्यक्रम समाप्त हुआ तो आदिवासी मन्त्री ने कहा—"आप अब बुजुर्ग हो गये हैं। जीवन भर हमारे लिए ही लड़ते रहे। अब आपका नाम हम प्रस्तावित करेंगे

आदिवासी कला एवं साहित्य अकादमी के अध्यक्ष पद के लिए।

बल्दू ने पूछा–"आज तक तो आप लोग कुछ भी नहीं बना पाये। मध्यप्रदेश में था छत्तीसगढ़ तो वहाँ आदिवासी लोक-कला परिषद के बहाने बहुत काम हुआ। तीजन बाई, देवदास बंजारे और हमारे आदिवासी क्षेत्र के करमा शैला के कलाकार खूब आगे बढ़े। विदेश तक गये। लेकिन छत्तीसगढ़ राज्य बनने के बाद न तो कंगरेसिया राजा सजग हुआ न केसरिया किंग को कुछ चिन्ता हुई।

कुछ लोग हँसने लगे।

मन्त्री ने कहा, आपका बायोडाटा हम ले चुके हैं। आप मैट्रिक पास हैं, फौज में भी रहे। जंगल की इज्जत बचाने के लिए लाल झण्डा भी थाम बैठे। आप गलत नहीं हैं। हम सब आपका सम्मान करते हैं।

बल्दू ने कहा–"जो लोग पत्रकार रहते हुए आप लोगों की सेवा करते रहे उन्हें तो आप साहित्यकारों का नेता बनाकर बिठा दिये। पत्रकार को साहित्यकार मानते हैं तो मुझ जैसे आदिवासी लेखक को कहीं पत्रकार तो नहीं मान लेंगे। पत्रकारिता विश्वविद्यालय में तो नहीं भेज देंगे।

उसके इस कथन पर और जोर का ठहाका लगा।

जाते-जाते बल्दू ने कहा–"मन्त्री जी, यहाँ आकर बाहरी लोग ताजपोशी करवा लेते हैं तो कोई कुछ नहीं कहता। माटी-पुत्रों को सूखी रोटी का टुकड़ा भी मिला कि ये लोग हल्ला मचा देते हैं। आप संकट में पड़ जायेंगे। कभी किसी छत्तीसगढ़िया को कुछ मिला है कि मुझे आप देने की सोच रहे हैं।

मन्त्री जी ने अलग ले जाकर कहा–"देखिए बल्दू जी, राजनीति करने वाले केवल जीत चाहते हैं। जीतने के लिए खास। छल-प्रपंच चलता है। देखिए सरकार है केसरिया आस्था की। आप हैं कामरेड मगर हर सरकार को स्थानीय चेहरे की तलाश रहती है। बल्कि आपको कुछ मान देने से यह भी तो सन्देश जायेगा कि सरकार उदार है। इसलिए आप निश्चिन्त रहें। मैं एक ही नाम भेजूँगा। मुख्यमन्त्री भले मानुष हैं। वे सबको लेकर चलने वाले हैं। फिर वे आपका साहित्य पढ़ते भी हैं। उन्हें आपका लेखन खूब भाता है। छत्तीसगढ़ी हिन्दी दोनों में भई आप अच्छा लिखते हैं। कोई हिन्दी वाला छत्तीसगढ़ी में नहीं लिखता, कोई छत्तीसगढ़ी का बड़ा लेखक हिन्दी में डंका नहीं पीट सका। आपने पहली बार यह कौशल हासिल किया है। इसलिए आप बनेंगे। योग्यता भी तो कोई चीज है। योग्य थे तभी तो नक्सलियों ने आपको मान दिया।"

मन्त्री जी के इस कथन पर बल्दू ठठाकर हँस पड़ा।

चार माह बीत गये। इस बीच बल्दू लगातार शान्ति और जागरण के गीत गाता रहा। खबरें आती थीं कि कुछ ही दिनों में बल्दू को आदिवासी साहित्य एवं लोकसभा परिषद की जिम्मेदारी दे दी जायेगी। कैम्प में रह रहे उसके परिवार और गाँव के लोग सुनते तो खुश होते। इस बीच मुख्यमन्त्री का मैना एक बार और जंगल में उतरा।

बड़ी भारी सभा हुई। बल्दू द्वारा सम्पादित पत्रिका का विमोचन मुख्यमन्त्री ने किया। बल्दू ने वहाँ छत्तीसगढ़ की सरलता और उस पर निरन्तर हुए अत्याचार के बारे में लम्बा भाषण दिया। मुख्यमन्त्री से बल्दू का परिचय करवाया गया। आदिवासी मन्त्री ने जाते-जाते बल्दू की पीठ ठोंकते हुए कहा—"बस, दो-एक दिन बाद आप रायपुर आयेंगे। रहने को घर और घूमने को गाड़ी भी मिलेगी। छत्तीसगढ़ भर में घूमकर आपको अलख जगाना है।"

मन्त्री के जाने के बाद जब एकान्त मिला तब अंकालू ने कहा—"भैया, मुझे तो विश्वास ही नहीं होता कि ये बेईमान अपना वचन निभायेंगे। ये इसी तरह झाँसा देते रहे तभी तो हालत ऐसी बिगड़ी कि हम तुम गाँव छोड़कर जंगल-झाड़ी में भटकते फिरे। इनका कहना कुछ और करना कुछ।"

बल्दू ने कहा—"अंकालू, ये लोग तो मुखौटे हैं। दिखते भर हैं आदमी की तरह। ये कठपुतली हैं। ऊपर के खिलाड़ी इन्हें बताते हैं कि केसरिया में थोड़ा लाल मिला लो तो ये लाल मिला देते हैं। इन्हें कहा जाता है कि लाल को काला घोषित करो तो ये काला-काला चिल्लाने लगते हैं। तुम्हें परेशान होने की जरूरत नहीं है। ये साले कभी किसी क्रान्तिकारी को इज्जत दे ही नहीं सकते। इनके दलाल कुछ इस तरह जोकरई करेंगे कि नाचा के जोक्कड़ फेल हो जायें। देखना तो, होगा कुछ नहीं, खाली हमें नीचा दिखाने के लिये नाम उछालेंगे और हमारा कद मापने के लिए विवाद पैदा करेंगे। यह पूँजीवादी टोटका है। हम खूब समझते हैं। मजे से अपने लोगों की सेवा हम जीवन भर करते रहें। बचे हुए जीवन में भी इन्हीं के लिए लिखेंगे, लड़ेंगे। यही हमारा सही कर्तव्य है। मान इसी से मिला है और इसी से मिलता है। दक्षिणपंथी दोगलों के चोचलों से क्या होना-जाना है कामरेड!"

अंकालू ने कहा, बहुत दिनों बाद तुमने मुझे कामरेड कहा भइया। बल्दू ने हँसकर उसकी पीठ पर धौल जमाते हुए कहा, तुम कामरेड न होते तो गाँव में तहसीलदार के सामने खड़े न हो पाते। बड़ी बात है भाई यह! कामरेड कहलाना बड़ी बात है। सबसे बड़ी साधना है यह जीवन की। जो भी ईमानदार है। अपने विचारों के लिए जीवन अर्पित करने हेतु सदा तैयार है, दुनिया भर के लोगों को जो एक मानता है। शोषण के हर औजार को नष्ट करने के लिए कटिबद्ध है। जाति-पाँति, क्षेत्र और इलाके की बीमारी से मुक्त है वही तो कामरेड है।

अंकालू ने कहा—"मगर आप तो छत्तीसगढ़ के बारे में भावुकतापूर्वक लिखते-बोलते हैं।"

बल्दू ने कहा—"जो भी दबाया जा रहा है, जिसका भी हक छीना जा रहा है, जिसे भी कुचला जा रहा है, उसके पक्ष में लड़ना ही तो कामरेड होना है। छत्तीसगढ़ के साथ अत्याचार हुआ है और हो रहा है इसीलिए मैं इसकी वकालत करता हूँ। इसके लिए जान देने के लिए सदा तत्पर रहता हूँ। और इसका मुझे गर्व है। मुझे ही क्या

सभी मेरे कामरेडों को गर्व है। मैं कहीं से बिना कारण नहीं हटता अंकालू। जंगल से यहाँ आया हूँ तो अपने साथियों को समझाकर सहमत करा लेने के बाद आया हूँ। भागकर नहीं आया। एक प्रयोग है! देखते हैं! हम लोग केवल शोषकों का पंजा काट देना चाहते हैं। जीवन में रंग भरने के लिए तरह-तरह का प्रयत्न करते हैं। यह भी उसी प्रयास का हिस्सा है। डटे रहो।"

वाकई बल्दू का अनुभव ही सही निकला। आदिवासी साहित्य एवं लोक-कला अकादमी के गठन का समाचार एक दिन छपा। उसमें यह भी छपा कि छत्तीसगढ़ के प्रभावी साहित्यकार एवं क्रान्तिकारी कवि बल्दू गोंड़ का नाम लगभग अध्यक्ष पद के लिए तय है।

बल्दू ने इस समाचार को पढ़कर कैम्प के अपने मित्रों के बीच पहले तो कुछ शानदार क्रान्तिकारी गीतों का गायन किया। एक लड़के ने कहा—"बड़े ददा अपन रात अँधियारी वाला गीत गा न गा।"

बल्दू ने कहा, बेटा हर अँधेरी रात का भी अन्त आता है। तुमने कह दिया तो लो सुनो गीत...

"घपटे हे रात अँधियारी
चल दिया बार संगवारी,"

बल्दू के साथ कैम्प भर के लड़के सियान गीत गा गा कर नाचने लगे।

गाना खत्म करने के बाद बल्दू ने कहा—"देखो भाई, पचास बरस से तो हम अँधियारी रात में ही चल रहे हैं ठोकर खाते हुए। लोग देश बेचने का काम करते हैं और मौज करते हुए उद्धारकर्ता का तमगा भी झटक लेते हैं। रावघाट को पहले बेचकर करोड़ों खा लेते हैं फिर उसे वापस पा लेने की नौटंकी करते हैं। खेल है। भिलाई का इतना बड़ा कारखाना है। वहाँ क्या हालत है ट्रेड यूनियन की। जब तक सीटू का जोर था कर्मचारी के हित सुरक्षित थे। लाल झण्डे वालों के डर से बेईमान सही रस्ते में चलते हैं। आज न डर है न तराश, न लूट थमी है। फौज तक में दलाल घुस गये हैं। अब तो दलाल शासक है और वे ही अपने हिसाब से कठपुतलियों को जगह-जगह बिठाकर नचाते हैं। लेकिन ये साले किसी कामरेड को नहीं नचा सकते। मुझे ये क्या बिठायेंगे। हमारे कारण ही तो इनका भट्ठा बैठ जाता है। ये हमें काम का अवसर देंगे तो इनके लग्गू-भग्गू भी भागते फिरेंगे। इसलिए छपी है यह खबर। जिससे यह भी जाहिर हो जाये कि ये कितने उदार हैं और देखना कल से इनके पाले हुए कुत्ते कैसे प्रेस विज्ञप्तियों के बहाने धमाचौकड़ी मचाते हैं!"

वाकई दूसरे दिन समाचार-पत्रों में समाचार आने लगा कि एक पूर्व नक्सल के आगे सिद्धान्तवादी देशभक्त सरकार झुक रही है। किसी केसरिया रंग में रँगे लेखक को यह पद सौंपना चाहिए। आदिवासी मन्त्री कामरेड बल्दू का जातिभाई है इसलिये वह बल्दू को साहित्य एवं लोक-कला परिषद् का अध्यक्ष बनवाना चाहता है जिससे

पूरे छत्तीसगढ़ की लेखक बिरादरी नाराज है।"

बल्दू ने समाचार पढ़ा और खँखारकर वहीं थूक दिया। खँखारने के बाद बल्दू ने ऊपर देखा, आसमान पर जंगली चिड़ियों का झुण्ड जाने कितनी बड़ी संख्या में उड़ रहा था। नीले आसमान में एकदम भयमुक्त और मस्त।

बल्दू अपने साथ बैठे लोगों का रक्षक भी था। उसे कैम्प के लोग बल्दू पटेल कहते थे। और अंकालू को अंकालू कोटवार। यानी पूरी बिरादरी पर पटेल का हुकुम चलता था और उसकी सहायता के लिए सिपाही था अंकालू कोटवार! अंकालू ने कहा—"बल्दू भैया, यह क्या नाटक है।"

बल्दू ने समझाते हुए कहा—"अंकालू, ये तयशुदा नाटक है। दक्षिणपंथी भ्रष्ट सरकारें इसी तरह के चोंचलों से काम चलाती हैं। ये ढंग उन्हें कुछ इस तरह मुआफिक बैठते हैं कि अमेरिका से इण्डिया तक वे यही ढंग आजमाते हैं। इराक में मिला क्या? मिला कुछ यूरेनियम या बम? नहीं मिला न। तो जब नहीं मिला तो नकटों को माफी माँग लेनी थी लेकिन साले उल्टे सवार हो गये। और तेल के लिए एक देश को खण्डहर में बदल दिया गया। दादागिरी है। बस यही तरीका है इनका। पहले कहो कि आप योग्य हैं फिर कहो कि योग्यता विनाशक है इसलिए आपकी जरूरत नहीं है। जबरदस्ती किसी को खतरनाक घोषित कर दो और तान दो गुलेल। यही तो तरीका है इनका।"

बात चल रही थी कि कैम्प में रह रहे करमा दल के लोग आ गये। उन्होंने कहा कि "हम आज करमा नाचना चाहते हैं। आप भी रहेंगे साथ में।"

बल्दू ने कहा—"जरूर नाचो! नाचोगे नहीं, गाओगे नहीं तो यह काला समय तुम्हें लील लेगा। मैं फौज में था। नागालैण्ड में मेरी पोस्टिंग थी। वहाँ भी इसी तरह आदिवासियों को कैम्पों में धँधा गया। खूब अत्याचार हुए। मगर वे नाचते-गाते रहे। जीवन का रंग गाढ़ा करते रहे। देखो कैम्पों में तब बेड़ दिये गये लोग ही अब राज चला रहे हैं। जिन्हें कल तक नगा विद्रोही कहते थे वही आज मिनिस्टर हैं। दक्षिण-पंथी ताकतें आँख तब तक दिखाती हैं जब तक उसे सुरक्षित जीत का भरोसा रहता है। ज्योंही उनका मचान थोड़ा सा हिला कि वे भदर-भदर कूदकर पीठ दिखाते हुए भाग जाते हैं। बल्दू की अधिकतर बातें अभी आदिवासी भाई-बहन समझ नहीं पाते। बल्दू को भरोसा है कि धीरे-धीरे वे पूरी बात समझ सकेंगे। इसलिए बल्दू निराश नहीं होता। उसने वचन दे दिया कि वह भी आज करमा नाचेगा।"

शाम हुई। कैम्प के बाहर खुले मैदान में करमा नृत्य करने की अनुमति मिल गयी थी। सुरक्षा घेरे में ही सबको नाचना था।

अँधेरा होते ही जंगल साँय-साँय करने लगता है। मैदानी मानुष जंगल की रात में या तो ऐय्याशी की सम्भावना तलाशता है या डरकर काँपने लगता है। जबकि जंगल के लोग रात को दिन से कहीं अधिक खिलखिलाते हैं। अभी नाच शुरू नहीं

हुआ था। बल्दू पेड़ के नीचे अंकालू के साथ बैठा था। उसके करीब उसी की उम्र का-साँवला सा आदिवासी आकर बैठ गया। वह चोंगी पीकर बल्दू को देने लगा तब बल्दू ने भर नजर उसे देखा। अचानक उसके मुँह से निकला, अरे कामरेड सुदामा।

सुदामा ने उसे चोंगी नहीं दिया। ठूठी चोंगी को कान में खोंसते हुए सुदामा ने कहा—"कामरेड, मैं तुम्हीं से मिलने आया हूँ। एरिया कमाण्डर नागेश ने मुझे भेजा है।"

"क्यों?"

"तुमसे मिलने के लिए,"

"मुझसे?"

"हाँ भई, तुम्हीं से।"

"अब क्या हो गया?"

"बहुत कुछ हो गया।"

"बताइए तो,"

"बताता हूँ कामरेड! हम लोग सलवा जुडूम में शामिल आदिवासियों के दर्द को समझते हैं। मगर वे भी किसी षड्यन्त्र के शिकार हैं। उन्हें नहीं पता कि किस तरह उन्हें भेड़-बकरी की तरह मैदान में अपने मकसद के लिए उतारा जा रहा है। वे भी धीरे-धीरे ही समझेंगे कि यह आत्मछल है।"

"ठीक है, मगर इस सन्दर्भ में मैं क्या कर सकता हूँ। मुझसे मिलने के लिए क्यों भेजा है कामरेड ने!"

"ऐसा है बल्दू भाई, यहाँ कैम्प में जय जगदीश हरे भजन गवाया जा रहा है। केसरिया रंग में आदिवासियों को रँगने की कोशिश हो रही है। यह तो दूरगामी परिणाम के लिए सोची-समझी चाल है।"

"है तो।"

"आपको यह सब अच्छा लगता है?"

"क्या?"

"यही इनका नाटक, यह सलवा जुडूम और दबाव, हिंसा की योजनाएँ।"

"नहीं लगता।"

"तब यहाँ क्या कर रहे हैं?"

"कोशिश।"

"कैसी कोशिश।"

"लोगों के भीतर हिम्मत पैदा करने की कोशिश। सही और गलत को समझने की तमीज पैदा करने की कोशिश।"

"बेकार की बात है।"

बेकार की बात नहीं है कामरेड! एरिक हाब्सबाम का यह कथन तो हम लोग अक्सर दुहराते हैं कि "तिस पर भी हमें हथियार नहीं डाल देना चाहिए, उस जमाने

में भी जो हमारे पक्ष में नहीं हैं। आज भी सामाजिक अन्याय की उसी तरह भर्त्सना करने की जरूरत है, जैसे हम पहले से करते आये हैं। दुनिया अपने आप, बिना हमारे हस्तक्षेप के बेहतर नहीं बनेगी।"

"तो आप यहाँ क्या हस्तक्षेप कर पा रहे हैं?"

"इनके बीच कोई हो तो। तभी तो सिलसिला चल पायेगा। इन्हें क्या अब जगदीश हरे कहने वालों के लिए छोड़ दें।"

"कामरेड, आप वापस चलिए। बहुत हो गया मुख्य धारा में जुड़ने का नाटक। आप तो सदा से सार्थक कलमकार और जनता के लेखक माने जाते हैं। तब क्यों यह सरकार थूककर चाट रही है। आपको जलील क्यों किया इसने।"

"इसी में तो हमारी जीत है कामरेड। अगर केसरिया ब्रिगेड हमें पूरी तरह अपने अनुकूल मान ले तो समझिए हमारे भीतर कोई खोट है। मुझे तो लगता है यह मेरी ईमानदारी की जीत है कि वे घबराकर भाग खड़े हुए।

"फिर भी अब यहाँ कोई खास काम आपके लिए नहीं दिखता। बेहतर है वापस लौट चलिए।"

अब बल्दू उठ खड़ा हुआ। उसने सुदामा के कन्धे पर हाथ धरकर कहा—"कामरेड संगठन, आन्दोलन और व्यक्ति भी धीरे-धीरे परिपक्व बनता है। विकास का क्रम उल्टा नहीं चलता। मैं गरीब आदिवासी के घर जन्मा, पढ़कर फौज में गया। परिस्थितिवश समय से पहले व्यवस्था के साथ दो-दो हाथ कर बैठा। फिर जब कोई रास्ता न मिला तो आप लोगों के साथ चल पड़ा। लेकिन कामरेड, मैं हमेशा महसूस करता था कि नक्सली रास्ता केवल रास्ता ही है। वह किसी मंजिल तक जाने वाला रास्ता नहीं है। इसलिए मैंने अब दूसरी डगर पकड़ ली है। अब यही मेरी राह है। इसी रास्ते पर चलकर परिवर्तन की आहट मैं कुछ-कुछ सुन पा रहा हूँ।

सुदामा ने कहा—"हम लोगों को तो कुछ भी सुनाई नहीं पड़ रहा।"

"सुनाई तब पड़े जब आप कान खोलकर रखें। आँख बन्द कर कोई कुछ भी कैसे देख सकता है?"

"मतलब?"

"मतलब यही कि परिवर्तन का शंख बजता है तो उसकी ध्वनि धीरे-धीरे प्रसार पाती है और एक दिन वह दिगंतव्यापी हो जाती है।"

सुदामा बल्दू की बातों का जवाब नहीं दे पा रहा था। उसे अवाक् देखकर बल्दू ने कहा—"कामरेड, तुम मुझे ले जाने आये थे, अच्छा हो यदि तुम मेरे हमसफर बनकर साथ-साथ चलने लगो।"

सुदामा को कुछ भी सूझ नहीं रहा था।

उसने ज्योंही कान से ठूठी चोंगी निकालकर सिपचाया, कि करमा नृत्य प्रारम्भ हो गया।

मसला

घर के बाहर गाय बां-बां कर रही थी और आँगन में औरतों ने कोहराम मचा रखा था। तब रावां गाँव में बिजली नहीं आयी थी। दिया-बाती का समय हो चुका था मगर उस घर में किसी को इसका ध्यान नहीं था। आले में रखा दीया भी शायद कोलाहल से सहम गया था। अँधेरे और हल्ले से गैया भी घबरा-सी गयी थी। हल्ला था कि बढ़ता ही जा रहा था। घर के आँगन में एक औरत पर दमादम मार पड़ रही थी। मारने वाली मारती कम थी गालियाँ ज्यादा देती थी। एक मुक्का मारे और बके—"कमजात् किसबिन, मेरे रोजगार को तू छीनेगी, तो मुझे क्या तेरा भतार खिलायेगा। पेट तो कुतिया भी भरती है रे! दूसरे का बाना मारने आयी है बेशरम।" मार खाने वाली औरत प्रतिकार नहीं कर रही थी। बल्कि रो-रो कर क्षमा सी माँग रही थी—"दाई, छोड़ दो। तुम्हारी गोद में नहीं बैठूँगी तो कहाँ समाऊँगी। अब घर तो छोड़ चुकी। तुम्हारा बेटा बाहर बैठा है। उसे भी तो पूछ लो।"

मारने वाली औरत शब्दों के इस प्रहार को झेल न सकी। वह उसे मारना छोड़कर झपटते हुए बाहर आयी और लगी चिल्लाने, "कौन है बे, उ़ल्लू साले, खसम बना है तो चेहरा भी तो दिखा। तुम्हारी औरत भीतर पिट रही है और तुम मजे से यहाँ छिपे बैठे हो...।"

शायद वह कुछ और बकती-झकती कि दुबले से एक नौजवान ने सामने आकर कहा—"पाँयलागी तुरकिन दाई। तुम मारोगी और तुम्हीं खाना-दाना दोगी। तुम्हारे सहारे ही तो आये हैं।"

तुरकिन ने जो यह जवाब सुना तो उसका सारा गुस्सा छू हो गया। अब उसे कुछ सूझ ही नहीं रहा था। वह वापस घर के भीतर चली गयी। आँगन में जाकर उसने घर की बहू से कहा—"बिन्दा, बेटा रोशनी तो करो। अँधेरे में तो इन नानजातों के चेहरे तक पढ़ने में नहीं आ रहे। बोली तो इनकी कबूतरों जैसी है। जरा उजाला हो तो चेहरा भी देखूँ।"

बिन्दा तब तक लालटेन जला चुकी थी।

लालटेन लेकर बुढ़िया तुरकिन फिर बाहर आयी। उसने नौजवान को लालटेन की रोशनी में देखा। छः फुटा दुबला-पतला जवान। मुरमुंदा के साप्ताहिक बाजार में

डोकरी ने इस नौजवान को मेहरुन्निसा के चूड़ी-पसरे के पास कपड़ा बेचते देखा था। दोनों को अक्सर बोलते-बतियाते, हँसते-मस्तियाते देख डोकरी आशंकित भी हुई थी। लेकिन हँसने-हँसाने की उमर के लोग तो मस्तियाएँ ही, उसने यह सोचकर कभी टोका भी नहीं।

यहाँ उसी जवान को देखकर डोकरी दहाड़ने लगी, "अरे कोस्टे, तू है रे हरामी। भगा के लाया है क्या रे मासूम-सी लड़की को?"

"हम दोनों रजामन्दी से भाग आये हैं दाई। अब तुम्हारा सहारा चाहिए।" जवान ने झुककर जवाब दिया।

"सहारे के बच्चे, मुझसे पहले पूछा था क्या? तू हिन्दू, लड़की मुसलमान। ऊपर से मेरे जजमानों के गाँव में चूड़ी बेचवाने ले आया है। मैं क्या खाऊँगी रे नानजात।"

बुढ़िया को गुसियाते देख नौजवान ने झुककर पाँव छू लिया। बुढ़िया दो कदम पीछे हट गयी। उसने कहा—"हरामी मुसलमान लड़की के साथ आया है तो सलाम कर, परनाम-सरनाम को भूल जा और चल भीतर। बाकी बातें तो होती रहेंगी।"

भीतर उजाला था। कमरों में दीए जल रहे थे। आँगन का तुलसीचौरा भी रोशन था। मिट्टी का दीया वहाँ भी दिपदिपा रहा था। अब लड़की भी सँभल गयी थी। गाय अपने कोठे में पगुराती खड़ी थी। बुढ़िया ने घर की बहू से लोटे में पानी मँगवाया। फिर पास बिठाकर कहा—"बिन्दा, तुम्हारे हाथ की चूड़ी तो बेटा ठीक-ठाक है मगर यह जो जवान तुरकिन-तुरका तुम्हारे आँगन में आये हैं ये तुम्हें अब से चूड़ी पहनायेंगे। मैं जान गयी कि ये जीवनभर के लिए एक होकर आये हैं। सुन तो रही थी काफी दिनों से लेकिन इतनी जल्दी इश्क की आग में ये कूद मरेंगे यह नहीं जानती थी।"

बिन्दा ने कहा—"दाई, चूड़ी तो ठीक है। महीने भर बाद पहन लूँगी।"

बुढ़िया ने फिर कहा—"पहन ले बेटी, मैं अपना गाँव-गँवई बेटी जानकर इसे आज से देना चाहती हूँ। तू भी बेटी यह भी बेटी, चल हाथ बढ़ा।"

बुढ़िया के आदेश को टाला भी नहीं जा सकता था। उसके कहने पर बिन्दा ने हाथ बढ़ा दिया। मेंहरुन्निसा ने बिन्दा के हाथ को हलके से पकड़ा। यह हाथ नहीं बल्कि रोजी-रोजगार पाने का फरमान था जो उसने बुढ़िया की मेहरबानी से हासिल कर लिया था। वह खुशी दबा नहीं पा रही थी। उसका पति रामलाल भी मुच-मुच हँस रहा था। चूड़ी पहन लेने के बाद घर की बहू बिन्दा ने बुढ़िया को दोनों हाथों से झुककर प्रणाम किया। छन्नर-छन्नर चूड़ियाँ बजती रहीं। बुढ़िया ने भी जी भर आशीष दिया। फिर बिन्दा नयी जवान तुरकिन को प्रणाम करने झुकी। मेहरुन्निसा ने उसके हाथों को चूमकर कहा—"भाभी मुझे प्रणाम मत करो। केवल आशीर्वाद दो ताकि मैं तुम्हारे भाई के साथ जिनगी ठीक-ठाक काट सकूँ। तुम सबकी गुलामी करूँ और यहीं मरूँ।" यह कहकर वह फिर सुबक उठी।

बुढ़िया ने कहा–"अब क्यों रोती है–रे। अब तो तुम्हें हँसना है। चल आज मेरे घर चल। कल फिर आ जाना इस गाँव में। मैं भी आऊँगी। किसी से कहकर तुम्हें आसरे के लिए खोली भी दिला दूँगी। चल उठ।"

दो

रावां गाँव की तुरकिन बुढ़िया जमीला बी का इस इलाके में कई कारणों से खूब मान-सम्मान था। वह कठिया, ढाबा, पहंदा गाँवों की मालकिन थी। पिछले पचास बरसों से इन गाँवों में जमीला बी ही चूड़ी पहनाती थी। दूसरी तुरकिन उसके गाँव-गँवई में आयी तो दिया तीन लात जमीला बी ने। जमीला पिछले बरस ही बेवा हुई। उसके शौहर का कम जलवा नहीं था इस इलाके में। सब उसे उस्ताद पीर अली के नाम से जानते थे। पीर अली मुहर्रम की वो मजलिस जमाते कि पचासों गाँवों के लोग देखने आते। पीर अली शेर ही नहीं बनते थे बल्कि शेर दिल इन्सान भी थे। आधा तो पीर अली के डर से कोई इधर रोजी-रोजगार पर डाका नहीं डाल पाया। आधे की कसर जमीला बी अपनी गाली और लतमारी से निकाल लेती।

मगर इस बार वह मेहरुन्निसा से हार गयी। वह भला क्या हारती। दो बरस पहले उसकी जवान बिटिया का इन्तकाल हो गया तब से जमीला बी टूट सी गयी। मेहरुन्निसा नहीं जानती थी मगर गाँव वाले जो वहाँ खड़े थे समझ गये थे कि जमीला बी 'दाई' कह देने से ही पस्त हो गयी। जब से उसकी बेटी मरी है तब से जमीला बी का रंग-ढंग बदल गया है। किसी जवान लड़की के मुँह से अपने लिए दाई, माई, अम्मा सम्बोधन सुन भर ले जमीला, ऐसी घुलने सी लग जाती है जैसे हवा पाकर रुई से बनी बम्बई की मिठाई पिघलती है। जमीला ने मेहरुन्निसा से सारा किस्सा सुना। मेहरुन्निसा और रामलाल दोनों महीने भर पहले अपने गाँव देवकर से भागे हैं। उड़ती खबर जमीला और गाँव के दूसरे लोगों को भी लगी थी। मगर वे कहाँ हैं यह पता नहीं चला था। पता तो आज चला जब एक टुकना भर चूड़ी लेकर जमीला बी के गाँव में मेहरुन्निसा अपने शौहर के साथ आ धमकी। पूछने पर मेहरुन्निसा ने बताया कि दोनों ने जब तय कर लिया कि जीना-मरना साथ-साथ ही है तो एक दिन दोनों रायपुर भाग चले। वहाँ मदरसे में मुफ्ती साहब ने निकाह पढ़वा दिया। बैजनाथ पारा में मेहरुन्निसा के दूर के मामू रहते थे। उन्होंने ही आसरा दिया। बीच में गाँव वालों ने बवाल मचाया तो मामू ने ही आगे बढ़कर सँभाला। उन्होंने कह दिया कि अब जिन्दगी भर के लिए दोनों एक हो गये हैं। अपना जिये-मरें। किसी को बीच में आने की जरूरत नहीं है। हाँ, अगर ये मदद माँगते तो रौब जमाता जो है जमाना अपना। लेकिन अपना हाथ जगन्नाथ वाला मामला है। टोकरी भर चूड़ी मैं दे दूँगा। छोकरा मेहनती है। हुनर भी सीख लेगा। जी-खा लेंगे किसी तरह।

मामू का दिया हुआ एक टुकना यह सरंजाम ही अब मेहरुन्निसा के लिए जीवन

का सहारा बन गया। हिम्मत कर रावां में आयी। जमीला बी के जासूसों ने तुरत-फुरत खबर कर दी। लोग ऐसी नौटंकी कई बार देख चुके हैं। मगर यह पहली बार हुआ कि जमीला बी रोजगार पर डाका डालने वाली मेहरुन्निसा को खुद अपने घर लेकर चली गयी।

सब इस बदलाव से अकबका गये थे। गाँव में सुखराम दाऊ ने कहा कि अब मुझे लगा कि जमीला बी अकेली हो गयी हैं। वरना पीर अली के रहते जमीला बी रे-कहने वालों को चाँटा रसीद करती और हाथ उठते देख हँसिया उठा लेती थी। मगर बदलना तो सबको पड़ता है। चलो अच्छा हुआ।

तीन

रवांं गाँव में सबको जगह मिली। यहाँ मेहमान बनकर जाने कितने लोग आये और यहीं के बाशिन्दे हो गये। एक पूरा मुहल्ला ही है आन गाँव से आकर बस गये लोगों का। मुहल्ले को सगामुहल्ला के नाम से आस-पास के गाँवों के लोग जानते हैं। अब तो यहाँ सगातरिया भी बन गया है। सगातरिया बना अकाल के दिनों में। तालाब के पास ही मेहरुन्निसा को घर मिला। संतू यादव ने गैया के लिए बने अपने कोठे को उसे दे दिया। उसकी गाय-बकरी कोठे में बँध गयी। बकरियों ने शुरू-शुरू में खूब हल्ला-बखेड़ा किया। कुछ गाय के डर से, कुछ असुविधा से बकरियाँ चिल्लातीं। रात-रात भर मेहरुन्निसा को नींद न आये। सुबह जब मेहरुन्निसा ने घर वाली सीता यादव को बताया कि उसे बकरियों के कारण नींद नहीं आती रात को, तब सीता ने मेहरुन्निसा से उलटकर पूछा–"बकरी के कारण कि बकरे के कारण?" सीता की बात का मर्म सहसा मेहरुन्निसा ने समझा नहीं। जब समझी तो खूब हँसी। उसने अपने घरवाले को भी बताया। रामलाल को नया नाम भी मिल गया था–रहीम मियाँ। लेकिन गाँव वाले उसे रामलाल ही कहते। इतने दिनों में रामलाल की दाढ़ी भी बढ़ आयी थी। जब मेहरुन्निसा ने बकरा प्रसंग सुनाया तो रामलाल को अपनी दाढ़ी का खयाल आया। दाढ़ी पर हाथ फेरते हुए रामलाल कहने लगा–"भाभी गलत भी तो नहीं कह रही।"

उसके जवाब से मेहरुन्निसा शरमा गयी।

मेहरुन्निसा रामलाल उर्फ रहीम मियाँ को साथ लेकर करीब के गाँवों में भी चूड़ी पहनाने जाती। और तो और, जमीला बी के गाँव में भी वही चूड़ी पहनाने लगी। जमीला बी वैसे भी थक गयी थीं। इस क्षेत्र में जमीला बी के गाँव कठिया में ही दस घर मुसलमान के थे। वहीं मोहर्रम की मजलिस लगती। आस-पास के गाँव के लोग शामिल होते। रामलाल भी जाता था। वह ताजिये के लिए काटी गयी सनपने की पन्नियों को चिपकाने में मदद करता था। रावां गाँव के छत्तर सिंह ताजिया बनाने में माहिर थे। छत्तर सिंह तो तीन में से बीच वाले हाल को भी उठाते थे। मगर

रामलाल से कोई हाल नहीं उठा। उसने प्रयास तो किया मगर सफल नहीं हुआ। सगातरिया बना तो तालाब किनारे एक छोटी-सी जमीन मेहरुन्निसा को भी आवंटित कर दी गयी। चार पैसे आये तो उसने दो कमरों का मिट्टी का मकान भी बना लिया। जिस दिन वह अपने नये मकान में गयी उस दिन रामलाल ने तालाब के किनारे एक बड़ का तीन फीट ऊँचा पौधा रोप दिया। गड्ढे की गहराई से चकित होकर जब रामू मंडल ने पूछा तब रामलाल ने कहा कि जितने ऊपर हो भाईजी उतने ही नीचे रहोगे तब जियोगे। जहाँ ऊपर-ऊपर बड़े होकर लहराते रहे और नीचे गहराई ही न रही तो समझिए कि आपको सूखना ही है।

रामू मंडल ने रामलाल की पीठ पर धौल जमाते हुए कहा–"वाह भाई, तभी मैं कहता था कि मेहरुन्निसा ने आखिर अपना धरम तुम्हारे लिए क्यों बिगाड़ा। तुम हो ही नजूमी।"

'इसमें धरम बिगाड़ने की कौन-सी बात हो गयी थी। वो मेहरुन्निसा, मैं रहीम। धरम कहाँ बिगड़ा उसका।'

रामू मंडल ने कहा–"बड़ लगा रहे हो बाबू तो हो तो हिन्दू ही। बिगड़ा कि नहीं उसका धरम। बिचारी है मुगालते में कि तुम रहीम हो गये। हो तो असल में राम ही न...।" उसका इतना कहना था कि पास में खड़े लोग हो-हो कर हँसने लगे।

रामलाल ने पेड़ को कुछ इस तरह प्यार से पानी-खाद दिया कि साल भर में वह अच्छा-खासा छतनार हो गया। रामलाल तालाब में नहाने के बाद बिना पाँच लोटा पानी डाले घर नहीं आता था। गर्मियों में तो सुबह-शाम बड़ को बाल्टी-बाल्टी पानी देता।

थोड़े दिनों बाद रामू मंडल ने सोच-विचार कर एक पत्थर पेड़ के नीचे रख दिया। पत्थर पर बन्दन लगाते समय रामू ने साथियों से कहा, अब देखते हैं कि साला कटुवा पानी डालता है कि नहीं। रमेश ने कहा–"रामू भैया, वह कहाँ का कटुवा है। कभी तोलगी उठाकर देखे भी हो।"

उसकी बात से सब हँसने लगे। हँसते-हँसते ही बड़ पेड़ के नीचे देवता आ बिराजे। दूसरे दिन ताका-पासा चला। रामू मंडल साथियों सहित तालाब में ठीक उसी समय पहुँचा, जब रामलाल नहाने लगा। रामलाल ने रोज की तरह पाँच लोटा पानी पेड़ की जड़ों में और एक लोटा पत्थर को चढ़ाया। सब देखते ही रह गये।

चार

मेहरुन्निसा गाँव-गाँव चूड़ी पहनाने रामलाल के साथ ही जाती। शाम ढले दोनों गाँव आते। एक दिन दोनों गाँव लौट रहे थे तो रास्ते में दस-बारह लड़कों का झुण्ड गाँव से निकला हुआ दिखा। सबके हाथों में भगवा झण्डा था। सब 'जय श्रीराम, जय श्रीराम' का नारा लगा रहे थे।

एक नौजवान कुछ अलग ही नारा लगा रहा था—"मारेंगे मर जायेंगे। मन्दिर वहीं बनायेंगे, मस्जिद तोड़ गिरायेंगे।"

मेहरुन्निसा को अटपटा लगा। गाँव पहुँचकर उसने दरयाफ्त किया। पता लगा कि गाँव में स्वयंसेवकों को लेकर अयोध्या जाने के लिए तैयारी बैठक हुई है।

रावां गाँव में रामू मंडल दल प्रमुख बना था। उसने कहा कि धर्म पर संकट आया है। मैं जरूर जाऊँगा मस्जिद गिराने। अब राम के देश में रहीम का राज नहीं चलेगा।

रहीम उर्फ रामलाल को लगा जैसे उसे चिढ़ाने के लिए रामू मंडल ऐसा कुछ कह रहा है। चलते-फिरते लोगों को लटारा मारना उसे अच्छा लगता था। लोग अपना दामन बचाकर सरक लेते। इसीलिए धीरे-धीरे रामू का हौसला भी बढ़ा। अब तो वह जवान शेर पर सवार होने के नशे में चूर हो रहा था। गाँव भर में दिन-रात अल्ल-बल्ल बकता। आखिर एक दिन रामू मंडल आस-पास के गाँवों के कारसेवकों के साथ अयोध्या के लिए निकला। गाँव के रामसत्ता के दल के गवैयों ने उसे तालाब तक गाते-बजाते हुए विदा किया। गवैये ढोलक बजा-बजा कर गा रहे थे।

"सन्त मिलन को जाइये, तज माया अभिमान हो।
ज्यों-ज्यों पग आगे बढ़े, कोटिन यज्ञ समान हो।
राम-राम भजन बोलो...।"

तालाब के पास आकर रामू मंडल रुक गया। यह बड़-पेड़ के पास गया। पेड़ के पास स्थापित सिन्दूर पुते देव को उसने जल चढ़ाया, फिर 'जय श्रीराम' कहते हुए बढ़ चला।

दस दिन बाद रामू मंडल गाँव लौटा। उसके झोले में ईंटों के टुकड़े थे। एक बड़ा टुकड़ा उसने तालाब में जाकर पानी के भीतर उछाल दिया। फिर कुछ टुकड़ों को गाँव वालों में बाँट दिया। उसी दिन लोगों ने जाना कि रामू मंडल बाबरी मस्जिद को तोड़कर लौटा है। ईंटों के टुकड़ों को उसी विजय की याद में वह ले आया था। तब से रामू मंडल जाने क्या-क्या सूत्र वाक्य फेंकता था। 'धर्म है तो संसार है। आन देस का धर्म हिन्दुस्तान में नहीं चलेगा। आन गाँव के लोग अनगैंहा ही रहेंगे। दुश्मन को चाहे जितना मिलाकर रखो रहेगा, वह बैरी ही...आदि-आदि बयान वह फेंकता! गाँव वालों पर बयानों का कोई असर नहीं हो रहा था।

अचानक एक घटना कुछ ही दिनों में उसी बड़ पेड़ के पास घट गयी। रामलाल उर्फ रहीम को रात के अँधेरे में तीन-चार लाठीधारियों ने मारकर वहीं गिरा दिया।

मेहरुन्निसा को पता चला तो वह विलाप करती हुई घर-घर घूमी। रावां कठिया और सभी गाँव के लोग मरणासन्न रामलाल को देखने आये। तीन दिन ही वह किसी तरह जी सका।

चौथे दिन रामलाल की साँसें उखड़ गयीं। मेहरुन्निसा का जग अँधियार हो गया। जमीला बी चारों दिन उसके साथ रही। लाश को दफनाने का इन्तजाम होने

लगा। तभी रामू मंडल और उसके साथी आ धमके। आस-पास के गाँवों के लोग भी आ जुटे थे।

रामू मंडल ने दहाड़ते हुए कहा–"लाश को दफनाया नहीं जायेगा। हिन्दू की लाश है, जलेगी।"

सन्नाटा खिंच गया।

ऐसा दुख का समय और ऐसी नंगई।

सबको चुप देखकर रामू ने फिर कहा–"बड़ पेड़ पर पानी देता था,

देवता तक पर जल चढ़ाता था।

इसे जलाना होगा।"

जमीला बी से रहा न गया। उसने फुँफकारते हुए कहा–"अरे लाश पर तो दावा मत करो रे शैतानों। हो गया सो हो गया। अब तो सुकून से उसे जाने दो। यह तो सरासर नंगई है।"

मेहरुन्निसा सुबकती रही। रामू पर इसका कुछ भी असर नहीं हुआ। उसने फिर कहा कि "नंगई है तो नंगई ही सही। मगर होगा वही जो धर्म के लिहाज से सही होगा। हमारे रहते किसी हिन्दू की लाश दफनाई नहीं जा सकती। चाहे इस मसले को हल करने में और भी लाशें क्यों न गिर जायें।"

जमीला बी ने दबे स्वर में पूछा–"तो क्या लाश यूँ ही सड़ जायेगी?।"

रामू ने जवाब दिया–"विधर्मी का तो जीवन ही सड़ जाता है, लाश की क्या बात है। जिन्दा हो या मुर्दा, पहले मसला हल होगा फिर उठेगी लाश।"

सर्पकाल

रमेसर का घर तो छोटा सा है मगर बखरी की दीवार से लगा तुलसी चौरा छोटा नहीं है। सहसा देखने पर वह तुलसी चौरा जैसा लगता भी नहीं। रमेसर के बाबू ने उसे बनवाया ही कुछ इस तरह है कि सगा-सोदर जो भी आता है वह तुलसी चौरा की जी भर प्रशंसा किये बगैर नहीं रहता। पाँच बाई पाँच के चबूतरे पर बना है तुलसी चौरा। चार फीट की ऊँचाई पर खम्भों के सहारे एक छत ढाली गयी है। तीन तरफ बढ़िया दरवाजे फिट किये गये हैं। दरवाजा खुलता है शाम को दीया-बाती के समय। लगभग एक छोटा-सा मन्दिर ही है तुलसी चौरा। छत के ऊपर है तुलसी का बिरवा। नीचे भगवान जी हैं, ऊपर तुलसी महारानी बिराजती है। जलन्धर और तुलसी की कथा से प्रभावित होकर रमेसर के बाबू ने बनवाया था यह तुलसी चौरा। बीसों बरस से नियमित रमेसर की दाई तुलसी पूजा करती रही। आरती उतारकर भगवान और तुलसी मैया की जै बुलाती रही। थपड़ी पीठकर नाचती भी रही। मगर अब वह सत्तर की हो गयी है। पिछले पाँच बरस से उसकी बहू अब तुलसी की सेवा करती है।

उस दिन भी रमेसर की घरवाली ठीक समय पर दीया लेकर परछी से उतरी। जेठ का महीना था। दिन भर की तपन से सास डोकरी तड़फड़ाती रही। अब भी उमस के मारे उसे चैन नहीं था। रोज की तरह उस शाम को भी रमेसर की घरवाली भागबती बढ़ चली मिट्टी के दीये को आँचल की ओट में लेकर तुलसी चौरा की ओर। भागबती की सास ने उसे सुनाते हुए कहा, 'जरगे जेठ के मारे करेजा, सँझौती हे तब ले दहकत हे।' इस साल की भीषण गर्मी को लेकर सास बेर-बेर यही कहती कि ऐसी गर्मी उम्मर भर नहीं पड़ी। भागबती ने दीया लेकर चलते हुए सास को जवाब दिया, 'दाई बारिश, जड़काला धाम पे मौसम की अति नहीं है, यह है उम्र की मार।' भागबती की सास ने जवाब सुनकर मुस्कुराते हुए कहा, हाँ भागबती, सब ल बुढ़ाना हे बाई। मगर जेठ कब बुढ़ाही महतारी।' घूम-फिर कर जेठ की गर्मी पर सास जब पुनः लौट आयी तो भागबती अपनी हँसी रोक न पायी। दिन में लबालब भरे तेल की चिन्ता न होती तो भागबती ठठाकर हँस पड़ती। मुचमुचाते हुए वह तुलसी चौरा के पास पहुँच ही पायी थी कि 'हाय दई ओ' कहती हुई पिछगुच्चा भागी घर की ओर। उसे वापस आते देख सास ने पूछा—'काय ये नोनी, कइसे भाग आयेस गोई?' भागबती

ने हाँफते हुए बताया—'दाई साँप। खड़दंगिया साँप। जहरीला है।'

...'साँप? कहाँ?'

...'तुलसी चौरा के पास। मेड़री मारे हे।'

...'चल तो देखें।' कहती हुई सास हाथ में कोकानी लेकर बढ़ने लगी। भागबती ने कहा—'बुला लो कुछ लोगों को तब देखो।' मगर डोकरी भला कहाँ मानती। वह बढ़ चली तुलसी चौरा की ओर। परछी से बल्ब का प्रकाश आ ही रहा था। इसी वर्ष बिजली आयी थी गाँव में। डोकरी ने करीब जाकर देखा, साँप धीरे-धीरे सरक रहा था। काला भुजंग। डोकरी ने कहा—'खड़दगिया नोहय, डोमी ये।' भागबती ने भी देखा बिरबिट करिया चार-पाँच फीट लम्बा साँप। अघाया हुआ मस्त। सरक रहा था धीरे-धीरे। फों-फों की आवाज भी कर रहा था। धीरे-धीरे वह पास के बिल में जा समाया।

बिल में साँप तो समा गया मगर भागबती के मन में भय भी समा गया। उसे अपने बच्चों की चिन्ता हो आयी। बच्चों को चिल्लाकर उसने पास बुलाया। कहा, 'देखो बच्चो, इधर शाम के बाद मत आना साँप का मांड़ा है यहाँ।' बच्चों को डर लगा। वे घर के भीतर चले गये।

तब तक भागबती का घरवाला रमेसर खेत से लौट आया। भागबती ने सब बताया। रमेसर ने दाई से कहा। 'दई, मैंने कितनी बार बाबू से कहा कि तुलसी चौरा के पास जो डूह बन रहा है उसे तोड़ देते हैं। मिट्टी तेल डालकर साफ कर देते हैं। लेकिन बाबू मानने वाले कहाँ थे। कहते थे कि सबको जीने का अधिकार है। आँगन में डूह है तो यह अच्छा लक्षण है। इसमें जो भी जीव होगा वह भी भगवान का ही बनाया हुआ है। उसे तुम मत छेड़ो वह तुम्हें नहीं छेड़ेगा। लेकिन बाबू की बात तो दो बार गलत निकल गयी। एक बार एक साँप ने बैल को काट लिया था। बिसाखी के दिनों में तड़पकर मर गया बैल। दूसरी बार बछिया कोठा में बैठा मिला था। अब साँप तो साँप है। इसके साथ भाईचारे की बात सोचकर बाबू ने अच्छा नहीं किया। वे तो धर्मी थे। सब पर एक नजर थी उनकी। मरकर खुद देवता हो गये। मगर हमारे लिए छोड़ गये साँप की डूह। अब क्या कहें। कल तक ये साँप जानवरों को काटते थे, अब तो आँगन तक आ बैठे। अब इन्हें ठिकाने न लगाएँ तो ये हमें ही घर से बेघर कर देंगे। पूरा घर ही भयानक डूह बन जायेगा जहाँ केवल साँप जीभ लपलपाते फिरेंगे, फुँफकारेंगे।

डोकरी ने रमेसर को समझाते हुए कहा—'बेटा, तू भी कहाँ से कहाँ पहुँचता है। तुम्हारे बाबू का जमाना और था। तब हमारा परिवार इतना बड़ा कहाँ था। बाड़ी से लगा है तुलसी चौरा इसलिए तुम्हारे बाबू ने सोचा बाड़ी के पास रहने दो डूह को, चाहे उसमें साँप ही क्यों न हों। फिर बेटा, साँप हम किसानों के मितान कहलाते हैं इसलिए भी उन पर क्रोध ठीक नहीं। वे हमारे दुश्मन नहीं हैं बेटा। वे खेत के

चूहों को खाते हैं। बाड़ी में देखते नहीं कितनी अच्छी फसल होती है। डोंड़का, तरोई, कोंड़हा, खीरा तुमा क्या नहीं होता।'

महतारी बेटे की बात को बीच में काटते हुए भागबती ने कहा—'दाई तुम्हारी बखरी को देखकर ही कवि ने लिखा होगा—'बखरी के तुमा नार बरोबर मन घुमड़े।' उसकी इस बात से सब हँस पड़े। साँप कथा को वहीं समाप्त कर सब भोजन करने बैठ गये।

कुछ दिनों में ही घटाएँ घिरने लगीं। रमेसर काँटा-खूँटी बीनने और खेत तैयार करने में भिड़ गया। भागबती बाड़ी तैयार करने लगी। खाद डालने का काम समाप्त कर वे पानी गिरने की प्रतीक्षा करने लगे। एक दिन हल्की बूँदा-बाँदी हुई। रमेसर खेत से जल्दी लौट आया। बैलों को बाँधकर अपने कमरे में आया तो एक साँप को कोने में कुण्डली मार कर बैठा देख वह सन्न रह गया। उसने चिल्लाकर कहा, ला तो भागबती लाठी। साँप है कुरिया में। भागबती तेंदूमार की मोटी लाठी उठा लायी। लाठी में पीतल मढ़वाकर रखा था रमेसर ने। तीज-त्यौहार के दिन वह उस लाठी को लेकर गाँव में निकलता था। आज पहली बार आत्मरक्षा के लिए वह लाठी मददगार सिद्ध हो रही थी। उसकी माँ ने कई बार कहा कि पीतल बँधी लाठी घर में मत रखो बेटा। कभी जवानी के जोश में कुछ हो-हवा गया तो। रमेसर ने माँ को कहा तो कुछ नहीं लेकिन मन ही मन सोचा जरूर, दाई तुम्हारा जमाना और था। आज सुरक्षा का सरंजाम पहली जरूरत है। साधन देखकर ही दुश्मन ठण्डे रहते हैं। कमजोर समझे कि दबाए। रमेसर लाठी माँगते हुए अपनी सोच पर गर्वित हुआ। उसने पुनः सोचा कि लो मैं ही ठीक रहा। माँ की मानता तो इस संकट की बेला में चिल्लाकर रह जाता। वह कुछ और सोचता कि भागबती लाठी लेकर आ गयी।

अब कमरे में एक कोने पर साँप और दूर लाठी लेकर खड़ा रमेसर। वह दूर से साँप पर वार करना चाहता था, कि साँप पूँछ के बल खड़ा होकर गर्राने लगा। रमेसर कपाट खोलकर भागा आँगन की ओर। साँप की आवाज ऐसी थी कि आँगन में खड़ी भागबती भी सिहर गयी। दौड़ो-दौड़ो कहती हुई वह गली की ओर भागी। गली में चल रहे रतीराम और मनराखन के साथ कई जवान घर में आ गये। सब मिल-जुलकर पुनः गये कमरे की ओर, तब तक साँप रूई की डलिया पर जा चढ़ा। डलिया भर रूई। बिनौलों को अलग कर भागबती ने रूई सिरजा लिया था। टोकने में रूई को भरकर आज ही रखी थी वह। अब और तमाशा हो गया। रमेसर ने कहा 'भागबती पोनी माँ खुसरगे साँप।'

मनराखन ने कहा—'दो लाठी मुझे और तुम सब निकल जाओ।' मनराखन को जदुहा कहते हैं गाँव-वाले। वह इलाके भर में गरुड़ मराखन के नाम से जाना जाता है। उसके बारे में यह बात इस क्षेत्र में प्रचलित है कि साँप मनराखन को देखकर अधमरा हो जाता है। उसे गरुड़ नक्षत्र में जन्मा होने का गौरव प्राप्त है। लोग उसकी

बड़ी इज्जत करते हैं। उसके पास गरुड़ लकड़ी की लाठी भी है। लेकिन वह लाठी थी घर में। समय था नहीं। मनराखन पर भूत सवार था साँप मारने का। अब तक वह पचीस-तीस साँप मार चुका था गाँव में। साँप हल्ला सुनकर फिर गर्राने लगा। मनराखन ने रुई के ढेर में बैठे साँप पर लाठी चला दी। लाठी खाकर साँप पगला गया। सरसराते हुए बढ़ा। मनराखन तो फाटक बन्द कर चुका था अब या तो साँप मरता या मनराखन। साँप को अपनी ओर फुँफकारते हुए देख मनराखन दक्षिण दिशा के कोने की ओर बढ़ चला। वहाँ वह मोर्चा बाँध भी नहीं पाया था कि साँप ने उसे डस लिया। मनराखन ने एक हाथ से फाटक खोल दिया। चाब दिस साँप कहते हुए मनराखन भागा घर की ओर। वहाँ पठेरा में रखी जड़ी तक वह जल्दी पहुँचना चाहता था। साँप भी मनराखन को डसकर सरसर-सरसर निकलने लगा। लोग घबराकर भाग गये। साँप तुलसी चौरा के पास डूह में बने बिल में जा समाया।

मनराखन घर तक नहीं पहुँच सका। शिवमन्दिर के पास जाकर गिर पड़ा। उसके हाथ से लाठी छूट गयी। उसके गले से गर्र-गर्र की आवाज निकल रही थी। मुँह से झाग निकल रहा था। लोग मनराखन के लिए चिन्तित थे। गाँव भर के लोग मनराखन के रहते साँप के डर से मुक्त रहते थे। आज वही मनराखन साँप से परास्त होकर अन्तिम साँस ले रहा था। लोगों को अपनी बेबसी पर रोना आ रहा था। मनराखन की बाई को जड़ी नहीं मिली और मनराखन उपरसंसी खींचने लगा। कुछ देर में ही मनराखन के शरीर का रंग बदलने लगा। तड़ाक-फड़ाक सब हो गया। गरुड़ नक्षत्र में जन्मा मनराखन साँप से हार गया।

मनराखन की लाश को जलाकर गाँव के लोग तालाब में नहाने आये। तरह-तरह की बातें होने लगीं। रमेसर के चाचा ने कहा कि यह सब रमेसर के बाबू की जिद के कारण हुआ। जाने अब और क्या होगा। रमेसर ने कहा—'काका, अब तो और भी घिर गये हम। पहले बाबू अगर हुकुम दे देते तो हम डूह को ही फेंक देते। न रहता बाँस, न बजती बाँसुरी। मगर बाबू तो महात्मा थे। साँप और मानुष को एक जैसा समझते थे। कहते थे कि उसे उसका अधिकार दे दो। रहेगा अपनी सीमा में। मगर आज पता चल रहा है कि साँप सीमाएँ नहीं मानता। अपने लिए सुरक्षित डूह बना लिया उसने। अब हम वहाँ हमला भी करें तो अचानक कैसे करें। वह तो सुरक्षित है उसके भीतर। बाड़ी से लगा है डूह का क्षेत्र' रमेसर की चिन्ता जायज थी। कुछ लोगों ने कहा कि गाँव के सरपंच अवध किशोर की अध्यक्षता में एक बैठक रख लेते हैं। कल ही तय कर लेंगे कि क्या किया जाये साँपों का।

गाँव में बैठक चल रही थी कि रमेसर की माँ ने आकर बताया कि आज डूह के आस-पास आठ-दस सपोलों को टहलते हुए देखा गया है। लगता है वहाँ साँप का भीरा ही बन गया है। हो सकता है सैकड़ों हों। सभा में सन्नाटा खिंच गया। गाँव का कोटवार हाथ बाँधे खड़ा था। ग्राम रक्षा समिति का प्रमुख रतीराम भी

उपस्थित था। सब ताक रहे थे सरपंच अवध किशोर के मुँह की ओर। अवध किशोर बातों के धनी सरपंच थे। उनकी वाक्पटुता का लोहा सभी मानते थे। उनकी पंचायत के पंच यद्यपि उन्हें निकम्मा और बेकाम का आदमी तक कह देते लेकिन सभी अवध किशोर जी की वाक्शक्ति के कायल थे। जिह्वा में सरस्वती का वास है, ऐसा इस क्षेत्र के लोग मानते हैं। बड़ी-बड़ी सभा में उन्हें बोलने के लिए न्यौता दिया जाता है। रामायण, महाभारत से लेकर वे युद्ध कला तक पर शानदार बोलते। कुश्ती का क-ख नहीं जानते थे मगर नागपंचमी के दिन उनका व्याख्यान सुनकर लोग पहलवानों की पेंच की तारीफ करना भूल जाते हैं।

अवध किशोर जी तुकबन्दी में भी माहिर थे। उस दिन सबको चिन्तित देख उन्होंने कहना शुरू किया—'जहाँ साँप के बिला तहाँ बाबू के झूलेना।' दुख के समय भी किशोर सरपंच की उक्ति से कुछ लोग मुस्कुरा उठे। आगे उन्होंने कहा—'दुख की बात है कि बाबू सोहनलाल ने साँपों को बाकायदा आदमी की तरह हिस्सा दिलवाया। अपने बेटे रमेसर की तरह उन्हें भी चाहा। नागपंचमी ही नहीं बल्कि बीच-बीच में कई-कई बार उन्हें दूध पेश किया। लेकिन अब पानी सर से ऊपर चला जा रहा है। हम बर्दाश्त कर रहे हैं। अपने गाँव नीम तुलसी की मर्यादा के कारण। हमारे गाँव में नीम और तुलसी की महिमा है। हमारी पहचान इन दो धार्मिक महत्त्व के पेड़ों और पौधे की अधिकता के कारण है। इसीलिए नीमतुलसी गाँव को लोग इज्जत देते हैं। हम रमेसर के बाबू की भावना को समझते हैं।

वे कुछ और कहते कि नौजवानों ने हल्ला कर दिया—'भाषण मत दो, आगे बढ़कर मारो साँपों को। डूह को रौंद दो।' कोतवाल ने लड़कों को शान्त रहने के लिए कहा।

अवध किशोर ही ने लड़कों को मुखातिब करते हुए कहा—'बच्चों में जोश हो यही शोभा देता है। मगर एक बात पर सभी गौर करें कि साँप ने नहीं कहा था कि मेरे लिए जगह छोड़ दो। वह तो रमेसर के बाबू ही थे जिन्होंने उन्हें जगह दी। आज डूह पहाड़ की तरह बन आया है बहुत बड़ा और दुर्गम भी है। उसमें कुदाल नहीं चला सकते। हजारों साँप होंगे भीतर। अब तो हालत गम्भीर हो गयी। रमेसर पर ही नहीं, करीब बसे बहुत सारे परिवारों पर संकट आ जायेगा। हजारों साँप होंगे भीतर। अब तो हो गयी है समस्या गम्भीर साँप निकलेंगे भरभराकर तो कूदेंगे कहाँ? इधर-उधर न। तो फिर मामला क्या बनेगा कुछ सोच भी पाते हो?

लड़कों का मुँह इस प्रश्न पर लटक आया। एक नौजवान ने कहा कि कलारी की छोर में भाला लगा लेते हैं। कुछ त्रिशूल ले आते हैं। त्रिशूल और भाले से दूर से डूह को खोदते हैं। आग जलाकर फेंकते जायेंगे और खोदते जायेंगे। अवध किशोर ने लड़के की बात को सुनकर कहा—'बेटे बात तो तुम ठीक करते हो, लेकिन साँप

तुम्हारी तरह अहिंसक और शान्तिप्रेमी नहीं है। वह तो अलग नसल का जीव है। काटना उसका धर्म है। उसे लाभ न भी हो तब भी डसेगा। तुम्हारी जुगत से तो हम सहमत हो जाते मगर साँप जब सरसर-सरसर भागेंगे इधर-उधर तब कोई जुगत काम न आयेगी।'

अवध किशोर जी की बात से सन्नाटा खिंच गया। 'उगलत-निगलत पीर घनेरी' की दशा। सब मन ही मन सोच रहे थे कि रमेसर के बाबू ने यह क्या कर दिया। अब हालत यह हो गयी कि रमेसर ही साँपों के लिए घर खाली कर दे और चला जाये कहीं और। साँप तो साँप है। न उन्हें समझाया जा सकता है न उनकी आत्मा को ही जागृत किया जा सकता है।

बैठक में अवध किशोर ने साँपों के ऐतिहासिक महत्त्व और सर्पकथाओं पर लम्बा और रोचक व्याख्यान दिया। उन्होंने कालियादह का वर्णन किया, शेषनाग का जिक्र किया, वासुकी नाग और समुद्र मन्थन पर काफी कुछ कहा। उन्होंने कहा कि पंचायत चुनाव होने को हैं। ऐसे समय में हम साँपों में न उलझें तो अच्छा है। मेरे विरोधी तो कभी-कभी अलंकारिक भाषा में मुझे भी साँप कह देते हैं। लेकिन मैं विचलित नहीं होता। तभी एक नौजवान ने सभा से उठकर जाते हुए कहा—'साँप ही तो विचलित नहीं होता, वह तो आदमी ही है डरा-सहमा है, असुरक्षित है फिर भी साँपों के लिए फिक्रमन्द है।'

ऐसी टिप्पणी और व्यंग्योक्तियों से अवध जैसे नेता अगर विचलित हो गये तो साँपों से घिरे क्षेत्र का कर लिए नेतृत्व। उन्होंने कान ही नहीं दिया इस पर। बल्कि मुस्कुराते हुए उन्होंने कवि अज्ञेय की कविता 'साँप तुम सभ्य तो हुए नहीं, नगर में बसना भी तुम्हें नहीं आया' पूरी अदा के साथ सुना दी।

सरपंच ने तय कर दिया कि एक शानदार कार्यक्रम रखकर साँपों से घिरे लोगों की हौसला अफजाई की जायेगी। किसी ने कहा कि पद्मश्री तीजनबाई से पंडवानी गवा लेते हैं। उससे परीक्षित वाला प्रसंग सुनेंगे। तक्षक का प्रसंग सुनना जरूरी है। सरपंच ने कहा कि अब वह ग्यारह रुपया और नारियल लेकर गाने वाली तीजन नहीं है हजारों रुपया चाहिए तब पाँव धरती है। गोबर बीनती थी, छीन बहरी बेचती थी, आज देखो नखरे।

दीनदयाल पंच ने गुस्साते हुए कहा कि सरकार जो गरीबों को सर चढ़ा रही है, यह उसी का परिणाम है। जो अधर्म इन पचास वर्षों में किया है सरकारों ने उसी के कारण तो सर्पकाल आया है। वरना आँगन में साँप घर नहीं करता। सरपंच ने कहा कि ऐसा करते हैं, एक सभा रख लेते हैं। अवसर अच्छा है। गाँव में साँप की बढ़ोत्तरी ठीक नहीं। इसके लिए पक्का उपाय करना पड़ेगा। बालोद क्षेत्र के गाँव में नाग को नाथ लेने वाला गौरिया रहता है। उसे बुलाकर कुछ मन्त्र आदि सीखते हैं। कुछ नहीं तो हिम्मत तो बढ़ेगी ही।

चार दिन बाद सभा हुई। फुलझर वाला गौरिया साँप धरैया, नाग नथैया आया पूरे तामझाम के साथ। सात कोरी सात आगर मन्त्र की सिद्धि के लिए प्रसिद्ध गौरिया। उसने सभा के बीच ऐलान किया कि साँप को वह ताली पीटकर निकाल लेगा, डूह से भगा देगा। उसने बताया कि जाने कितने साँपों को उसने नाथा है। कुंदरू की सब्जी त्यांगना कम कठिन नहीं है। वह मैंने त्यागा, होली से ऋषिपंचमी तक करेले को हाथ नहीं लगाता। कठिन साधना के बल पर ही मैंने यह सिद्धि पायी है। उसने बताया। लोग प्रभावित हो गये। भाषण देने के बाद गौरिया रमेसर के घर की ओर चला।

बड़बड़-बड़बड़ करता हुआ, लगभग झूमता-झामता गौरिया बढ़ रहा था। बीच में रुककर उसने एक अद्धी अंग्रेजी दारू का ग्रहण किया। वहाँ पीढ़े पर खड़ा कर उसकी आरती उतारी गयी। आरती उतरवा लेने के बाद पुनः गौरिया नाचता हुआ आगे बढ़ा। गाँव भर के लोग एकत्र थे। रमेसर के घर में पाँव धरने की जगह नहीं थी। कटाकट मनखे। साँप मारे डर के बिल में घुस गये थे। गौरिया बढ़ता गया। वह सीधे गया साँप के उस बड़े डूह के पास। तुलसीचौरा के पास ही था बड़ा सा डूह। गौरिया ने ताली बजायी। ताली बजती रही मगर साँप तो साँप, साँप का पूत भी बाहर न आया। लोग मुच-मुच हँसने लगे। सरपंच ने कहा—'कइसे का होगे तोर मंतर? सरपंच के इस प्रहार से गौरिया आहत हो गया। उछला, और चढ़ बैठा डूह के ऊपर। नशे में तो था ही। एक बड़े से बिल में गुहनी तक उसने हाथ को घुसा दिया। हाथ का घुसाना था कि उसकी चीख निकल गयी। हाथ खींचा तो उसके हाथ में तीन साँप चिमटे हुए बाहर निकले।

चाब दिस रे-कहते हुए गौरिया उठ खड़ा हुआ। तीनों साँपों को उसने झटका। साँप आँगन में सरसर-सरसर भागने लगे। मारो-मारो कहते हुए लोग भागने लगे। इस बीच साँप पुनः बिल में समा गये। अच्छा मोर्चा बाँधे हैं, साले, सब जा छुपते हैं भीतर। मरना है हम लोगों को जो गाफिल रहे साँपों की मोर्चेबन्दी से। पुलिस के भूतपूर्व सिपाही लखन ने कहा। लखन की बात से सभी सहमत थे मगर इस सर्पकाल में बातों से तो कुछ होना-हवाना नहीं था। सब डरे-सहमे थे। गौरिया पर भरोसा था मगर तीन साँपों ने उसे डस लिया था। देखते ही देखते मान्त्रिक गौरिया के भी प्राण-पखेरू उड़ गये।

गौरिया की लाश को तुरंत-फुरत दफना दिया गया। डर और बढ़ गया। अवध किशोर सरपंच ने लाश दफन कर लौटे लोगों को रोक कर एक छोटी सी सभा ही कर ली। पहले गौरिया की आत्मा की शान्ति के लिए कुछ देर का मौन रखा गया। 'ओम शान्ति, शान्ति-शान्ति' कहते हुए फिर अवध बाबू ने प्रवचन दिया। इस तरह सभा की समाप्ति हुई और अँधेरी रात में लोग अपने-अपने घरों की ओर डरे-डरे से निकल पड़े।

सभा समाप्ति के बाद अवध किशोर ने अपने समर्थकों और पंचों से सलाह मशविरा किया। देर रात तक शायद बैठक चलती कि रमेसर का विलाप सुनकर सारे लोग सभा भवन के बाहर आ गये। रमेसर ने बताया कि साँप ने उसके लड़के को डस लिया है। सब रमेसर के घर की ओर भागे। बच्चे को बचाया न जा सका। रमेसर की माँ ने सरपंच से हाथ जोड़कर कहा 'अवध बाबू, अब तो कुछ करो' बुढ़िया बस इतना ही कह पायी। रमेसर की पत्नी का आर्तनाद सुन सब सिहर उठे। 'हाय मोर बेटा, साँप के पुरता हो गेस।' कहकर रमेसर की बाई पछाड़ खाकर गिर गयी आँगन में।

अवध किशोर के बदले उप सरपंच ने ऐलान कर दिया कि कल साँप के डूह में त्रिशूल और बल्लम लेकर गाँव भर के नौजवान भिड़ेंगे। आग का भभका भी साथ होगा। अवध किशोर ने कहा–'जय भवानी, जय शिवशंकर' कहते हुए शेरों को भिड़ना है कल। या तो साँप को मारेंगे या खुद साँप का ग्रास बन जायेंगे।

सबेरा हुआ। गाँव के चुनिन्दा नौजवान बल्लम लेकर जय बम शंकर, काँटा गड़े न कंकर, बइरी दुश्मन ला तंगकर, कहते हुए साँप के डूह के पास एकत्र होने लगे। मशाल लेकर कातिक नाऊ भी खड़ा हो गया। पीपा भर मिट्टी तेल साथ में था ही।

अवध किशोर, उप सरपंच गजाधर रजक और पंचगण सब घर के बाहर खड़े हो गये। छटे हुए जवान बढ़ चले। माता सेवा गीत गाने वाले लड़के भी आ गये। गीत शुरू हो गया–

'पाँचों रंग माता के सिंगारयेना
हो मैया पाँचों रंग माता के...

लड़कों ने ज्यों ही डूह को त्रिशूल और बल्लम से कोचकना शुरू किया, सब सतर्क हो गये। गीत गाने वाले लड़कों का स्वर भी लहरा सा गया। अभी दूसरा पद वे गाते कि करीब आठ-दस साँप फुँफकारते हुए डूह से निकल आये। मारो-मारो भागो-भागो की आवाज आने लगी। बल्लम और त्रिशूल आठ-दस ही थे। किसी ने कहा पुराने सरपंच के जमाने की लाठियाँ पंचायत में पड़ी हैं, उठा लाओ।

सरपंच ने कहा–'भाई ये लाठियाँ बेकार हैं। उन पर इंक्वायरी हो रही है। पुराने सरपंच ने अखाड़े के लिए लाठी खरीदी थी घूस खाकर। घूस खाकर खरीदी गयी लाठी से साँप नहीं मरेंगे।'

जगेसर गोंड ने कहा–'सरपंच, पहले जीवन बचाना है। साँप से अपनी रक्षा कर लो तो फिर तितम्मा करो।'

अभी बात कुछ और बढ़ती कि साँपों को मारने में भिड़े लड़कों ने चिल्लाकर कहा–'अरे और निकल आये पाँच-सात साँप, लाठियाँ लेकर आओ। जल्दी करो।'

अब सरपंच कुछ कह न सका। पचासों लड़के पंचायत भवन में रखी लाठियों को लेकर आ गये। और दे भदाभद। साँपों को एक सिरे से पड़ने लगी लाठी, कुल ग्यारह साँप मर गये। तीन भाग निकले। एक साँप ने एक नौजवान को डस ही

लिया। 'चाब दिस रे' कहते हुए वह वहीं गिर पड़ा। थोड़ी देर में ही उसका प्राणान्त हो गया।

'बिखहर साँप से साले हा। हाँक-फूँक नई लागय।' कहते हुए सरपंच ने लड़के की लाश पर अपना गमछा डाल दिया। लड़के के घरवाले आ गये। वे मजूरी करने गये थे। लड़के की माँ दहाड़ मारकर रोने लगी।—'गरीबिन के बेटा ल साँप चाब दिस। बड़हर के बेटा मन घर में खुसरे हें...' आगे उसके शब्द रुदन में डूब गये।

सरपंच ने कहा—'शाम हो गयी है, चलो लाश को ले चलो मण्डल बगीचा। श्मशान भी तो दूर है।' गाँव भर के लोगों ने लकड़ी कण्डा दिया। गरीब के बेटे का नीला पड़ चुका शरीर धू-धू कर जलने लगा।

वहाँ सरपंच ने जीवन की व्यर्थता और नश्वरता पर एक छोटा सा भाषण दिया। लोग सर झुकाकर सुनते रहे। लेकिन बगस से रहा न गया। उसने कहा—'सरपंच, लाठी तक लाने नहीं दे रहे थे। कहते थे कि पुराने सरपंच ने घूस खाकर कमजोर लाठी खरीदी थी। उन्हीं कमजोर लाठियों ने मार भगाया साँपों को। पहले ही लाठियाँ दे देते तो यह लड़का भी न मरता।'

सरपंच ने कहा—'विधि के लिखा न मेटन हारा। बाबू रे, कहा कवि ने...'

'विधि ने जो कुछ लिख दिया
छटी रात के अंग
राई घटे न तिल बढ़े
रह रे जीव निसंग।'

अभी सरपंच शायद कुछ और कहता कि रमेसर ने हाथ जोड़कर कहा—'सरपंच, अब क्या निसंग रहें। मेरे घरवाले अब उस घर में नहीं रह पा रहे हैं। डरते हैं। हमें आसरा चाहिए।'

सरपंच ने कहा—'वह, पुरखौती का घर है। क्या साँपों के डर से घर छोड़ दोगे। माँ के आँचल की तरह पवित्र धरती छोड़कर कहाँ जाओगे रमेसर?'

रमेसर ने कहा—'बड़ी-बड़ी बात सूझती है सरपंच जब आदमी सुरक्षित होता है। साँपों से हम घिरे हैं, आप तो मस्त हैं। रह लेंगे भाठा में छपरी तानकर। जियेंगे तब तो माँ का पवित्र आँचल काम आयेगा।'

सरपंच ने कहा—'विनाश काले विपरीत बुद्धि। जो चाहो करो।'

रमेसर ने अपना पुश्तैनी घर छोड़ दिया। गाँव के मैदान में शाला भवन के पास झोंपड़ी बनाकर रहने लगा। बीच-बीच में अपने पुश्तैनी घर को वह झाँक आता। उसके घर के भग्न डूह से निकलकर साँप सरसराते हैं, ऐसा पड़ोसी उसे बताते। दो दिन बाद रमेसर के पड़ोसी की गैया साँप चाबने से मर गयी। डूह के साँप अब आक्रामक हो गये थे। वे बगर-बगर कर चाब रहे थे।

रमेसर का पड़ोसी सरपंच के पास रोते हुए पहुँचा, तब सरपंच शहीद सम्मान

समारोह की तैयारी कर रहा था। नागपंचमी चार दिन बाद ही पड़ रही थी। उसके हितचिन्तकों ने उसे सुझाया कि नागपंचमी के दिन उस लड़के के माँ-बाप को लुगड़ा और धोती देकर सम्मानित कर दो जिसका बेटा साँप से लड़ता हुआ परलोक सिधार गया है। सामने चुनाव तो था ही। सरपंच को यह तजवीज जँच गयी। सरपंच कुछ ठिकाने की योजना बना ही रहा था कि रमेसर का पड़ोसी आ गया। उसने कहा—'सरपंच, आज गाय मरी है, कल आदमी मरेगा। ऐसा ही तो हुआ है रमेसर के साथ।'

'तो मैं क्या करूँ?' सरपंच ने आँख तरेरकर कहा।

'सरपंच हो तो राह बताओ? रक्षा करो।'

'साँपों से रक्षा करने के लिए सरपंच नहीं बना हूँ। मैं कोई साँप पकड़ने वाला गौरिया हूँ क्या?'

'तुम क्या नहीं हो सरपंच। मुँह मत खुलवाओ। जवान-जहान बेटों की लाश की प्रतीक्षा है तुम्हें। तुम चाहते हो कि गरीब के बच्चे साँपों से लड़कर शहीद होते रहें और तुम शहीदों के माँ-बाप को लुगड़ा-धोती बाँटकर अपना भविष्य पक्का करो। नंगई की भी हद होती है सरपंच।'

रमेसर के पड़ोसी की धिक्कार से सरपंच सन्न रह गया। दूसरे दिन रमेसर के घर के आस-पास बसे तीन लोगों ने मैदान में झोंपड़ी बना ली। रमेसर के घर को मिलाकर कुल चार झोंपड़ियाँ हो गयीं।

बढ़ रही झोंपड़ियों की ओर देखकर भंगी मंडल ने आह भरते हुए कहा—'लगता है अब गाँव में साँप ही बसेरा करेंगे। साँप कम से कम साँप से तो भिड़ता नहीं है। हम आदमियों की तो मत ही मारी गयी है।'

हम साँप से हारने, मरने और भागने का इन्तजाम तो करते हैं, उनसे लड़कर पार पाने का संकल्प नहीं लेते। इस तरह तो यह पूरा गाँव ही एक दिन साँपों का बड़ा डूह बन जायेगा।

अभिनव छन्द

"प्रशासन में चुस्ती आ गयी है," उसने पलंग पर पसरते हुए कहा। पत्नी बच्चों को सुला रही थी। छोटकू को थपकी देते हुए पत्नी ने यूँ ही पूछ लिया?

"चुस्ती, किसलिए?"

"ऐसे ही, वातावरण में गर्मी है, सबको चुस्त रहना है। आगामी सदी में सुस्त होकर तो प्रवेश सम्भव नहीं है, चुस्त होना ही था।"

"पहेली मत बुझाओ, आज दिख भी रहे हो थके-थके, धूल भरे, कहीं से लड़कर आये हो क्या?"

"हाँ भई, लड़ाई ही है। पेट के लिए वो अतिक्रमण करते हैं और पेट के ही लिए हम तोड़फोड़ करते हैं। अजीब चीज है यह पेट।"

"इतने संवेदनशील थे तो मास्टरी की होती।"

"देश में किसी को भी कुछ अपने हिसाब से बनने की स्वतन्त्रता है? खासकर मध्यम वर्ग को, जहाँ जगह मिली, पिल पड़े। तुम तो बस हद कर देती हो। कुछ समझती हो नहीं।"

"हाँ नहीं तो क्या, तोड़फोड़ करते हो तो सरकार की ओर से करते हो। घरू मसला थोड़े ही न है, इसमें उदासी की कौन जरूरत।"

"चाहे सरकार के कहने से ही तोड़फोड़ करें मगर हैं तो आदमी ही न देवी जी, तोड़ते हुए लगता है जैसे हम अपना ही घर उजाड़ रहे हैं, भीतर बहुत कुछ टूटता है, काफी कुछ अदृश्य टूट जाता है।"

"तुम्हारी कविता यहाँ भी आड़े आ रही है। भाषा में बात करो। प्रतीकों में तो समझने से रही।"

"तुम भाषा भी नहीं समझोगी। घायल की गति घायल जाने।"

अभी बात चल ही रही थी कि दरवाजे पर दस्तक होने लगी लगातार। उसने उठकर घड़ी पर समय देखा, ग्यारह बजे थे। वह बड़ा परेशान हुआ, इस समय कौन हो सकता है? सोचते हुए वह उठने लगा। अभी वह उठने ही वाला था कि भड़भड़ाहट और बढ़ गयी। वह उठ खड़ा हुआ। कुछ सहमते हुए उसने दरवाजा खोल दिया।

आगन्तुक तीन थे। लम्बे-चौड़े। जीप में आये थे। उसमें से एक ने कुछ धौंस

जमाते हुए पूछा—तोड़ा-ताड़ी विभाग के इंस्पेक्टर विश्वकर्मा का घर है यह?

"जी हाँ, मैं ही विश्वकर्मा हूँ।" उसने शालीनतापूर्वक कहा।

जी हाँ के बच्चे...उनमें से एक ने उछलते हुए कहा—"सब जी हाँ घुसाड़ देंगे। इंस्पेक्टर की औलाद, मरना पसन्द है तो चुस्ती दिखा। बहुत चटक बन रहा है।"

उनमें से पहले व्यक्ति ने बात सँभाल ली। अपने साथी को चुप कराते हुए उसने कहना शुरू किया—"देखो जी हम आये हैं तुम्हें समझाने, बाल-बच्चे कितने हैं जी? उनका मोह तो होगा आपको? क्यों नाहक जान गँवाने पर तुले हो, दुकान तोड़ आये बाजार में आप। हम थे नहीं वरना ईंट से ईंट बजा देते। वापस नहीं आने देते किसी हरामजादे को। साले चोर हाकिम बने हैं।"

उसने दबे स्वर में कहा—देखिए मैं तो मुलाजिम हूँ, सरकार का गुलाम। हुक्म हुआ तो चले गये, तोड़ने। आप तो हद कर रहे हैं ऐसी भाषा बोल रहे हैं।...

भाषा गयी तेल लेने। सरकार-फरकार कुछ नहीं, तुम इंचार्ज हो इलाके के। एक लकड़ी भी अब टूटी तो तुम्हारी हड्डियाँ नहीं बचनी। हाँ समझ लो। और जब तक वह कुछ और कहता वे जीप में बैठकर चले गये।

उसके बाद वह सो नहीं सका। पास की खटिया पर सोया बच्चा बेसुध पड़ा था। पत्नी की आँखें डबडबा आयी थीं। वह अपराधी बना खड़ा था। अपने घर में ही उसे जलील होना पड़ा। वह कुछ भी कहने की स्थिति में नहीं था।

पत्नी जानती थी कि मामला क्या है। फिर भी उसने सब विस्तारपूर्वक बताया। पत्नी कुछ देर में सो गयी। वह रात भर जागता रहा। कुछ दिनों से नगर में सफाई अभियान जोरों पर है। विगत पन्द्रह दिनों में तीन बार वरिष्ठ अधिकारियों की बैठक हो चुकी है। कल ही अधिकारियों ने सब इंस्पेक्टरों को साफ-साफ समझा दिया था कि सरकार चाहती है काम, ढिलाई नहीं, सब सुविधा मिलेगी, सुरक्षा मिलेगी। लेकिन शहर को चमाचम बना देना है।

तोड़फोड़ के इंस्पेक्टर बहुत दिनों के बाद ऐसा आश्वासन पा सके थे। वे दुगुने जोश में भरकर अपने-अपने क्षेत्र की सर्वे रपट पेश करने लगे। किसी के क्षेत्र के बीस झोंपड़ी, किसी के क्षेत्र में तीस।

विश्वकर्मा ने साफ लिखकर दिया कि उसका क्षेत्र सर्वाधिक संवेदनशील है। और वहाँ केवल सात झोंपड़ी हैं, दुकाननुमा। वे अगर हट गयीं तो नगर की आबरू बच जायेगी।

उसी के क्षेत्र में आज उसके निर्देशन में तोड़-फोड़ हुई, बहुत दिनों के बाद ऐसा कार्यक्रम बना। एक गाड़ी में सिपाही और हवलदार, दूसरी गाड़ी में मजदूर थे, सामानों के स्थानान्तरण के लिए। सब्बलधारी मजूरों ने उसके आदेश पर सहसा हल्ला बोल दिया। हमला कारगर था, बरसों से पसरे लोग अकबका गये। उन्हें सपने में भी उम्मीद नहीं थी कि ऐसा गुल खिलेगा। किसी को बख्शा नहीं गया। न छोटे को न

बड़े को, आश्चर्य इसी बात को लेकर था।

जब तक लोग तैयार होते, दल ने अपना काम पूरा कर लिया। विश्वकर्मा की पीठ ठोंकी गयी। कार्यालय में बड़े साहब ने व्यक्तिगत बधाई दी। विश्वकर्मा स्वयं परेशान था कि इसमें इतनी बधाई क्यों दी जा रही है।

उसके कुछ अनुभवी साथी मुँह फेर कर मुस्करा रहे थे। कुछ खुसुर-पुसुर भी हो रही थी।

आज वह हो गया था कि जिसकी कल्पना नहीं की गयी थी। विश्वकर्मा सन्तोष लेकर घर को लौटा था। ईमानदारी का सन्तोष। समदर्शिता का सन्तोष और अचानक रात को अवैध कब्जाधारियों ने घर पर ही हमला कर दिया। यह भी अप्रत्याशित था। विश्वकर्मा फिर भी रात आरामपूर्वक काटना चाहता था। वह जानता था कि बस कल दफ्तर पहुँचना भर है और सूचना भर देनी है फिर तो सारी गुण्डई घुसड़ जायेगी। बदतमीज लोगों से इसीलिए वह उलझना नहीं चाहता था। उसे पूरा विश्वास था कि सारे गुण्डे कल आनन-फानन धर लिये जायेंगे। सरकारी मुलाजिम पर हमला तो सरकार पर हमला है। बड़ा हौसला हो गया है शोहदों का। कल निपटेंगे। सवेरा हुआ। वह कुछ तनाव में था। पत्नी ने समझाया "बाल-बच्चों का खयाल करो, निसपिट्टर महाराज, तुम्हारी ईमानदारी से देश की गन्दगी नहीं जायेगी। बहुत जोश में मत रहा करो।"

"चुप रहो, तुम्हें तो बात का बतंगड़ बनाना है। अरे वो लोग बेवकूफ हैं, साले समझते हैं गुण्डों से चल रहा है देश, कानून-वानून नहीं है देश में। धौंस-पट्टी से सब हो जाता तो न सेना की जरूरत थी न पुलिस की।"

पुलिस भी महाराज जी कुछ काम न आयेगी। कौन भला सुरक्षित है आज। जान जो बचा ले वही बुद्धिमान है। राजा का तो बाजा बजा देते हैं लोग और तुम लगे हो सुरक्षा के फेर में।

ऐसा भी नहीं है देवी जी, देखती जाओ अब आगे का खेल।

हाँ वो तो खैर देखना ही है। भगवान करे कोई आफत न आये। मैं फिर कह देती हूँ, हाथ-गोड़ बचाके।

"ठीक है, ठीक है, चूल्हा-चौका करो। ज्यादा परीक्षण मत करो, हाँ ।" कहते हुए वह सरकारी झोला लेकर निकल गया। ये काले रंग का विभागीय बैग उसकी पहचान है। जब सब इंस्पेक्टर एकत्र होते हैं, चुहल में कहते भी हैं "भइया हो, इहै बैगवा बेइमान।" और हँसी का फौव्वारा फूट निकलता है।

बैग के साथ एक रोचक घटना जुड़ी है। एक बार दल के साथ सब तोड़-फोड़ में निकले। पुलिस के बगैर। स्थल पर पहले से ही सूचना थी कि कुछ होने को है। दल के भीतर ही चमत्कारी लोग हैं जो अपने-अपने चहेते अतिक्रमणकारियों तक सब खबर पहुँचा देते हैं।

दल को देखते ही एक लम्बे-तगड़े सज्जन ने रामलीला के परशुराम की तरह गंड़ासा लहराते हुए दहाड़ लगा दी, "जिसकी माँ ने दूध पिलाया है लगा ले हाथ झोंपड़ी को। देखें साला आज किसकी औरत चूड़ी उतारती है। मूड़ी काट लेंगे साले की।"

सब एक दूसरे को देखने लगे। कुछ उस्ताद इंस्पेक्टरों ने खिसकना शुरू कर दिया। धीरे-धीरे सब पलायन कर गये। उन्हें दुम दबाकर भागते देख मुछियल गंड़ासाधारी ने चुटकी ली, "आ जाते हैं बैग उठाकर। काला काम करेंगे साले, काला बैग धरेंगे साले।" वहाँ बैठे लोगों में से एक ने वाक्य पूरा किया–"अपनी मौत मरेंगे साले।" बहुत दिनों तक यह तीन पंक्तियों की कविता आपस में चुहल के लिए स्लोगन की तरह चलती रही।

हाथ में अपना विभागीय काला बैग लेकर घर से निकलते हुए उसे उपर्युक्त शानदार पंक्तियाँ याद आने लगीं।

वह आज जल्दी ही कार्यालय पहुँच गया। साथी धीरे-धीरे पहुँचने लगे। कैण्टीन में बातें होने लगीं। वह अचानक बात नहीं रखना चाहता था। बात को वह अधिकारियों के सामने ही पेश करना चाहता था।

दूर से ही एक मुछियल साथी इंस्पेक्टर ने लगभग चिल्लाते हुए हाँक लगाई–"अरे भाई, विश्वकर्मा जी काम तो गजब कर गये, भइया। रिकॉर्ड बना गये, बधाई हो।"

वह कुछ नहीं बोलना चाहता था। उसे सन्देह था कि घर आये जीवधारी ऐसे ही बधाई देने वाले साथी इंस्पेक्टरों के खासमखास हैं। उसे हमेशा नसीहत दी गयी कि वह भी अपराधियों से दोस्ती गाँठ ले। दो एक दुकान एलाट करवा ले। विभाग में रहने का लाभ उठा ले। मगर वह आज भी खटारा साइकिल में बड़े मनोयोग से पायडिल मारता हुआ सुनहरे कल की ओर बढ़ रहा है। कड़ी मेहनत कर रहा है। उसे उम्मीद रही है कि ईमानदारी की कद्र जरूर होगी।

बुलेट सवार दमखम वाले पाँच सौ पचपन नं. की सिगरेट पर फिदा साथियों की संख्या अधिक नहीं थी।

और इसीलिए वह प्रसन्न भी रहता आया है कि सब तो इसी तरह ईमान की रोटी खाकर फील्ड में भरपेट गालियाँ खाते हुए बुढ़ा रहे हैं। वह कोई अद्‌भुत व्यक्ति थोड़े ही है।

आज उसे उम्मीद थी कि घर पर हुए आक्रमण की खबर लगते ही अधिकारियों के फोन खड़कने लगेंगे।

दस बजा, उसने हाजिरी रजिस्टर में दस्तखत दर्ज किया, अपने कनिष्ठ अधिकारी से हाथ मिलाया।

"कहो विश्वकर्मा जी, ठीक तो है", अधिकारी ने कहा–हाँ सर ठीक है, उसका उत्तर था। कुछ देर की चुप्पी के बाद उसने बात रख दी। सब लोग बैठे थे। सबने

सुना, उसने संक्षेप में कहा–"सर मैं तो स्तब्ध रह गया। दुस्साहस देखकर। इसको बहुत सीरियसली लेना है, सर। अन्धेरगर्दी नहीं चलेगी। इससे दूसरों का मनोबल टूटेगा। गुण्डों को तुरन्त बन्द करवाइये सर।"

अधिकारी ने धीरे से कहना शुरू किया–"विश्वकर्मा जी आप नाहक राई का पहाड़ कर रहे हैं। ये तो चलता ही रहता है। अरे गरिया गये न। कुछ किया तो नहीं, उन्हीं का मुँह खराब हुआ। भौंकने वाले कुत्ते काटते थोड़े ही हैं।"

"नहीं सर, कल काटेंगे भी।"

"चुप रहिए, बस बात का बतंगड़। अरे आप इन्सपेक्टर हैं। इन्सपेक्टर जिस महकमे काहो, है वह सरकारी साँड़। चरो और मौज करो। धौंस-पट्टी से डर गये तो कर ली इन्सपेक्टरी।"

"सर, सवाल धौंस का नहीं है। आखिर सुरक्षा के बिना हम कैसे काम करेंगे।"

"फालतू बात मत करिए। बड़े-बड़े तो मार सुरक्षा के बीच ही उड़ा दिये गये और एक आप हैं कि सुरक्षा के लिए चिन्तित हैं, अरे गुण्डों से गुण्डई करो। और लोग कैसे निपटते हैं, एक आप ही हैं क्या?"

वह बोलना चाहता था कि दो-तीन और साथियों ने उसकी तरफदारी की। सब की ओर से साथी रफीक खान ने कहा–"सर यही हमारी भी चिन्ता है। केवल विश्वकर्मा भैया की नहीं। आये-दिन घुड़की खाते हैं। धौंस सहते हैं। बेगैरत हैं क्या हम लोग। कुछ तो हमारी भी हैसियत है। कुत्तों की तरह खाली पिटने के लिए मुलाजिम नहीं हुए हैं।"

"हाँ भई, आप लोग तो शहंशाह बनने के लिए मुलाजिम हुए हैं, कुत्ते तो हम हैं जो यहाँ काम कर रहे हैं। चलिये बड़े साहब के पास चलिये।"

"आप सब हमसे हुशियार हैं, हम क्या बतावें।" सब स्तब्ध रह गये। उम्मीद नहीं थी, कि ऐसा कुछ होगा। आपस में बातचीत कर सबने तय किया कि चाहे जिस स्तर पर जाकर कहना हो आज बात रखेंगे जरूर।

कमरे के भीतर घुसते ही बड़े साहब ने मुस्कुराकर विश्वकर्मा का स्वागत किया। खुद ही बोलने लगे–"वेल डन मि. विश्वकर्मा, अच्छा किया है तोड़-फोड़, जरूरी है सफाई। नगर को खूबसूरत बनाना है। स्वच्छता से शान बढ़ती है।"

सब चुप थे।

उन्होंने फिर कहा–कुछ कहना तो नहीं है। मैं आज जा रहा हूँ एस.पी. साहब के पास मीटिंग है। कुछ पुलिस सपोर्ट लेना है। और उठने लगे।

सबने दो मिनिट बात सुनने की मिन्नत की। वे बैठ गये। जल्दी में थे। संक्षेप में सुनना चाहते थे।

सब की ओर से वीरेन्द्र ठाकुर ने बात रख दी।

वीरेन्द्र से साहब विशेष रूप से चिढ़ते थे। उन्होंने वीरेन्द्र को बीच में टोकते

हुए कहा–यहाँ पॉलिटिक्स मत घुसेड़िये। शोषण-फोषण की कोई गुंजाइश फिलहाल नहीं है। पहले ही समझ लीजिए।

ठाकुर को बुरा तो बहुत लगा, मगर अवसर देख चुप रह गया।

विश्वकर्मा ने ही सब कहा।

साहब ने तुनकते हुए दूसरी दास्तान सुना दी, तुम लोग तो हो सुविधापरस्त। एक वह भी जमाना था जब हम बीस मील पैदल चलते थे। साइकिल तक न होती थी। और आज गाड़ी है स्क्वैड के पास, तो भी रोना रोते हो। पानी न छाया कुछ भी नहीं था। खाली बकवास करते हो। कामचोरी का बहाना है। बस गप्पें लड़ाइए। एक दो आदमी घर में आकर मिल गये तो क्या डकैती हो गयी?

"डकैती तो है सर, घर में आकर कोई गाली दे जाये अच्छा है क्या? "विश्वकर्मा ने कहा, "अच्छा तो कुछ भी नहीं है, मगर जीना तो इसी सबके बीच है, आसमान में तो नहीं जीना है न। चार लोग खराब हैं तो चार लोग भले हैं।"

सर, अच्छे बुरे का सवाल नहीं है। मैं तो विभागीय निर्देश के अनुसार अवैध दुकान हटाने गया था, निजी काम तो नहीं था।

विभागीय आदेश बड़े लचीले होते हैं आप तो बस चल दिये तो चल दिये। छोड़ना और तोड़ना दोनों जरूरी है। अब वहाँ तोड़-फोड़ नहीं करना है समझे। "सर, लेकिन सबसे अधिक तो वहीं ध्यान देने की बात कही गयी थी, अब क्या हो गया।"

"हो गया तुम्हारा सर, समझते तो हो नहीं।"

"इसमें कौन सी समझने वाली बात है सर?"

"है क्यों नहीं, मैं बार्न ऑफिसर नहीं हूँ। तुम्हारी ही तरह घिसते-घिसते ऊपर आया हूँ। सब देखा-सुना है मैंने। अब वहाँ समीकरण बदल गये हैं। नेता दुकानदार हो गये हैं और दुकानदार नेता भी हो गये हैं। ऊपर तक पहुँच हो गयी है। फिलहाल वहाँ कुछ नहीं होगा।"

"मगर मीटिंग में तो ऐसा कुछ नहीं कहा गया।"

"समझने की बात है।"

"तो लिखित में दे दीजिए आप ही।"

इतना सुनना था कि वातावरण एकदम बदल गया। अधिकारी के नथुने फड़कने लगे। घायल साँप की तरह वे फन पटकने लगे। उन्होंने केवल इतना कहा–"चले जाइए यहाँ से, हटिए मेरी आँख के सामने से।" मगर विश्वकर्मा ने भी निश्चय कर लिया था कि बात की तह तक पहुँच कर ही उठेगा। उसने कहा–"सर, सुरक्षा के बिना मैं अब कुछ नहीं करूँगा।"

"तो छोड़ दीजिए नौकरी।"

"मैं नौकरी की बात तो बाद में सोचूँगा, पहले कल की घटना की बात कीजिए।"

"लिखा दीजिए रिपोर्ट थाने में, एक नागरिक की हैसियत से।"

"मैं नागरिक की हैसियत से बहुत सम्मानित और सुरक्षित हूँ। विभागीय कामगार की हैसियत से ही जान के लाले पड़े हैं सर, रिपोर्ट तो विभाग की ओर से होनी चाहिए।"

"कानून न सुझाइये। विभाग आपके घर का ठेका नहीं ले सकता। जहाँ जाना हो जाइए।"

इसके बाद एक-एक कर सब उठ गये। दो-तीन साथियों ने तय किया कि रपट थाने में लिखा दी जाय। कुछ ने मना किया। एक ने तो गाली देने वालों से ही सुलह कर लेने की नेक सलाह दी। मगर अन्त में निर्णय लिया गया कि थाने में चलकर रपट लिखा ही दें। विश्वकर्मा के साथ तीन और साथी थे। थानेदार को सब पता चल गया था। पहुँचते ही हँसते हुए उन्होंने स्वागत किया। बैठाते हुए बोले—बैठो बिरादर, आप लोग भी कैसे इंस्पेक्टर हैं भई, इस लफ्ज का रुतबा खतम कर रहे हो यार। झींकते फिर रहे हो। अरे रखो बुलेट। पहुँचो दन-दन-दन सेठों की दुकानों में, साले गाड़ी देखकर ही गद्दी से गिर जायें। हाहाहा...

और मूँछें उमेठने लगे। साथ ही चाय का आर्डर दे दिया। वीरेन्द्र ठाकुर ऐसे मौके पर कभी नहीं चूकते। उन्होंने बात आगे बढ़ाते हुए कहा, एक बात पूछें थानेदार साहब?

"हाँ हाँ, दस न पूछिए साहब।"

"कउनों साला सेठ, कभी गिरा है आज तक सरकारी मुलाजिम के सामने। चाहे बुलटधारी ही क्यों न हो, बल्कि हम तो देखते हैं कि सरकार खुद सेठों की गद्दी पर मुँह के बल गिर जाती है कई बार।"

थानेदार ने घूरकर देखा। कुछ देर बाद बोले, "आपका नाम क्या है जनाब?"

वीरेन्द्र ठाकुर।

कहाँ के रहने वाले हैं?

हिन्दुस्तान के हैं साहब, और कहाँ के?

हमें तो आप रूस या चीन के रहने वाले लग रहे हैं और साथ ही छतफाड़ ठहाका लगाने लगे। कमरे में बैठे सब लोग साथ देने लगे। कुछ देर में हँसी रुकी। चाय की चुस्की लेते हुए थानेदार ने कहा—"सब सुन चुका हूँ बन्धु। रिपोर्ट दर्ज करवाना तो चुटकी का काम है मगर बात काम की करो। बिरादराना सुझाव है मिल लो। उन्हें भी बुलाया है। कुछ कर-करा के सलटा लो मामला।"

"कैसी बात करते हैं थानेदार साहब। घर में गाली देकर चले गये। आदमी की कोई इज्जत होती है कि नहीं। क्या गुण्डों के द्वारा चल रहा है समाज?"

"ये तो आप पूछिए समाज के ठेकेदारों से। हम तो इण्डियन पेनल कोड की बात बता सकते हैं भाई। फालतू की बात हमें वैसे भी कम पसन्द है।"

"तो दर्ज कीजिए रपट।"

"सोच लिया अपना?"

"सोचकर ही आये हैं।"

थानेदार ने रपट लिखवाने का प्रबन्ध कर दिया। मुंशी ने भी काफी नसीहतें दीं। मगर अन्ततः रपट लिख दी गयी।

उन्हें लगा कि उनका दिन भर का श्रम सफल हो गया।

वे थाने से बाहर निकलने लगे।

विश्वकर्मा ने देखा। वे ही लोग थानेदार से हाथ मिला रहे हैं। तीनों के तीन थे। थानेदार साहब उनसे भी वैसे ही बतिया रहे थे। अब वहाँ रुकना उचित नहीं लगा।

विश्वकर्मा ने समय देखा। साढ़े चार का समय हो रहा था। दफ्तर बन्द होने का समय था। सब अपने-अपने घरों की ओर लौट पड़े।

मोड़ पर विश्वकर्मा अकेला हो गया। वह अपनी साइकिल पर धीरे-धीरे घर की ओर सरकने लगा। मोड़ पर अचानक बुलेट की ब्रेक लगी की ई...ई...रुकते-रुकते साइकिल को एक धक्का लग ही गया।

उसका बैग दूर जा गिरा। कई जगह से उसे चोट लगी। चश्मा गिर गया। कागज उड़ गये। वह हक्का-बक्का सब बिखरे हुए कागजों को समेटने लगा। राहगीर एकत्र हो गये। तीनों बुलेट सवार पुनः गाड़ी स्टार्ट कर चुके थे।

तीनों ने एक स्वर से जाते-जाते कहा—डरकर सुलह करेंगे साले। और हँसते हुए तेजी से बढ़ गये। वह कागजों को समेटकर उठा। साइकिल पर काले बैग को टाँगते हुए उसने महसूस किया कि उसके जीवन पर चार पंक्तियों की कविता अब पूरी कर दी गयी है।

काला बैग धरेंगे साले, काला काम करेंगे साले,
डरकर सुलह करेंगे साले, अपनी मौत मरेंगे साले।

पेड़

"मुझे रस्सी से मुक्त करिए" भाषण की शुरुआत इस वाक्य से करते हुए मैंने आगे कहा—"मैं उस कार में नहीं बैठूँगा जिसे लोग रस्सी से खींचें। यह वाहियात परम्परा है। नौकरी में रहा तब बहुत सारी जड़ परम्पराओं को मानने पर मजबूर रहा, लेकिन अब आजाद होते समय मैं किसी नाटक में नहीं फँसने वाला।"

मैंने अपने फेयरवेल पार्टी में जब सारे सीनियर अफसरों के सामने यह कहा तो उन्हें साँप सूँघ गया। कुछ मेरे मुँहलगे डी.आई.जी. जिन्हें कुछ दिनों बाद रिटायर होना था वे पास आकर कहने लगे—"यार, तुम तो हो संन्यासी, मगर हम जब रिटायर होंगे तब कहीं यही परम्परा न बन जाये। तुम बचो रस्सी से मगर हमें तो रस्सी से बँधा रहने दो।"

मैंने कहा—"यार, जो नहीं चाहता उसे न बाँधा जा सकता है न मुक्त किया जा सकता। बस मुझे बख्शो।"

कुछ लोगों ने इसे मेरा कॉपलेक्स कहा। कुछ अन्तरंग मित्रों ने तो यहाँ तक कहा कि मैं अगर कस्बाई मानसिकता से उबर सका होता तो डी.जी. न सही, ए.डी.जी तक तो जाता ही। मगर मुझे जानने वाले मेरे कस्बे के लँगोटिया साथी कहते हैं कि उन्हें तो यही ताज्जुब होता है कि भावना की दरिया में लगातार ऊब-चूब होने वाला मुझ जैसा कस्बाई छोकरा आखिर डी.आई.जी. तक गया कैसे?

रस्सी खेंचू अभियान का जब मैंने खुलकर विरोध कर दिया तब भी मित्रों ने कहा कि यह भी कस्बाई मानसिकता है। घर आया तो बाई जी ने भी डाँटा। उसने कहा कि केवल मजाक में तुम यह चुटकुला जलसों में सुनाते थे कि सब आई.जी. से डरते हैं, मगर मैं बाईजी से डरता हूँ। तुम कभी किसी से डरे? परम्परा तक से तो नहीं डरे। कर लिए अपने मन की। अरे, अगर मित्रगण तुम्हारी कार खींच ही लेते तो कौन सा पहाड़ टूट जाता।

मैंने हँसते हुए उसके प्रश्न का जवाब दिया—"बाई जी, मैं आई.जी. नहीं हुआ न, मात्र डी.आई.जी. होकर रिटायर हो गया। इसलिए बाई जी से डरने का सवाल ही नहीं। रही बात रस्सी की तो भाई पेट्रोल से चलने वाली कार को रस्सी से खींचने का चोंचला मुझे एकदम जमा ही नहीं। इससे तो अच्छा होता कि मुझे भैंसे पर चढ़ाकर विदा करते।"

श्रीमती जी ने कहा—"तुम जिन्दगी भर भैंसे पर ही तो चढ़े रहे। न तुम्हें अपना गाँव भूला, न गाँव के चवन्नी छाप दोस्त भूले। न वहाँ की मेला-मण्डई तुमसे छूटी। तुम्हें तो बनना था—केवल मास्टर। बेकार में तुम आ गये वर्दी के चक्कर में।"

मैंने कहा कि तुम्हारे मास्टर पिताश्री नहीं चाहते थे कि कोई होनहार लड़का मास्टर बने, अब जिन्दगी बिता देने के बाद पता चला कि कस्बे का मुझ जैसा मानुष पुलिस अफसर बन गया यह तुम्हें नहीं जँचा। क्या करें भाई? सबकी अपनी-अपनी मजबूरियाँ होती हैं।

प्रायः मेरा बेटा अपनी ही दुनिया में मस्त रहता है। उसे हमारे साथ बोलने-बतियाने की फुर्सत कम ही रहती है। मगर उस दिन शायद उसका मूड अच्छा था। उसने कहा—"देखिए पापाजी, आपने रस्सी खेंच का विरोध कर अच्छा ही किया। असल में वह सम्मान आपको सूट भी नहीं करता। हो सकता था कार से उतरकर आप भी रस्सी खींचने लग जाते। आप हैं एकदम गँवई मानुष। जिन्दगीभर अपनी तरक्की की राह में रोड़े अटकाकर कोई कैसे मजे से चैन ही बंशी बजा सकता है? आप उस महामानव के उदाहरण हैं।"

बेटा अपनी जगह, पत्नी अपनी जगह और मैं अपनी जगह।

दुनिया जब अपने हिसाब से चलती है तब मुझे भी तो अपने हिसाब से चलने का हक मिलना चाहिए। मैं गँवई व्यक्ति हूँ यह सही है। मैंने अपने गाँव के लोगों को भरपूर प्यार किया। नौकरी तो मैंने अनगिनत लगाई। अपने इलाके के लोगों के प्रति इस प्रेम के कारण मैं विभाग के आला अफसरों का ही नहीं, राजनेताओं का दुश्मन भी बना।

'मैं नक्सलियों के प्रति सहानुभूति रखता हूँ' यह एक ऐसा चार्ज था जिसे गाहे-बगाहे लोग मुझ पर लगाते रहे। मुझसे गलतियाँ भी तो उसी तरह की हो जाती थीं। छत्तीसगढ़ लोकोत्सव में मैं मुख्य अतिथि था। मंच पर करमा नृत्य चलने लगा। सब मन्त्र-मुग्ध होकर नृत्य देख रहे थे कि मैं मंच पर नर्तक दल के बीच जा पहुँचा और लगा नाचने।

उस दिन भी बाई जी का मूड खराब हुआ था।

मगर कलाकारों के चेहरे से झर रही खुशी के आगे किसी की नाराजगी का कोई अर्थ हो नहीं सकता था।

अपने गाँव के पुश्तैनी खपरैल वाले मकान को भी मैं कभी भूल न सका। बड़ी सी बाड़ी उसमें चार कमरों का मकान। पिछले वर्ष मैंने पुराने मकान को उसी तरह रखकर सामने आधुनिक शैली का बँगला भी बनवा दिया।

पत्नी और बच्चे इस मकान को देखकर खूब हँसे। पत्नी ने कहा आज मुझे विश्वास हो गया कि 'अर्द्धनारीश्वर' जैसी सच्चाई रही होगी।

उसकी फब्ती से आस-पास खड़े पुलिसमैन भी हँसे बिना न रह सके थे। मेरे

छुटपन के साथी चन्द्रप्रकाश ने मेरा पक्ष लेकर कहा था—"भाभीजी, यही तो असली आदमी की पहचान है।"

बाई जी ने उसे दुहथ्थड़ मारा—"असली-नकली दोनों की भाईसाहब। पीछे से असली और सामने से नकली।"

चन्द्रप्रकाश भी मुँहलगा है, उसने कहा—"भाभीजी, सामने पक्का है, नकली ही सही मगर है तो पक्का।"

उसकी इस बात पर मैं खूब हँसा था।

अब रिटायरमेण्ट के बाद पहली फुर्सत में मैं जा रहा था अपने उसी असली-नकली मकान में। कोई हमेशा के लिए नहीं, मात्र महीने भर के लिए। उसे ठीक कराना जरूरी था। उसके बाद तो आना-जाना लगा ही रहेगा।

मुझे बड़ी खुशी होती है अपना इलाका देखकर। यहाँ आज भी जंगल की तरह जंगल है। गाँव की तरह गाँव और नक्सली भी नक्सलियों की तरह ही हैं। खाली मैं अब थोड़ा-सा बदल गया हूँ। नहीं मेरी पोजीशन बदल गयी है। कुछ दिनों पहले ही तो मैं पुलिस का उपमहानिरीक्षक था। एक विशेष वर्ग का प्रतिनिधि।

मध्यप्रदेश से हमारा छत्तीसगढ़ प्रदेश अलग हुआ। हम सब अपने छोटे से प्रदेश में आ गये। सबने कहा कि मेरा चिर-संचित सपना पूरा हो गया। अपना राज्य, अपने लोग और अपनी बोली-बानी। राज्य बना तो मेरी सर्विस केवल दो वर्ष बची थी। अपने कस्बे का मैं पहला डी.एस.पी था। चढ़ते-चढ़ते डी.आई.जी. के पदसोपान तक पहुँचकर रिटायर हुआ। पिताजी शिक्षक बनाना चाहते थे। मगर साइंस कॉलेज में बाटनी के प्रोफेसर ने मुझे डी.एस.पी. बनने की प्रेरणा दी। बाद में प्रोफेसर साहब ने अपनी बिटिया प्रेरणा का ब्याह भी मुझसे कर दिया।

कुल छत्तीस साल मैंने नौकरी की। जंगल के बीच बसा मेरा कस्बा अब छोटा-मोटा शहर हो गया है। अपने परिवार की सलाह को दरकिनार कर सदा मैं अपने कस्बे में बसने की योजना बनाता रहा। लम्बी यात्रा के बाद अपने कस्बे में पहुँचने पर एस.पी. ने स्वागत किया। कुछ और परिचितजन भी नये बने मकान में कार खड़ी होते देख मिलने आ गये। कुछ देर बाद रह गया मैं अपनी नाराज पत्नी के साथ। गर्मी के दिन, तिस पर पानी की किल्लत। किसी को पहले से बताकर भी नहीं रखा था। पत्नी और मैं दोनों के लिए आखिर पानी कितना लगता? मकान में कुछ काम भी बचा था। मैं चाहता था कि वहीं रहकर अपनी देख-रेख में शेष सज्जा करवाऊँ। इसीलिए ट्यूबवेल खुदाने का काम भी रुका पड़ा था। नल लग ही गया था, गनीमत यही थी।

नल था, लेकिन पानी आकर जा चुका था।

पत्नी झल्लाई—"अब करो फोन म्युनिसिपल वालों को।"

केवल चार बाल्टी पानी ही तो चाहिए।

"चार बाल्टी ही कहाँ से आयेगा?"

"मुहल्ले में ही तो रहता है रामअवध अहीर। उसके लड़के को दो साल पहले सिपाही में भर्ती जो करवा दिया था। बुलवा लेता हूँ।"

रामअवध को तुरन्त खबर भिजवाकर हम चाय पीने लगे।

खबरिया खाली हाथ लौटा। पूछने पर पता लगा कि खबर सुनकर वह गांजा पीने तालाब की ओर निकल गया।

मैंने पूछा—"मेरे बुलाने पर भी?"

"हव साहब" खबरिया ने जवाब दिया।

पत्नी मेरी ओर देखकर मन्द-मन्द मुस्करा रही थी।

काफी देर बाद जब मुझे कुछ नहीं सूझा तो मैं स्वयं रामअवध के घर की ओर चल पड़ा।

वह घर पर ही था।

उठकर तुरन्त खाट बिछाने लगा।

मैंने कहा—"अवध, चार बाल्टी पानी चाहिए।"

"कब आये, महाराज?" उसने पूछा।

"अभी, बाई भी साथ में है।"

"लड़का तो आपका बड़का अपीसर बन गया होगा।"

"हाँ।"

"मेरा बेटा साहेब, नक्सली एरिया में है। उसे रायपुर धमतरी में तबादला करवा दीजिए। आपसे तो मैं दो बार कह चुका हूँ। नक्सली एरिया में क्या नौकरी और क्या जिनगी?"

"वो सब तो ठीक है, मगर अभी तुम चार बाल्टी पानी तो ला दो। नगरपालिका वालों से कल कह दूँगा। अचानक आना हुआ इसलिए तुम्हें तकलीफ दे रहा हूँ।"

"साहेब, ला तो देता हूँ मगर नक्सली एरिया से...।"

सबेरा हुआ। मैं सुबह पाँच बजे ही टहलने निकल पड़ता हूँ। मैंने कभी किसी का कुछ बिगाड़ा ही नहीं। इसलिए मुझे कभी डर भी नहीं रहा। अभी टहलते हुए दो फर्लांग दूर ही गया था कि एक नौजवान सर्राटे से गुजरा। मैंने देखा, इन्सपेक्टर परिहार था। आठ माह पहले ही मैंने उसकी पोस्टिंग यहाँ करवा दी थी। पुलिस हेडक्वार्टर में ही आखिरी दिनों में मैं रहा। इसलिए जितना बन पड़ा मदद करने का मैंने प्रयास किया। परिहार कुछ दूर जाकर वापस लौटा। उसने चलते-चलते ही कहा—"सर, नमस्कार।"

मुझे तो उम्मीद थी कि वह सदा की तरह पाँव छुवेगा। इसलिए मैं खड़ा भी हो गया था। मैंने नमस्कार का जवाब दिया। हम दोनों साथ-साथ चलने लगे। मैंने

पूछा—"कहो परिहार, कैसा चल रहा है?"

"ठीक है सर, मगर मजा नहीं है।"

"क्या मतलब?"

"मतलब यह कि सर, यह कस्बा भी अब सुरक्षित नहीं है। नक्सली यहाँ भी उत्पात मचाकर चल देते हैं। आप तो सर बेकार में यहाँ घर बनवा बैठे। रायपुर ही ठीक था। जान है तो जहान है।"

"मुझे कौन मारेगा?"

"सर की बात। नक्सली भले न मारें सर, लेकिन जिन पुलिस वालों कीसी. आर. आपने खराब की है वे दगा कर सकते हैं। वही साले नक्सलियों पर भारी हैं। सुनसान कस्बा। दुश्मन भी तो सर आप बहुत बनाते रहे हैं। इन्सपेक्टर तिवारी तो कह रहा था कि आपने उसकी जिन्दगी बर्बाद कर दी वरना वो आज डी.एस.पी. होता। बड़ी गन्दी गालियाँ दे रहा था आपको सर।"

"अच्छा।"

"और सर, यहाँ आपके आने से पहले कुछ राजनेता खुसुर-फुसुर कर रहे थे कि आपको विधायकी का शौक चर्राया है, इसलिए आप यहाँ घर बनाकर रहना चाहते हैं। छः माह बाद चुनाव हैं, इसलिए यहाँ रहने का ड्रामा कर रहे हैं। कहते हैं सर कि सदा पावर में रहे तो अब पावरलेस होकर भला कैसे जियेंगे?"

"कौन कहता है?"

"सर, गोविन्द भाले और गजेन्द्र झा, इन्हीं की तो चलती है यहाँ सर, पिछले पचास-साठ बरस में बाहरी लोग इधर खूब आबाद हुए हैं। वे कह रहे थे कि आप लोकल फीलिंग का पासा फेंककर मैदान मारना चाहेंगे। इसलिए वे अभी से सतर्क हैं।"

"ठीक है परिहार, तुम दौड़ो। मैं तो अब दौड़ने से रहा। मुझे क्या करना है, अब दौड़कर। इसी तरह चलता रहूँ, बहुत है।"

लौटकर आया तो पत्नी नहाकर एकदम तैयार बैठी मिली। मैंने पूछा कि कहाँ जाने की तैयारी है? उसने बताया कि बेटे ने फोन किया है कि बहू की तबीयत ठीक नहीं है, तुरन्त चली आओ।

"तो चल दोगी क्या?"

"तुम रहो यहाँ, अपने पुश्तैनी कस्बे में। मैं जाती हूँ, अपनी दुनिया में।"

"तो तुम्हारी और मेरी दुनिया अब अलग-अलग होने वाली है क्यों?"

"बकवास मत करो। चलना है तो तुम भी चलो। मगर तुम हो धरती पुत्र। हजारों अपनों को जीवन भर नौकरी लगाने के लिए तड़पे हो। अब तड़पो चार बाल्टी पानी के लिए। मियां भूल जाओ अपने सत्कर्मों की गाथा। यहाँ तो अब तुम्हें उस शेर का अर्थ समझना है...

कोई हाथ भी न मिलायेगा, जो गले मिलोगे तपाक से,
ये नये मिजाज का शहर है, जरा फासले से मिला करो।

इतना कहकर वह हँसने लगी।

मैंने कहा—"मैं तो फासला रखकर मिल ही नहीं पाता। अब जो हो। तुम निकल जाओ। मैं तीन-चार दिनों में लौटता हूँ। फोन करना।" पत्नी कार लेकर चली गयी।

मैं अकेला रह गया।

मुझे भरोसा था कि अपने कस्बे के लोग मुझे अकेला नहीं रहने देंगे, लेकिन जब दस बजे तक कोई नहीं आया तो झोला लेकर मैं ही बाजार की ओर निकल पड़ा।

सब्जी ले रहा था। सहसा मुझे लगा कि सब्जी बेचने वाला बूढ़ा व्यक्ति मेरी जान-पहचान का है। मैंने उसे घूरकर देखा तो उसने हँसकर रहस्य खोल दिया—"रामलाल ठाकुर अंव जी। चौथी कक्षा के संगवारी। तंय बड़े साहेब हो गेस भाई राजा बन गेस। मैं भिखारी।" अब मुझे पहचानने में दिक्कत नहीं हुई। रामलाल ठाकुर चौथी में मेरा सहपाठी था। पिताजी स्कूल के हेडमास्टर थे। रामलाल गणित में हमेशा अव्वल आता था। व्रर्षों बाद सहसा उसे इस रूप में देख रहा था। मैं पैसा निकाल कर देने लगा तो रामलाल ने कहा—"गणित में बाबूजी पक्का हूँ आज भी। आपके डिब्बे से इतनी रोटी मैं साल भर खाता रहा चौथी कक्षा में उसका हिसाब कौन करेगा? सब्जी ले जाइए। मेम साहब को कहिए कि संगवारी ने दिया है।"

मैंने कहा—"रामलाल, मेम साहब तो रायपुर चली गयी। कुछ दिन बाद आयेंगी। तुम आज शाम को आना मेरे बँगले में। चूकना मत।"

मैं सब्जी लेकर घर लौटा। पहली बार मैंने स्वयं खाना बनाया। नहा-धोकर इत्मीनान से खाना परोसा। दूसरों ने तो जीवनभर मुझे परोसा, यह पहला मौका था जब मैं खुद को खाना परोस रहा था।

छक कर भोजन करने के बाद मैं सो गया। उठा तो क्या देखता हूँ कि रामलाल ठाकुर दरवाजे पर खड़ा है। उसने एक हाथ में झोला भी थाम रखा था। मैंने पूछा—"रामलाल, इसमें क्या है?"

"मछली।"

"मछली?"

"हव, तुम छुटपन में मेरे घर आकर खाते थे। तुम्हारे घर में तो चलता नहीं था। सोचा, आज खुद बनाकर खिलाता हूँ—पेट भर।"

मैं कुछ कहता कि वह मछली और तरकारी का झोला लेकर भीतरी आँगन में जा पहुँचा। उसने खूब सफाई के साथ रोहू मछली को काटकर धोया। धो-धाकर मेरे सामने आ खड़ा हुआ। बोला—"मितान, बड़े थे जब तक तुम नौकरी में थे। अब तुम और हम बराबर हैं। एक बात मेरी सुन लो। तुम्हारे बारे में मैं बहुत सुनता रहा। मितान यह हो गया। वह हो गया। बड़ा धनी-मानी हो गया। पिता से बड़े धनी नहीं

बन सके तुम। उन्होंने तुम्हारे जैसा बेटा पैदा किया। तुम डी.एस.पी. बन गये थे तब भी बाप का पाँव दबाते थे। तुम्हारा बेटा दबाता है तुम्हारा पाँव? नहीं न। तो तुम कहाँ बड़े हुए। बड़े थे—हमारे मास्टर बड़ा जी।"

उसकी बात सुनकर मैं अकबका गया। दो बोतल बढ़िया शराब लेकर मैं आया ही था। मुझे लगा कि इसने कहीं दो-चार पैग उसी में से मार तो नहीं दिया। मगर शराब का कार्क भी नहीं खुला था। पीकर तो नहीं आया है रामलाल? मुझे शंका हुई। शंका से पुलिस को दिव्य दृष्टि मिलती है आदत जाती कहाँ है। शंकित होकर मैंने कहा—"रामलाल भाई तुम पीकर तो नहीं आये न।"

रामलाल ने कहा—"मछली लेकर आया हूँ तो पकाने के बाद ही तो पियेंगे। अभी से कैसे पी सकता हूँ।"

"हाँ, तब ठीक है। देखिए रामलाल जी, बाई मेरी चली गयी है। मैं हूँ अकेला। तुम्हारे जैसा दोस्त मिल गया है। आज पियेंगे भी और खूब बातें भी करेंगे।"

"पीकर आदमी अगर बात न करे तो बोतल का पैसा छुटाता नहीं है। दारू ही तो है जिसके सहारे आदमी भीतर का जहर निकाल कर निर्मल हो लेता है।"

"वाह, तुम्हारा गणित रामलाल आज भी तगड़ा है। धन्य हो।"

रामलाल खाना बनाने में लग गया। बाहर तेज हवाएँ चलने लगी। घटाएँ नहीं घिरतीं तो पूर्णिमा का चाँद ऊपर चमक रहा होता आसमान में। 'चन्न-चन्न' की आवाज से मैं समझ गया कि रामलाल पहले मछली तलकर अलग निकालने जा रहा है। चिखना के लिए। उसके बाद तरी वाली मछली बनेगी। मैंने उसे कह रखा था कि केवल भात और रसेदार मछली बनाओ। पापड़ और घर से लायी बिजौरी तल लो, बस।

थोड़ी ही देर में रामलाल प्लेट भर तली हुई मछली डायनिंग टेबल पर रखने लगा कि खट-खट की आवाज हुई। दरवाजा खोलकर देखा तो हाईस्कूल का मेरा सहपाठी चन्द्रप्रकाश सामने खड़ा था। हम तीनों चौथी में भी साथ-साथ पढ़े थे। चन्द्रप्रकाश स्थानीय प्राइमरी स्कूल में हेडमास्टर था। मेरे पिताजी की तरह। उसने रामलाल को एक मुक्का लगाते हुए कहा—"साले, तुम्हारी बाई से पता चला कि तुम साहब के घर आये हो। मुझे साथ ले लेते तो तुम्हारी ठकुराई चली जाती बे।"

ठाकुर ने कहा—"जुटहा मास्टर, मैं जानता था तुम जरूर आओगे।"

उसके इस जवाब के उत्तर में एक घूँसा चन्द्रप्रकाश ने और जमा दिया। ठाकुर हँसने लगा। चन्द्रप्रकाश ने बताया कि ठाकुर सब्जी के साथ चाय-भजिया की दुकान भी चलाता है। होटल इसके बच्चे चलाते हैं। यह सब्जी दुकान में बैठता है। घर बना लिया है। पक्का। बहू आ गयी है। बेटे हैं तीन। तीनों खूब सेवा करते हैं। बड़ा किस्मत वाला है, रामलाल।

रामलाल ने उसे टोकते हुए कहा—"और मास्टर भी कम नहीं है साहेब। इसका

बेटा रेंजर हो गया है। खूब मजे में है मास्टर। बेटा खूब खिलाता-पिलाता है।"

मैंने भी साफ कह दिया कि आज कोई तकल्लुफ नहीं चलेगा। छोटा-बड़ा कुछ नहीं।

रामलाल ने कहा—"ये बात तो ठीक नहीं है भाई साहब। छोटा-बड़ा तो चलेगा। देखो भाई, अब आप हैं बेरोजगार। मास्टर अभी रिटायर नहीं हुआ है। मैं हूँ अटल रोजगार वाला। तो हम दोनों तो आपसे बड़े हो गये न।"

मुझे पहली बार रामलाल की बात सुनकर जोरों से हँसी आयी। चन्द्रप्रकाश भी हँसने लगा।

हँसी-हँसी में टेबल पर दारू की कीमती बोतल खुल गयी। और हम शुरू हो गये।

मैं धीरे-धीरे शिप कर रहा था। सोडा और बरफ आदि डालकर जब मैं पहली घूँट लेने जा ही रहा था कि ठाकुर रामलाल गिलास खाली कर फिर किचन में जा पहुँचा। वहाँ रखी सलाद के साथ वह लौटा।

दो पैग पीने के बाद रामलाल ने कहा—"दोस्त, तुमने ठीक किया।"

"क्या ठीक किया रामलाल?"

"गाँव में आकर ठीक किया।"

"पता नहीं, ठीक किया या गलत। यहाँ आकर लग रहा था कि ठीक नहीं किया। मगर अभी जब तुम दोनों साथ हो तो लग रहा है कि एकदम ठीक किया। अजीब शै है जिन्दगी भी। जिन्दगी भर पता ही नहीं चलता कि क्या ठीक किया, क्या ठीक नहीं किया?"

रामलाल ने फुसफुसाते हुए चन्द्रप्रकाश के कानों में कहा—"चढ़ गे, अब आही मजा।" मैंने चन्द्र सें पूछा—"क्या बक रहा है यह।" चन्द्रप्रकाश ने कहा—"चढ़ गया है, अब मजा आयेगा कहता है। असल में यह याद कर रहा है जयकिसन को।"

मैंने पूछा—"जयकिसन वही तो नहीं जो हाईस्कूल में हमारे साथ पढ़ता था। ड्राइंग में साला अव्वल आता था शेष सबमें फिसड्डी।"

चन्द्रप्रकाश ने कहा—"बिलकुल वही। वह फिसड्डी अब बड़ा मूर्तिकार बन गया है। देशभर में नाम है। वह आता है—साल में एकाध बार। बहुत हंगामा करता है। पिया तो समझ लो राष्ट्रपति को गाली दे देगा। उसी को याद कर रहा है, हम लोग कहते हैं—

"आफ्टर व्हिस्की, जयकिसन रिस्की,

पीकर तो वह जाने क्यों दानव बन जाता है? न पिया हो तो गऊ पीते ही शेर। उसी को याद कर रहा है अपना ठाकुर। ठाकुर उसे पिला-पिलाकर खूब आनन्द लेता है। पीने के बाद जयकिसन को मारने-पीटने की आदत है। ठाकुर जानबूझकर पिटता है। फिर दूसरे दिन जयकिसन ठाकुर को गले लगाकर देर तक रोता है। माफी माँगता है, फिर वापस शहर लौटता है।"

मैंने कहा—"अच्छा, इतनी मस्ती करते हो तुम लोग। मैं तो भाई तरस गया ऐसी मस्ती के लिए।"

ठाकुर ने कहा—"ऐंठते फिरोगे, कन्धे पर स्टार सजाने के लिए रात दिन गुलामी करते रहोगे तो मस्ती कहाँ कर सकोगे बाबू? मस्ती वे करते हैं जो पाने-खोने का गणित नहीं जानना चाहते।"

"गणित" उसने यूँ ही कहा था मगर हम हँसे बिना न रह सके। ठाकुर का चौथी तक गणित में कोई हाथ न पकड़ सका। हम सब पर वह इसी विषय में तो भारी था।

बाहर तेज आँधी चल रही थी। भीतर हम तीनों दोस्त मस्त थे। मैंने ठाकुर की बात का सिरा पकड़ते हुए कहा—"ठाकुर, दुनिया चलती है भाई गणित से ही। मैंने तो बड़ा बनकर बहुत दुख सहा। चारों ओर नाते-रिश्तेदार सब सामान्य। एक मैं सबसे बड़ा। तो जीवन भर सबकी आशाओं पर खरा उतरने के लिए मरता रहा। मगर निकला खोटा ही...।"

ऐसा कहते हुए पता नहीं कैसे मेरी आँखों से टप-टप आँसू भी गिरने लगे? ठाकुर तौलिया उठा लाया। चन्द्रप्रकाश भी मेरे कन्धों पर हाथ रखकर खड़ा हो गया।

अब मुझे जोर की रुलाई छूट गयी।

अचानक कड़-कड़ की आवाज के साथ एक पेड़ धराशायी होकर आँगन में गिर गया। और तूफान कुछ देर में शान्त हो गया।

हम कमरे से बाहर निकले।

चन्द्रप्रकाश ने कहा—"तुम्हारे बाबूजी के जमाने का यह पेड़ था। सबसे लम्बा हो गया था इसलिए टूट गया। बाकी पेड़ों को कुछ नहीं हुआ।"

हम सब एक-दूसरे की ओर देखने लगे।

रामलाल ने कहा—"सर जी, यह खम्हार का पेड़ है। इसे नीचे से छील-छील कर सीधा लम्बा ले जाया गया। डारा-शाखा रहता तो नहीं टूटता। जैसे दूसरे छतनार पेड़ बच रहे, यह भी आँधी में टिक जाता। मगर लम्बाई मार गयी। चारों ओर छोटे पेड़ और उनमें यह एकड़ा सबसे बड़ा। आँधी में अकेला रह गया बेचारा। इसीलिए कहावत है—'बड़े पेड़ बर बड़ोरा।"

मैं कुछ भी कह नहीं पा रहा था।

चन्द्रप्रकाश ने कहा—"चिन्ता की बात नहीं है। यही वह पेड़ है जो कटने पर फिर पोंगा लेकर उठ खड़ा होता है। पहले की तरह। इसीलिए इसे पोंगे वाला अमरपेड़ भी कहते हैं। पहले से और भी अधिक तेजी से बढ़ता है। और कुछ सालों में फिर आसमान से बातें करने लगता है। यह पेड़ कभी नहीं मरता। आस-पास के पेड़ों से छोटा भी नहीं रह सकता। सबसे ऊँचा होकर रहना इसका मूल चरित्र है। आँधियों का अपना चरित्र है, और पेड़ का भी।"

हाईलाइट

"इसे तो भई हाईलाइट करना चाहिए, यह छोटा-मोटा कारनामा नहीं है। आप पाँच झोंपड़ी तोड़कर आये हैं। भई वाह! इस पर तो हो जाये एक हाई टी। चलो बड़े साहब के पास," कहते हुए प्रसन्ना साहब ने यशवन्त सिन्हा को लगभग धकेलना प्रारम्भ कर दिया। यशवन्त सिन्हा को भी भीतर ही भीतर खुशी हो रही थी। वह मैनेजमेंट ट्रेनी के रूप में सीधे चुनकर आया था। प्रसन्ना भी मैनेजमेंट ट्रेनी है। यशवन्त जूनियर है तो प्रसन्ना साल भर सीनियर, मगर हैं दोनों एम.टी.। पूरे तोड़-फोड़ विभाग में कुल चार ही तो एम.टी. हैं। यानी सीधे साहबवतार। बाकी तीन अधिकारी घिस-घिस कर ऊपर आये हैं। प्रमोटी हैं। प्रमोटी यानी हमारी आंचलिक बोली में छड़वे। छड़वे यानी परित्यक्ता। प्रमोटी को आप ऐसी परित्यक्ता मान सकते हैं जिसे पति ने त्याग दिया था मगर किसी उदार मर्द की कृपा के कारण पुनः माँग में सिन्दूर भरने का सौभाग्य प्राप्त हो गया। एम.टी. को ब्याहता का रुतबा प्राप्त है। सीधे कुँवारी लड़की को सुयोग्य वर मिलने से जो गौरव हासिल होता है वैसा। किसी घर की तीन बहुओं में एक अगर छड़ते हो तो गुस्से में सास पहली गाली यह देती है, "छड़वे तास रे। चाल ल देखावत हस।" और छड़वे बहू निःशस्त्र हो जाती है। वह अधिक खटती है, खपती है मगर बिहाती का पार नहीं पा सकती। यही उसकी नियति है। ठीक ऐसी ही दुर्दशा क्रमशः पदोन्नत होकर अफसर बने बुढ़वा लोगों की होती है। एम.टी. सीधे आते हैं। दूध के दाँत भी टूटे नहीं होते कि बन जाते हैं हाकिम। फिर देखो जलवा...

"नवा बइला के नवा सींग, चल रे बइला टींगे टींग।"

अपने फुरकान भाई के लफ़्जों में कहें तो इसका अनुवाद होगा...

नया मुल्ला ज़रा ज़्यादा प्याज़ खाता है।

तो यही हाल था यशवन्त सिन्हा और प्रसन्ना साहब का। अपने प्रमोटी साथी रघुवीर जैन और नरेन्द्र शर्मा को तो वे भाव ही नहीं देते। बड़े साहब भी एम.टी. थे। इसलिए वे सिन्हा और प्रसन्ना की पीठ ठीक उसी तरह ठोकते थे जैसे आई.ए.एस से कलेक्टर बना जिलाधीश केवल आई.ए.एस के लोगों को सर चढ़ाकर रखता है। जैसी दुर्गति राज्य सेवा के अधिकारियों की आई.ए.एस. के आगे होती है वही दुर्गति

नरेन्द्र शर्मा और रघुवीर जैन की एम.टी. के अफ़सर बने हाकिमों के आगे होती। यहाँ सवाल काम का नहीं था। सवाल था वंश परम्परा का। रक्त की शुद्धता का। पदोन्नति से साहब बने लोगों का रक्त मिश्रित माना जाता है जबकि सीधे हाकिम बने लोगों को वही दर्जा प्राप्त होता है जो शुद्ध जरमन शेफर्ड को हासिल होता है। इस हिसाब से प्रसन्ना का यह व्यवहार अनुचित भी नहीं था। प्रसन्ना जानते हैं कि बड़े साहब जो नगर पिता भी कहलाते हैं, यह समाचार सुनकर खिल उठेंगे। उन्हें वही खुशी होगी जो खुशी हिटलर को नाज़ी सेना के द्वारा रूसी सीमा पर लगातार दबिस के समाचारों को सुनकर होती रही होगी।

बड़े साहब भीतर आराम फरमा रहे थे। वे केवल नाम के ही बड़े साहब नहीं हैं, उनका हर काम बड़ा है। नगर पिता का ख़िताब किसी को यूँ ही नहीं मिल जाता। चमाचम दिख रहे शानदार नगर के ये प्रशासक हैं। हर आवास और हर सड़क के हाकिम, स्कूल, अस्पताल, सभी भवनों के स्वामी, दुकानों के आवंटनकर्त्ता और झोंपड़ियों के विध्वंसक। कभी किसी बड़े दुकानदार ने आगे-पीछे अतिक्रमण कर लिया तो एक शब्द 'कन्डोन' जो बना है वह बड़े साहब को बहुत काम आता है। आख़िर वह ज़मीन उसे दे दी जाती है, वाज़िब हरजाना और ग़ैर वाज़िब नज़राना लेकर। मगर कहीं कोई ग़रीब गर्मी के दिनों में तरबूजा बेचने के लिए भी अगर सर पर बोरे की छत बना ले तो बड़े साहब के मुस्तैद एम.टी हाकिमों का अमला उसे सशरीर उठा लेता है। इस अमले में छँटे हुए लोग रखे गये हैं। उन्होंने अपना स्तर बरक़रार रखकर मैनेजमेंट ट्रेनी नस्ल के अफ़सरों को बहुत प्रभावित किया है। मजाल है कि कोई बड़े खटाल का मालिक उन्हें सौ या दो सौ में पटा ले। चुस्त निरीक्षक हैं। पाँच सौ से कम में किसी ने बात की शुरुआत की तो उनकी भवें तन जाती हैं। जिस तरह नीलामी में एक निम्नतम बोली निर्धारित होती है उसकी तरह यह पाँच हरे नोटों का स्तर निर्धारित है। पदोन्नति से बने अफ़सर लोग डरते बहुत हैं। डरते इसलिए हैं कि ददा के चिन्हारी, न दाई के सगा। फँस गये तो बचायेगा कौन। आखिर अधिकारी संघ किस दिन ढाल का काम करेगा। अधिकारी संघ की निष्ठा की परीक्षा कभी-कभार तो होती है। अधिकारी संघ के बड़े निर्णायक पदों पर एम.टी. से ऊपर गये लोग शोभित रहते हैं। भला पदोन्नत ग़रीबों की क्या मजाल जो अधिकारी संघ में घुसपैठ करें। इसीलिए वे डरते हैं। आख़िर धूप लगेगी तो छाया कहाँ तलाशेंगे इसीलिए हिम्मत नहीं करते। मगर स्तर क्या है, यह तो कोई एम.टी. लोगों की जीवन शैली को देखकर ही जान सकता है। तो ऐसे ही शानदार जीवन शैली के हिमायती श्री प्रसन्ना और महामहिम यशवन्त सिन्हा जब साहब के भव्य चेम्बर में घुसे तो उन्हें पूरा सम्मान आशानुरूप मिला, जिसके वे अधिकारी थे। बड़े साहब ने इस चेम्बर को इसी बरस व्यवस्थित किया है। पहले वह कॉन्फ्रेंस हॉल था। बड़े साहब ने देखा

कि सभागार बड़ा है और उनका कमरा छोटा तो उन्हें बहुत बुरा लगा। आखिर वे एम.टी. से बड़े साहब बने थे। उन्होंने टीकवुड से सजे कमरों को ध्वस्त करवा दिया, मय सरो-सामान। लगातार दो माह के बाद उनके बैठने योग्य फिर चेम्बर बन सका। आज जब वे अपने सजे-धजे कमरे में बहुत बड़े टेबल के पीछे घूमने वाली कुर्सी पर बैठते हैं तो दरवाजा खोलकर झाँकने वाले से उनकी दूरी 30 फीट की होती है। एक पूरा हॉल ही है उनका कमरा। और हो भी क्यों ना। आखिर सभागार को ही तो उन्होंने निजी चेम्बर का रूप दिया। पुराने निजी चेम्बर को मीटिंग के लिए सुरक्षित करवा दिया। आखिर वहाँ अल्ल-बल्ल बकने वाले नेताओं से कुछ देर बातचीत ही तो करनी है। वह भी गाहे-बगाहे। अथवा इसी शानदार चेम्बर में रहना है। सुबह से शाम तक। अपने अफ़सरों को निर्देशित करना है, पीठ थपथपाकर उन्हें प्रोत्साहित करना है। किये गये कामों को हाईलाइट करना है। यह सब इसी कमरे में ही तो किया जाना है।

प्रसन्ना और सिन्हा कमरे की सजावट की कई बार तारीफ़ कर चुके थे। इस बार भी वहीं से बातों का सिरा पकड़ा गया। प्रसन्ना ने कहा, "सर, एनफोर्समेंट सेल ने बहुत अच्छा परफ़ार्मेन्स देना शुरू कर दिया है। जब से यशवन्त सिन्हा लीड करने लगे हैं, शहर में अतिक्रमण करने वाले हतोत्साहित हुए हैं, सर।" बड़े साहब बात सुन भी रहे थे और टेलीफ़ोन से किसी आत्मीयजन का हालचाल भी पूछ रहे थे। उधर ठहाका भी लगाते और इधर-उधर 'यू कैरी ऑन' कहकर प्रसन्ना को प्रोत्साहित भी करते। यह उनकी ख़ास अदा है। जिस तरह पेपरों के घाघ सम्पादक उत्साही रचनाकार की कहानियों के पन्ने पलटते भी जाते हैं और सामने बैठे लोगों से बातचीत भी करते चलते हैं। उसी तरह बड़े साहब की अदा रहती है। चमत्कारी सम्पादक यूँ ही पन्ने पलटकर जिस तरह काग़जी मुस्कराहट फेंककर कह देता है, "अच्छी है, देखते हैं, जल्दी कुछ करते हैं, अच्छी रचना तो छपती ही है। अब आप चलें...।"

ठीक उसी तरह बड़े साहब भी अपने मुलाकातियों से निपटते हैं। प्रसन्ना चुप हो जाता है तो बड़े साहब कहते, "भई प्रसन्ना, मैं सुन रहा हूँ, तुम कहो, अच्छी बात है, यहाँ दस तो काम रहते हैं, देख रहे हो। कहो कहो। मैं चुप हूँ क्या? भई मैं हूँ नगर पिता। मुझमें रहते हैं करोड़ों लोग चुप कैसे रहूँ।" इस पंक्ति पर खूब वाहवाही हुई।

फिर प्रसन्ना ने अपनी बात को पुनः रखना प्रारम्भ किया, "सर, पुराने कामगार जो पदोन्नति से अफ़सर बनकर आते हैं, आप तो सर जानते हैं कितने करटट होते हैं। मैं किसी के ख़िलाफ़ नहीं कहता, सर। और सर, कायर भी होते हैं। जीवन भर खटते हुए खप भी तो जाते हैं, सर! बुढ़ापे में मिली अफ़सरी भला कहाँ सँभलती है, सर। इस आखिरी वाक्य को बड़े साहब ने ठीक से सुना। उन्होंने टेलीफ़ोन रखते हुए कहा, "बुढ़ापे में मिली अफ़सरी और बीवी दोनों नहीं सँभलतीं, प्रसन्ना...।" बड़े साहब रोने की बात करें तो प्रसन्ना हँसते हैं। यह बात शायद हँसने की है, ऐसा

सोचकर प्रसन्ना खूब हँसे। साथ में सिन्हा भी गदगदा गया। बड़े साहब तो खैर ठहाके की फ़िराक में रहते ही हैं। उन्होंने कहा, "तो प्रसन्ना, यह हमारा सिन्हा जम गया। फिटेस्ट ऑफ़िसर फॉर एनफोर्समेंट सेल। स्मार्ट, आनेस्ट एण्ड ओबिडियेंट।" यस सर। प्रसन्ना ने प्रसन्न होते हुए कहा। तो आज क्या किया सिन्हा ने? बड़े साहब ने पूछा।

अब प्रसन्ना को पता लगा कि साहब फोनियाते हुए कुछ सुन नहीं रहे थे। फिर भी प्रसन्ना नाराज़गी तो ज़ाहिर कर नहीं सकता था। जिस तरह नये लेखक को एक निर्धारित तिथि पर छपने योग्य सामग्री की मौखिक स्वीकृति देकर समाचार-पत्र सम्पादक निर्लज्जतापूर्वक भूल जाता है फिर भी गरीब लेखक उसके सामने नाराज़गी ज़ाहिर नहीं कर सकता, ठीक उसी तरह बड़े साहब की इस अदा को प्रसन्ना भी झेलता है। निरन्तर वह इस बार भी झेलकर उबर गया। उसने धीरज दिखाते हुए कहा, "सर, सिन्हा ने जबसे तोड़-फोड़ विभाग सँभाला है, कमाल कर दिया है, सर।"

प्रतिक्रिया में बड़े साहब ने कहा, "अच्छा, बहुत अच्छा...।" अभी बड़े साहब कुछ और कहते कि फ़ोन की घण्टी फिर बज उठी। वे फिर ठहाका लगाने लगे। फ़ोन पर बात करते हुए साहब को लगा कि प्रसन्ना शायद चुप हो गया है। उन्होंने प्रसन्ना को पुचकारते हुए कहा, "यस मिस्टर प्रसन्ना, कैरी आन। चुप क्यों हो गये, मैं सुन तो रहा हूँ।" प्रसन्ना ने खीझ भरी हँसी हँसते हुए सिन्हा की ओर ताका। फिर उसकी तफ़सील शुरू हो गयी, "सर, सिन्हा ने पिछले दिनों टॉकीज़ के पास के ठेलों को हटा दिया, जिसके कारण टॉकीज़ के मालिक ने सर शानदार पार्टी भी हम लोगों को दी।" सिन्हा ने धीरे से प्रसन्ना के हाथ को दबाया। प्रसन्ना ने सिन्हा को कहा, "सुनता तो है नहीं, डरते क्यों हो, मरा जा रहा है फ़ोन पर।" वाकई बड़े साहब सुन नहीं रहे थे। वे फ़ोन पर तन्मय हो गये थे। इस बार फ़ोन का सम्मोहन जल्दी टूटा। प्रसन्ना ने झट साहब को अपनी जद में लेते हुए कहा, "सर, सिन्हा ने कमाल कर दिया। पाँच झोंपड़ी तोड़कर लौटा है सर, हाईलाइट तो इसे करना चाहिए। बड़ा काम है सर...बड़ी उपलब्धि है सर...इसे तो हर हाल में हाईलाइट....।"

बीच में ही टोकते हुए बड़े साहब ने प्रसन्ना से कहा, "भई प्रसन्ना, तुम लोग वाकई बहुत अच्छा सँभाल रहे हो तोड़-फोड़ के काम को। ज़रूर हाईलाइट होगा यह। हाई टी के साथ हम बधाई देंगे। शाम को रख दो कॉफ्रेंस हॉल में।" खबर अनुभाग में फैल गयी। सब यशवन्त सिन्हा को मार देने लगे बधाई दनादन।

यशवन्त सिन्हा को एक-एक घण्टा भारी लगने लगा। वह नया अफ़सर था। उसकी शान में विभाग में पहली बार हाई टी का इन्तजाम हो रहा था। बड़े साहब इसी तरह खुश रहे तो फिर तीन बरस में पदोन्नति। वह प्रमोशन के गुरों को वह खूब सीख चुका था। प्रसन्ना ने तो उसे यहाँ तक कह दिया था कि पदोन्नति के लिए पहली शर्त है—अर्जुन की दृष्टि विकसित करना। बस, साहब का इशारा ही

दिखे। दुनिया-जहान से कोई मतलब नहीं। जो भी परिस्थिति आये, हर साल ए-स्टार लेना है। सी.आर, सुधरता रहे, चाहे सब बिगाड़कर भी सी.आर. सुधरवाना पड़े तो भी बेहिचक तैयार रहना। यही एम.टी. में और प्रमोटी में फ़र्क़ है। वे साले जानते ही नहीं कि आगे कैसे बढ़ना है। आगे बढ़ने के लिए जहाँ काम करना ज़रूरी है, काम करो, काम करते दिखना ज़रूरी हो तो कर्मवार जैसे केवल दिखो, काम मत करो। जैसे भी सम्भव हो साहब के चेहरे पर मुस्कराहट तैरे इतनी ही कोशिश हो। प्रसन्ना ने जोड़-तोड़ कर दूसरे सन्दर्भों पर मौजूं एक शेर भी सुना दिया...।

"बस तेरी तमन्ना ने कुछ नवाजा है,
माँगी ही नहीं जाती कोई और दुआ हमसे।"

यशवन्त सिन्हा प्रसन्ना की योग्यता का शुरू से कायल हो गया। उसने एक तरह से उससे गण्डा भी बँधवा लिया। प्रसन्ना इसीलिए हर पल सिन्हा के लिए चिन्तित रहता भी है। चेले के काम को उसने आखिर हाईलाइट करवा ही दिया। हाई टी जमवा दिया। यह कोई छोटी-मोटी उपलब्धि नहीं थी। विभाग के इतिहास में दर्ज होने वाला कारनामा था यह।

"बड़े साहब के आदेश पर कैण्टीन से आनन-फानन सब इन्तजाम हो गया। विभाग के सारे लोग इकट्ठे हो गये। मौक़ा ही ऐसा था कि सबको बुलाना ज़रूरी हो गया। वरना शिवनारायण को तो बुलाने का सवाल ही नहीं था। ऐसे मौक़े पर जबकि थोड़ी-बहुत हँसी-दिल्लगी भी चल जाती हो, शिवनारायण जैसे जन्म से गुस्सैल आदमी को बुलाने का रिस्क कोई नहीं लेना चाहता था मगर बड़े साहब चाहते थे कि सभी रहें। इसीलिए सब आये, कुछ देर प्रतीक्षा करवाने के बाद बड़े साहब भी पधारे। बड़े साहब के आते ही सब खड़े हो गये। उन्होंने कहा, "भाई बैठिए, यह तो खुशी का मौका है, नो फोर्मेलिटीज़ प्लीज़। लीजिए शुरू कीजिए।"

मिठाई उठाकर सब खाने लगे। शिवनारायण हाथ बाँधे बैठा रहा। अचानक बड़े साहब की नज़र उस पर गयी। ये उन्हें अच्छा नहीं लगा। उन्होंने पूछा—"क्या बाता है मिस्टर शिवनारायण, आप क्यों नहीं खा रहे?"

"पेट भरा है साहब। पता नहीं लोग कैसे ग़रीबों का निवाला छीनकर भरे पेटे में भी खा-पी रहे हैं?"

"भरे पेट में क्या मतलब?"

"मतलब यही सर कि हम लोग अभी-अभी तो तोड़-फोड़ करके लौटे हैं। नाले के पास जो मज़दूरों की झोंपड़ियाँ हैं, उसे उजाड़ने गये थे साहब।"

"ठीक है मगर वहाँ कैसे पेट भर गया?"

"भरा न साहब। खूब पार्टी हुई साहब, इससे बड़ी। असल में अब विभाग हमारा हो गया है चमत्कारी। आप समझते हैं कि आप चला रहे हैं इसे। मगर असल में चला रहे हैं व्यापारी और लठैत। गुण्डे और सटोरिये। जो हाल देश का सो हाल

विभाग का। जो मुग़ालता देश के नेता को है सोई आपको।"

"बकवास बन्द करो। न समय हो न अवसर। कुछ भी बक देते हो। हर चीज़ में तुम्हें पॉलिटिक्स दिखाई देती है। बदतमीजी की भी हद होती है," कहते हुए बड़े साहब गुस्से से काँपने लगे।

शिवनारायण ने कहा, "साहब जी, हाईलाइट के लिए न आप यह मशक्कत कर रहे हैं। देखिए, क्या हाईलाइट करवा देते हैं कल। जिनसे पार्टी खाकर लोग रक्षा कवच बने फिरते हैं उनकी कुछ सेवा कर देते हैं," कहते हुए शिवनारायण बिना खाये-पिये उठ गया।

प्रसन्ना ने कहा, "साला सब गुड़ गोबर कर देता है। कभी भी कहीं भी नेतागिरी। न डर, न लालच। जाने किस नशे में जीता है।"

बड़े साहब ने कहा, "लीजिये आप लोग। शिवनारायण तो बाउर हैं। सुधरेंगे नहीं। कुछ भावना प्रधान शब्दों के चक्कर में बरबाद होकर रह गया है शिवनारायण। आपको चिन्ता करने की ज़रूरत नहीं है। हम अपने काम को हाईलाइट करें बस।"

इन्सपेक्टर शिवनारायण को यूँ ही बाउर नहीं कहा बड़े साहब ने, शिव का जीवन ही ऐसा है कि जमने-जमाने के इस दौर में उसे कोई भी बाउर कह देगा। लाभ-लोभ से परे निपट सिधवा। इंस्पेक्टर साथी से लेकर सम्पदा प्रबन्धक तक सब गाड़ियों में चलते हैं। मगर एक अकेला शिवनारायण झोला लटकाये साइकिल से हटर हैया करते हुए आज भी अपनी धुन में जी रहे हैं। उन्हें न किसी से ईर्ष्या है, न द्वेष। न किसी को पहुँचाते हैं चोट, न खुद सहते हैं ठेस। समझाने भर समझाते हैं। सीमा पार होते तो उनके समझाने का अन्दाज बदल जाता है। फिर वे अपनी विशेष अदा पर उतर आते हैं। 'चटकन के का उधार' वे कहते हैं। इस बार भी उन्हें लगा कि बड़े साहब को बता ही दिया जाये कि ये जो गुटुरगूं एम.टी. बिरादरी में होती है वह नयी नहीं है। यह तो होता ही है, 'माछ को मरुआ के संग' कहावत यूँ ही नहीं बनी। शिवनारायण ने विभाग के साथियों को सुनाकर कहा, "भाई, रहो अपनी हैसियत में। हाईलाइट उतनी करो जिससे अँधेरा और घना न हो। यह कैसा हाईलाइट होता जा रहा है विभाग में कि अँधेरे की परत और गाढ़ी होती जा रही है। इसका प्रतिकार तो फ़िलहाल सम्भव नहीं लेकिन शिवनारायण अपनी उपस्थिति तो दर्ज़ करवा ही देगा इस अन्धेर दौर में भी। हम प्रकाश की परम्परा के संवाहक हैं, सहमे हैं, मगर पस्त हिम्मत नहीं हैं। जानते हैं कि हमें चारों ओर से घेर लिया गया है मगर घेरा चाहे जितना मजबूत हो एक दिन टूटेगा। इस विश्वास की रक्षा के लिए व्यक्तिगत स्तर पर भी जो जिनसे बन पड़े उसे ज़रूर करना चाहिए।"

शिवनारायण की बातों को बाक़ी इंस्पेक्टरों ने भी पसन्द किया। सवेरा हुआ। शिवनारायण दूसरे दिन दफ़्तर आया। उसने अपने साथियों के साथ स्टेट गार्डों को डग्गे पर बिठा लिया और चल पड़ा अपनी योजना के अनुसार उस जगह जहाँ प्रहार

करते ही हाईलाइट करने वालों की आँखों में अँधेरा छा जाता है। शिवनारायण जानता था कि किस परिन्दे में किस गुड़िया की जान है। किस राक्षस के प्राण किस तोते में है। और कहाँ चोट करने पर आडम्बरों के पिल्लर पर खड़ा महल हिलता है।

आनन-फानन में शिवनारायण ने नाले के पास स्थित खटाल को गिरवा दिया। वह स्वयं सब्बल चलाने में हिचकता नहीं था। खटाल मालिक हक्का-बक्का रह गया। खटाल मालिक कम्पनी के क्वार्टर में रहता था। पास ही पाँच एकड़ जमीन घेरकर खटाल चलाता था। सब कारोबार जमा-जमाया था। विभाग में कौन उसका भक्त नहीं था। तोड़-फोड़ से भक्तों में खलबली मच गयी। मीटिंग तुरन्त बुलायी गयी। बड़े साहब ने पूछा, “शिवनारायण जी, आपने बिना इज़ाज़त खटाल क्यों उजाड़ दी?”

शिवनारायण ने मुस्कराते हुए कहा, “हाईलाइट के लिए साहब।”

अपने लोग

हड़बड़ी में समाचार-पत्र के कुछ पन्ने उसके हाथ से गिर गये। उसको सहसा विश्वास नहीं हुआ। वह पेपर को पटककर बाहर निकल गया। ठेले के दूसरे समाचार पत्रों में भी वही समाचार था। छत्तीसगढ़ उत्थान दल के संस्थापक ने सत्ता का दामन थाम लिया था। उसे फिर भी विश्वास नहीं हुआ। तारीख भी 1 अप्रैल की नहीं थी। घर आया। प्रादेशिक समाचार की प्रतीक्षा करता रहा । उसमें भी वही बात। वह अजीब बवण्डर में फँस गया। जो व्यक्ति कल तक प्रदेश वासियों के लिए दिल्ली से टकरा जाने का दम भरता था वही एक अदद टिकिट के लिए रातों-रात सबको अनाथ कर गया।

उस दिन वह काम पर नहीं जा सका। दिन भर घर में मुँह ढँककर सोता रहा। किंकर्तव्यविमूढ़ सा हो गया। सोता तो नींद नहीं आती। शाम घिर आयी। वह मैत्री बाग की ओर टहलने निकल गया। उसे कुछ भी अच्छा नहीं लग रहा था।

रात भर उसे बीती बातें याद आती रहीं। अभी-अभी कुछ दिनों पहले आये परिवर्तन की सारी बातें याद हो आयीं। उसने अपने चिड़चिड़े हो जाने की शिकायतों पर भी इत्मीनानपूर्वक आज ही विचार किया। उसे अपनी पत्नी की शिकायत बिलकुल जायज लगने लगी। सहकर्मी साथियों के द्वारा उसके स्वभाव परिवर्तन पर की गयी टिप्पणियाँ याद आने लगीं।

किसी बात को अनावश्यक मोड़ की ओर खींचने की इन दिनों की उसकी कोशिश सबको खलने लगी थी। मगर वह अपनी बात पर अडिग रहता था। संकीर्णता को वह माटी प्रेम और घृणा को पुरुषार्थ सिद्ध करने लगा था। और तो और अपने श्रम से अपने दम पर प्राप्त की गयी लोगों की उपलब्धि पर भी वह जिस तरह टिप्पणी करता उससे भी पुराने मित्र चमत्कृत रह जाते।

वह तीस साल पीछे जाकर सिलसिलेवार अपने बीते दिनों की याद में डूब गया। पगड़ी और दाढ़ी वाले चित्र में पिताजी सामने दीवार पर दिख रहे थे। वह उस शानदार चित्र को करीब जाकर देखता रहा। उसकी आँखें भीग आयीं।

रातभर चित्र दर चित्र वह भटकता रहा। सरकता रहा। नींद जाने कहाँ काफूर हो गयी। शुरू के दिनों में जिन लोगों ने भिलाई में मिट्टी कोड़ने का कार्य किया उसमें

उसके पिता भी थे। तब तो वह केवल पाँच साल का था। आज पचास साल का हो गया है। पिताजी ने कम कष्ट नहीं उठाया। वे गाँव की बनिहारी छोड़कर भिलाई में आ बसे। गाँव तो खैर भिलाई में समा गया। इसीलिए पिताजी कुर्सीपार में टट्टों की झोंपड़ी बनाकर रहने लगे। आज पचास बरस बाद उसी कुर्सीपार से गुजरते वह अट्टालिकाओं को देखकर आश्चर्यचकित हो जाता है। अपने मित्र के कन्धों पर हाथ रखकर हैण्ड पम्प के पास से गुजरते हुए हर बार वह बड़ी तकलीफ के साथ कहता–भइया, बस ये यहीं जहाँ छः मंजिला मकान खड़ा हुआ है वहीं तो हमारी झोंपड़ी थी। तब कहाँ बोरिंग था। बोरिंग तो भइया विधायक जी ने चुनाव के ऐन पहले लगवाया है। आज अगर हमारी झोंपड़ी होती तो पाँच लाख से कम की भला क्या होती।

उसका मित्र हमेशा तो नहीं चिढ़ता मगर कुर्सीपार से गुजरने से कतराता जरूर है। मित्र को कुर्सीपार में घुसते ही अज्ञात भय सताने लगता है कि बोरिंग के पास पहुँचकर वह उसे रोक लेगा और अपने बीते हुए बचपन को पुचकारेगा। इन दिनों वह कुर्सीपार से कुछ अधिक जुड़ाव महसूस कर रहा था। उसका पुराना गाँव कुर्सीपार से बस तीन मील की दूरी पर ही तो है। खेत खार तो सब कारखाने में मिल गये मगर गाँव आबाद है आज भी। वह इन दिनों कुछ अधिक ही विचलित था। वह तय नहीं कर पा रहा था कि कहाँ शरण ले, किसे अपना कहे। गाँव में माहौल अब बदला हुआ है। कोई किसी से अब पुराने दिनों की तरह नहीं जुड़ा है। उस हिसाब से तो उसे पूरा देश एक जैसा लगता है। वह जब भी यात्रा भत्ता लेकर दक्षिण या बनारस की ओर गया है उसे लगा है कि उसका पूर्वाग्रह ही दोषी है। लोग तो हर कहीं एक जैसे हैं। क्षेत्रीय आधार पर बाँटकर देखने की जो दृष्टि उसे पिछले तीन बरस से दी जा रही थी उसके कारण ही उसमें चमत्कारी परिवर्तन हो आये। मगर इस समाचार ने उसे आत्मलोचन की यह रात उसे ठीक समय पर दी। समाचार के कारण ही वह फिल्म की तरह पिछली घटनाओं को याद करने लगा। गाँव से सब छोड़-छाड़कर जब उसके पिताजी कुर्सीपार में आ बसे तब ही एक नयी जिन्दगी की शुरुआत हो गयी थी।

वह सेक्टर एक की प्राथमिक शाला में पाँचवीं तक पढ़ने रोज कुर्सीपार से पैदल चलकर आता था। आज की भिलाई को देखकर उस समय की स्थितियों का कतई अन्दाजा नहीं लगाया जा सकता। आये-दिन बेशुमार दुर्घटनाएँ, चोरी-चकारी, लूटमार। पेड़ों के नीचे पड़े हुए ठठ के ठठ लोग। पानी की किल्लत। लाल धूल के अम्बार में ललियाये लोग-बाग। तब जिसे जहाँ ठिकाना मिला, समा गया। आस-पास के गाँवों में भी लोग जा बसे। हड़बोग मचा हुआ था तब। मगर धीरे-धीरे सब सामान्य होने लगा था। उसने संवरते हुए भिलाई को देखा है। उसकी झोंपड़ी के पास ही दूसरे प्रान्तों के मजूरों की झोंपडियाँ थीं। बड़ा भाईचारा तब हुआ करता था, झोंपड़ी और झोंपड़ी के बीच, ऐसा वह अक्सर कहता है।

गाँव की खींचतान, उठापटक, केस अदालत, गुंड़ी बैठका से उसके पिताजी लगभग मुक्त हो गये थे। धीरे-धीरे बंगालियों का काली मन्दिर वहाँ बना। दुर्गोत्सव मनाया जाने लगा। वह स्वयं भी लीला में छोटे-मोटे रोल करने लगा। उसके पिताजी सुखैन वैद्य की अपने गाँव की लीला मण्डली वाली भूमिका यहाँ भी बंगाली स्टेज में पा गये। बंगालियों ने कला के प्रति समर्पण के लिए जिस अन्दाज में उन्हें सम्मानित किया वह एक विचित्र अनुभव था। बंगाली स्टेज पर अभिनय के लिए हर साल उसे पुरस्कार अवश्य मिलता। उसे पुरस्कार जब भी मिलता उसके पिताजी कहते, बेटा, गाँव में पुरस्कार पाने के लिए मालगुजार खानदान का होना जरूरी होता था। चाहे मजदूर लोग कुछ भी कर लें मगर इनाम बड़े दाऊ के रावण वाले रोल के लिए ही हमेशा दिया गया। बड़े दाऊ का मँझला लड़का शत्रुहन बना तो राम के बदले उसे ही बड़ा मुकुट पहना दिया गया। अभ्रक रोरी भी उसे ही अधिक लगाया गया।

पिताजी अक्सर पुरस्कार वितरण के दिन भावुक हो जाते। वे पुरस्कार के साथ उसे बिठाकर फोटो भी खिंचवाते। कई बार फोटो को देखकर पिताजी गाँव की याद में खो जाते।

एक साल दशहरा के दिन बड़े दाऊ के साले जो जंगल विभाग में बाबू का काम करते थे अपने कैमरे के साथ आये। उन्होंने उसके पिताजी की अदाकारी पर मुग्ध होकर कैमरा उसकी ओर किया ही था कि रावण बने बड़े दाऊ आपे से बाहर हो गये। दाऊ की दहाड़ गूँजी—"जात-कुजात भी नहीं देखते। बस फोटो खींचते हो। दस ठन मोर मुड़ी हा नई दीखत ये मोर फोटो खींच।"

बड़े दाऊ ने मरते तक रावण का पाठ किया। पता नहीं क्यों उन्होंने अपने लिए यह पात्र चुना था। गौटनिन नाराज भी होती मगर दाऊ न मूँछ छँटवाते न रावण का पाठ छोड़ते।

उस एक घटना ने उसके पिताजी को फोटो प्रेमी बना दिया। धीरे-धीरे पिताजी ने भी तरक्की की। वे रेल ट्रांसपोर्ट विभाग में खलासी के रूप में नियमित हो गये। वहाँ भी हिन्दुस्तान भर के तमाम लोगों के बीच पिताजी कैसे हिल-मिल गये कुछ पता ही नहीं चला। कब वे खैनी के शौकीन हो गये, कब उन्होंने धोती छोड़कर पाजामा पहनना शुरू किया, कब पाजामे से पैंट तक तरक्की करते आ गये कुछ पता ही नहीं चला। एक बार सरदारों की तरह दाढ़ी और पगड़ी में फोटो खिंचवाने के लिए उन्होंने खूब दाढ़ी भी रखवाई। फोटो खिंच जाने के बाद भी वे काफी दिनों तक पगड़ी बाँधते रहे। नातेदारी में जाते तो खास कलफ लगी पगड़ी और फिक्सों से सँवारी दाढ़ी में पहुँचते। एक बार छोटे मामा की शादी में पगड़ी और दाढ़ी के साथ पहुँचकर जब उन्होंने अखाड़ेबाजी की तो समाँ ही बँध गया। बाद में जब पता चला कि सरदार चत्तर सिंग कोई और नहीं बल्कि अग्निकछार वाले चतरू ठाकुर हैं तो बहुत देर तक लोग हँसते रहे। कुछ मजाकिया तबीयत के रिश्तेदारों ने वहीं कह भी दिया—चतरू

भैया, "झटका बिना बोकरा ला झन खावे। नहीं ते पचही नहीं। वह अपने पिताजी के उदार उसूलों की छाँव में पला-बढ़ा। भिलाई एक छोटा हिन्दुस्तान है, इसे वह सिद्धान्त वाक्य के रूप में नहीं बल्कि सचमुच जी कर महसूस करता। तमाम जगहों पर क्षेत्रीयता को लेकर उठने वाली अड़चनों के समाचार और दीगर शहरों में मजहब की खींचतानी की खबरों के बीच अपने शहर की खासियत को देखकर ही वह भिलाई को पूरे देश के शहरों से श्रेष्ठ शहर निरूपित करता।

दिन और वर्ष बीतते रहे। भिलाई अपनी विशिष्टता बरकरार रखकर बढ़ता रहा। सेक्टर पर सेक्टर बनते रहे। उसके पिताजी को पचीस वर्ष की शानदार सेवा के लिए सम्मानित किया गया।

सम्मान समारोह से आते ही अपने हाथ की ऑटोमेटिक घड़ी को प्रेमपूर्वक उतारकर पिताजी ने उसकी कलाई में बाँध दिया। पिताजी की घड़ी को पाकर वह पुलकित हो गया। उस दिन घर में उत्सव का वातावरण था। पड़ोसी अछयबरनाथ, अमरीक सिंग और मृणालकान्ति घोष के साथ बैठकर उसके हेड मिस्त्री पिताजी ने उस दिन अपनी पदोन्नति और सम्मान प्राप्ति का जश्न मनाया। उसके तमाम साथी भी आये।

उसकी नौकरी भी योग्यतानुसार यथा समय लग गयी थी। उसकी मित्र मण्डली में भी तमाम प्रान्त के लोग थे। वह तो इन्हीं के बीच पला-बढ़ा था इसलिए उसके लिए यह समभाव कहीं ज्यादा स्वाभाविक था।

उस दिन घर के समारोह में एक अजीब बात हो गयी। उसके मित्रों में से दो तीन छत्तीसगढ़ के विभागीय मित्र भी थे। उन्होंने उसे एक कोने में ले जाकर कुछ बातें की। वह उनकी बातें सुनकर सहसा स्तब्ध रह गया।

मित्र ने कहा—क्या हो रहा है भाई। चतरू काका की तो खैर कटी सो कटी, पाँव सहलताते, यार तुम तो चेतो।

उसने कहा—कैसा चेतना-वेतना यार। खाओ-पिओ, मजा करो। क्या बेकार की बातें करते हो।

बेकार की नहीं बन्धु, ये दीगर प्रान्त के लोग तुम्हारा सब खा जायेंगे। लूट लेंगे। तुम्हें बेवकूफ बनायेंगे। इन्हें तुम घर बिठाकर खिला रहे हो। इनसे तुम्हारा क्या मेल।

फालतू बात मत करो। ये कहाँ के दीगर प्रान्त वाले हुए। सब का तो एक ही प्रान्त है, एक ही इलाका। मैंने तो कभी अलगाव महसूस नहीं किया।

दोस्तों ने व्यंग्य किया। खिलाओ भैया। कभी खाये भी हो?

तुम्हें जब पता नहीं तो क्यों बकते हो। बचपन से इनके यहाँ खाता-खिलाता आया हूँ। ये अमरीक चाचा, ये घोष दादा और वो अछयबर नाथ तो हमारे ताऊ हैं। अपने लड़के से कम नहीं मानते।

एकाध बीघा खेत तुम्हारे नाम उत्तर-प्रदेश में चढ़ा दिये हैं क्या? ऐसा कह सब

हँसने लगे।

यू.पी. वाले तो यहाँ मन्त्री तक हो गये। तुम इनके प्रदेश में पंच भी नहीं हो सकते। पंच तो दूर रात काट नहीं सकते। चलत मुसाफिर लूट लिया रे वाला गीत बजते है वहाँ।

हँसी थमी तो फिर उन लोगों की जली-कटी शुरू हो गयी। अरे बन्धु, सब ठग हैं। खा लेंगे लेकिन ये खिलायेंगे नहीं। लुटेरे हैं। इन्हें छत्तीसगढ़ से क्या मतलब। आये हैं लूटकर चल देंगे। ये हमें दबाते हैं और हम इन्हें नमस्कार करते हैं। तुम पढ़े-लिखे आदमी हो। कभी इनके प्रान्त में जाकर देखो क्या हालत है छत्तीसगढ़ियों की।

"देखो यार, ये सब बकवास है। छत्तीसगढ़ या बिहार या बंगाल कुछ नहीं। सब जगह एक ही बात है, लाठी। मेरे गाँव में दाऊओं का जो किस्सा मशहूर है उसे सुनकर रोंगटे खड़े हो जायेंगे। दाऊ भी अपनी ही जाति के। हजारों साल के छत्तीसगढ़िया, मगर मार तो बेरहमी की उनकी भी होती है। वही लूट जो तुम बता रहे हो। बहिन-बेटी के साथ वैसा ही खिलवाड़। इस इलाके के गाँवों में जो शोषण और अत्याचार होता है वह क्या सब दीगर प्रान्त के लोगों के द्वारा होता है?" बात और चलती कि पिताजी ने पुकार लिया। जाते-जाते पिताजी के मित्रों ने उसकी बड़ी प्रशंसा की। उसके पिताजी की नौकरी कुल दो साल बची थी। धीरे-धीरे उसके पिताजी के तमाम साथी भी सेवामुक्त हो रहे थे।

साल-छः माह में घोष दादा और अमरीक सिंह भी सेवा मुक्त हो गये। जाते-जाते अमरीक सिंग जी ने अपनी हरियाणा नस्ल की गाय उन्हें सादर भेंट में दे दी। उसके पिताजी उस दिन बहुत दुखी हुए। पीने-पिलाने का हल्का सा दौर भी चला। अमरीक सिंह जी की आँखें भर आयीं। दोनों घरों की महिलाएँ सुबकने लगीं। ट्रक में जब सामान लद गया अमरीक सिंग जी पुनः उतरकर पिताजी के गले से लग गये। उनका गला भर आया। वह स्वयं भी रूआँसा हो गया।

उसके बाद अछयबर नाथ जी और घोष दादा गये। उसके पिताजी अकेले हो गये। अगले साल उनकी सेवामुक्ति हुई। उसी बीच उसने रिसाली सेक्टर में क्वार्टर एलाट करवा लिया अपने नाम पर। पिताजी का क्वार्टर उसने वापस कर दिया।

रिसाली में ही उसके पिताजी रिटायर हुए। उसके पिताजी के पुराने मित्र सब जा चुके थे। सेवामुक्ति के दिन उसके पिताजी ने अपनी डायरी उसे दी। पिताजी ने लगभग रोते हुए बताया—"बेटा, घोष दादा ने ही मुझे तमाम बातें सिखाई, मैं तो हिन्दी चौथी ही पढ़ा था किन्तु तमाम कामचलाऊ अंग्रेजी घोष दादा ने पढ़ना सिखा दिया।" बताते हुए पिताजी की आँखें भर आयीं।

उसने डायरी खोलकर देखा। उसमें एक-एक अक्षर पर घोष दादा के मेहनत की छाप थी। उसने पढ़ा-ऑफिसर का ग्रेड इ-जीरो से शुरू होता है। कर्मचारी का ग्रेड एस-1 से शुरू होता है। हेड डॉक्टर को चीफ मेडिकल ऑफिसर कहते हैं। ए.पी.

डब्ल्यू.आई. माने असिस्टेंट, परमानेंट वे-इंस्पेक्टर होता है। पी.डब्ल्यू.आई. माने परमानेंट वे-इंस्पेक्टर होता है।

पढ़ते-पढ़ते उसकी आँखें भीग आयीं। घोष दादा याद आने लगे। घोष दादा ने उसे भी अंग्रेजी की शिक्षा दी थी। घोष दादा के वात्सल्यपूर्ण दीक्षा के कारण ही आज वह चार्जमेन है।

वह अपने पिता के अद्‌भुत संघर्षशील जीवन को देखता है और शक्ति से भर उठता है। स्वयं पैदल ड्यूटी जाकर भी उसके पिता ने उसके लिए नयी साइकिल खरीदी थी। उसे हर सुख दिया था।

गाँव में उसके पिताजी ओझाई भी करते थे। उसके पिता ने गाँव में जँवारा निकालने का काम बीस साल तक किया यह वह भी जानता है। नौकरी लगने के बाद भी जँवारा के कलशों के आगे बैगा बनकर काली पिंवरी चावल छिड़कने का काम उसके पिता ने काफी दिनों तक किया।

उसी पिता ने यहाँ अपने को पुराने संस्कारों से मुक्त कर नयी रोशनी के साथ कैसे जोड़ा यह वह डायरी में पढ़ता रहा। निपट सीधे पिताजी के इस दुर्धर्ष जीवन संघर्ष का वह हमेशा मुग्ध प्रशंसक रहा है।

सेवामुक्ति के बाद उसके पिताजी साल भर ही जी सके। वह लगभग अकेला हो गया। छोटा भाई भी बी. ई. सी. में नौकरी करने लगा। माँ उसी के साथ रहने चली गयी। कभी-कभार आ जाती। रह गये उसके दो बच्चे, पत्नी और वह स्वयं कुल मिलाकर मात्र चार लोग। नया आवंटित आवास काफी सुविधाजनक था।

उसके मित्र बढ़ते गये। वह राजनीति से हमेशा चिढ़ता था। किन्तु इस उम्र में आकर अपने राजनीतिबाज मित्रों के साथ उठते-बैठते राजनीति का कुछ चस्का उसे भी लगा। शुरू में तो वह अनमने ढंग से ही समय काटने के लिए जाता रहा। लेकिन धीरे-धीरे वह भी रस लेने लगा। वही छत्तीसगढ़ के शोषण की बातें। लम्बी-चौड़ी तकरीर। दलीलें। वह छुटपन में कविता लिखता था। उसे पुचकारकर मंचों पर बिठाया गया। न चाहकर वह कवि की भूमिका अदा करने लगा। नजदीक के गाँवों में जाकर छत्तीसगढ़ माहात्म्य सुनने लगा। उनके साथी मिल-भिड़ कर स्थानीय कवि सम्मेलनों में भी उसे फिट कर देते। उसे छत्तीसगढ़ का दिनकर कहलवाया जाता। वह इस नये नशे में डूबने-उताराने लगा।

'छत्तीसगढ़ उत्थान' दल के प्रचार सचिव का पद उसे पेश किया गया। उसने विनम्रतापूर्वक अस्वीकार कर दिया। वह दुविधा में रहता। भीतर से उसे लगता कि सबका दुःख एक जैसा है, दुःख-सुख का कारण भी एक समान है। सब चीजों के मूल में गरीबी ही है। पैसे का एक चरित्र है और जहालत का एक स्वरूप। वह इसे खूब समझता था। मगर मिट्टी के मोह और साथियों की सहमति से वह धीरे-धीरे खिंचता गया।

जगह-जगह उसके उत्थान दल के लोग संगठित होने लगे। शहर में क्रमशः तनाव बढ़ने लगा। वह स्वयं भी लगातार तनाव में रहने लगा।

पिछली बैठक में एक बड़े नेता ने काफी तगड़ी तकरीर दी। वे रायपुर कोरबा से भाषण देते हुए यहाँ प्रशिक्षण दौरे में आये थे। उन्होंने कहा—अब काफी हो गया। सबकी अपनी पहचान है, केवल हम हैं जो बिलकुल पहचान विहीन हैं। हमारा सर हमेशा नमस्कार में झुकता रहा। अब तो उनके पैर हमारे गर्दनों पर हैं। अगर हम अब नहीं जागे तो मसल दिये जायेंगे।

इसके बाद एक सन्तनुमा व्यक्ति ने भाषण दिया। बहुत लम्बा-चौड़ा भाषण। कविताओं से समाँ बँध गया। उन्होंने दिल्ली के दरबार को ललकारा। भोपाल की सरकार को फटकारा। खूब हँसते भी और अवसर आने पर रुआँसे भी हो जाते।

उस दिन गजब हादसा हो गया। भीड़ ने पास के पान ठेले वाले को लूट लिया। कुछ और दुकानें लूटी गयीं। भगदड़ के बीच कुछ लोग कुचल गये। जैसे-तैसे जान बची। नेताजी अपने अभियान पर आगे बढ़ गये।

भिलाई में वातावरण बिगड़ने लगा। कुछ जगहों पर मारपीट भी हुई। कुछ गाँवों से भी झगड़ों की खबरें आने लगीं। पृथकतावादी आन्दोलन की जड़ें फैलने लगीं। सेक्टरों में भी असर दिखने लगा।

कुछ दिनों से वह अपने आवास के ठीक ऊपर रहने वाले तिरनाथ जी से खिंचा-खिंचा रहने लगा था। पड़ोसी मैथ्यू से भी वह आँख चुराता। सामने वाले खोब्रागड़े जी के नमस्कार का भी वह अनमने ढंग से जवाब देता। उसे सब अब पराये लगने लगे।

वह अजीब दबाव में जी रहा था। नेता लोग कहते कि पहले अपने पड़ोस से अभियान शुरू करो। कारण खोजो। लड़ने का बहाना तलाशो।

उसने एक दिन अपने आवास में घेरा डालने का संकल्प लिया। लकड़ी के बत्तों से वह अपने सामने की जमीन घेर रहा था कि ऊपर वाले तिरनाथ ने कहा—

"का करते हो भइया। जमीन तो बी.एस.पी. की है। बेकार में पैसा क्यों बरबाद करते हो महँगाई में।"

इतना सुनना था कि वह आगबबूला हो गया। चुप रहिए। हम चाहे कुछ भी करें। आप लोगों की तो पूरी भिलाई की जमीन है। मार दुकान और खटाल और टाल लगाये बैठे हैं। हमें दबाने तो आप आये ही हैं। उसने उफनते हुए कहा।

—क्या हो गया भइया आज, कुछ खाये-पिये हो क्या। ऐसे तो तुम काटने कभी नहीं दौड़ते थे।

—अरे हाँ, हम लोग तो हैं ही कुत्ते तुम्हारे लिए। लेकिन अब शेर बनते देर न लगेगी सुन लो।

तिरनाथ ने चुप रह जाना ही ठीक समझा। कुछ दिनों के बाद खिंचाव और बढ़

गया। दोनों घरों के बच्चों में ठन गयी। औरतें भी मुँह बनाने लगीं। इतने वर्षों का सहज सम्बन्ध ध्वस्त हो गया।

फिर भी संयम से काम लेकर तिरनाथ ने अपने घर के बच्चों को सँभाल लिया। वह खुद भी कुछ दिन के बाद सहज हो गया। मगर बात फिर भी बन्द रही। कटुता बनी रही। उसे हमेशा यह याद आता कि उसके छोटे गुड्डू ने जब पेड़ से गिरकर अपनी पसली तुड़वा ली तो वह ओवर टाइम पर था किन्तु तिरनाथ ने आनन-फानन में सब व्यवस्था कर ली थी। तिरनाथ की पत्नी भी रात भर जागती रही थी।

अभी कुछ माह पहले उसकी पत्नी के अबार्सन के समय तिरनाथ की पत्नी ने कितनी सेवा की थी यह सब सोचकर उसकी आँखें भीग आतीं।

आजकल उसे रात भर नींद नहीं आती। समाचार-पत्र को बार-बार पढ़ता और सोचता। सोचता और पढ़ता। पुरानी बातें सामने आ जातीं। बचपन में बिताये दिन भी याद आ जाते। आज तक के उसके जीवन के सर्वोत्तम दिन जिनके स्नेह में बीते उन्हें ही अकारण दुश्मन मान बैठने की अपनी ही भूल ने उसे कितना क्लेश पहुँचाया है यह सोचकर वह भीतर से हिल जाता।

वह रात भर उठ-उठ कर टहलता रहा। एक तरफ उस जैसे साधारण लोगों का यह हाल था। जीवन ही धीरे-धीरे बदरंग होता चला गया। दूसरी तरफ वे लोग थे जो चुपके से उनके जीवन में प्रवेश कर जहर फैला गये। पृथकतावाद की नशीली गोली खिलाकर उन्हें घर और बाहर के अकेलेपन से घेर गये।

एक ही समाचार ने बनावटी दीवारों पर ऐसे प्रहार किया कि भ्रम की चूलें हिल गयीं। जिस नेता ने छत्तीसगढ़ और स्वाभिमान का काढ़ा पिलाकर उस जैसे मासूम लोगों को दीवाना बना दिया था वही टिकट के लिए सत्ताधारी दल की शरण में चला गया। पहले तो वह हतप्रभ रह गया मगर जब समाचार की सच्चाई पर सन्देह नहीं रहा तो उसे अपना अस्तित्व ही संदिग्ध लगने लगा। किस तरह धीरे-धीरे उसे मित्रों ने पृथकतावादी आन्दोलन का जहर पिलाया यह सोचकर उसे अपने आप पर गुस्सा आता है। उन पर कम। जो लोग पर्दे के पीछे रहकर पृथकतावाद की तुरही बजा रहे थे। वे धीरे-धीरे बाहरी ठेकेदारों और कारखाने दारों से चन्दा वसूल कर खुद दुकानदार और फार्म हाउस के मालिक बन गये। गाँवों में अन्य प्रदेश के लोगों को जमीन दिलवाने वाले स्थानीय दलाल छत्तीसगढ़ के हितों की बात कर लोगों के बीच दूरियाँ बढ़ाते रहे। भीतर ही भीतर बाहरी कहे जाने वाले लोगों से हाथ मिलाकर चलने वाले छत्तीसगढ़ी अपनी शातिर चालों में सफल होकर धनपति बन गये। कुछ नेता भी बने। कुछ लोगों ने ठेका भी पा लिया। इन सबके बड़े नेता तुरही छाप पर विधायक का चुनाव भी लड़कर हारे। लेकिन जान गये कि हार-जीत का कोई मतलब नहीं है चन्दा ही इतना आ जाता है कि जीत ही जीत दिखती है।

राष्ट्रीय पाल्टी पानी में, तुरही बजावो रजधानी में।

चुनाव में ऐसे नारे लिखे गये। वह स्वयं तुरही वालों के साथ गाँव-गाँव घूमता रहा। लेकिन उसे सन्देह तब होने लगा था जब नेताजी के साथ यू.पी., बिहार, पंजाब के लोग बैठकर चुनाव प्रचार के लिए जाते थे। स्थानीय लोगों को अलग दिशा में भेजा जाता था। बाद में पता चला कि एक ताकतवर गैर छत्तीसगढ़ी विधायक के साथ सेटिंग के कारण वे तुरही बजा रहे थे।

चुनाव के बाद तुरही टँग गयी। छत्तीसगढ़ के हिमायती नेताजी ने पाला बदल दिया। भावनावश माटीप्रेम में डूबकर लड़ने-मरने पर आमादा लोग दिशाहीन हो गये। और सारा सीराजा बिखर गया। उसने इतिहास में झाँककर देखा तो लगभग विगत पचास वर्षों में बार-बार यही हुआ।

लोग अपने हित के लिए क्षेत्रीयता और जातीयता की तुरही बजाते रहे और काम सलट जाने पर अपनी औकात में आते रहे। समाचार ही ऐसा छपा था कि उसका सारा भ्रम टूट गया। गहन चिन्तन के बाद वह पहले जैसा हल्का-फुल्का महसूस करने लगा। जैसे साँप केंचुल छोड़कर फिर फुर्तीला होकर एक लय में अपने गन्तव्य की ओर सरकने लगता है उसी तरह उस पर भी चढ़ा अन्ध क्षेत्रीयता का केंचुल एक समाचार से ही उतर गया और वह भारहीन सा हो गया।

सोच-विचार में ही रात बीत गयी। सबेरा हुआ और तिरनाथ की साइकिल खड़खड़ाई। वह सब सुनता रहा। तिरनाथ ने साइकिल नीचे रख दी। वह नाइट ड्यूटी से आया था। तिरनाथ के घर का दरवाजा खुला और बन्द हो गया।

सहसा वह भी समाचार-पत्र को फेंककर खड़ा हो गया। उसने अपने छोटे गुड्डू को बाँहों में उठा लिया। उसने उसकी जुड़ चुकी पसली पर हाथ फेरा।

गुड्डू को गोद में लेकर वह धीरे-धीरे सीढ़ियों पर कदम बढ़ाने लगा। चन्द सीढ़ियों के बाद वह ठीक तिरनाथ के घर के सामने था।

उसने अपने सधे हुए चिर-परिचित अन्दाज में कुण्डी पर हाथ मारते हुए आवाज लगा दी—तिरनाथ भाय...और दूसरे ही क्षण दरवाजा हमेशा की तरह खुल गया।

दण्ड

ढेला अपने घर से निकली तो पीछे-पीछे बच्चों का दल भी दौड़ पड़ा। ढेला की नाराज़गी और खुशी एक निर्णायक बिन्दु तक पहुँचकर ही थमती है। झनझनही ढेला से सारा गाँव वाकिफ है। घण्टे भर पहले हाथ झुला-झुलाकर जिसकी चूड़ी फुँदरी उतार चुकी होती है उसी से तालाब में मिलते ही झट आगे बढ़कर ढेला चुहल कर बैठेगी—"लगर लगर के नहा भऊजी, रात के मइल एक्को झन रहाय और न चाहकर भी चूड़ी-फुँदरी उतरवा चुकी भौजी ढेला के साथ हँसने को मजबूर हो जाती है। ढेला उसका उपनाम है। असली नाम तो है मेहरुन्निसा बेगम जौजे बरकत अली। किसी भी बात के लिए चट पटंतर दे देने की उसकी आदत के कारण रिश्ते की एक भौजाई ने एक दिन तालाब में कह दिया मेहरुन्निसा, "ते बात नई करस गोई ढेला पटकथस" भौजाई के उस कथन से उस दिन तालाब में नहाती औरतें जो हँसीं तो हँसी-हँसी में भी मेहरुन्निसा बेगम का नाम ही बदल गया ढेला या ज्यादा हुआ तो पठानिन ढेला।

आज वही पठानिन ढेला पटेल को सुनाकर-बोइर कस परेतिन अरन बरन तेली पारा की ओर बढ़ रही थी। बीच-बीच में ढेला किरी हित्तू-गिरुत्तू को देखकर रुक-रुक जाती थी। उसे बताने के लिए कि कैसे विगत तीसों बरस से न केवल अगिनकछार में बल्कि आस-पास से चार और गाँवों में चूड़ी पहनाती आ रही है। बात है भी सही अगिनकछार से लगे हुए चार और गाँवों में ढेला ही चूड़ी पहनाती है। ये पाँच गाँव उसके हैं। न इन गाँवों में बाहर का कोई तुरका चूड़ी पहनाने आता है, न कोई तुरकिन इस तरह बोझा उठाये चली आती है जैसे आज अचानक गँवई छीनने एक बोझहारिन आ गयी। नाराज मेहरुन्निसा बेगम को बीच में रोककर रामलाल सरपंच ने कहा भी कि ढेला बाई वो भी तो अल्ला के बन्दे हैं इतना क्यों झल्ला रही हो? तो उलटकर ढेला ने कह दिया—सरपंच जी अल्ला के तो सभी बन्दे हैं मगर गँवई तो मेरी है। अल्ला ने यह पाँच गाँव जीने-खाने के लिए मुझे दिये हैं ये कौन होते हैं हथियाने वाले। सरपंच जी ने चुहल के लिए ही टोका था। वे भी जानते थे कि ढेला कुछ नाटकीय अन्दाज में कहा—सुनी करेगी फिर मेल कर लेगी। और हुआ भी बिलकुल वैसा ही, जब ढेला सुखराम तेली के घर घुसी तो नयी तुरकिन चूड़ी पहनाकर अपना बोझ उठा चुकी थी। उसका तुरका बाहर बैठा बीड़ी पी रहा था। सुखराम के घर ढेला

गयी और–"हरामजादी नंगी तू आयी कैसे रे छिनार गँवई नंगाने" कहती हुई लड़ पड़ी, नयी तुरकिन अवाक् रह गयी। उससे कुछ बोलते नहीं बना। उसे चुप देखकर ढेला का पारा चढ़ गया। "मैं यहाँ झख मारने बैठी हूँ जो तू आ गयी सइतानाश करने," कहती हुई ढेला ने उसके सिर का बोझ झटक दिया, और इसी के साथ उस युद्ध का अन्त भी हो गया। चूड़ियाँ सुखराम के आँगन में बिखर गयीं। बिखरी हुई चूड़ियों को समेटती हुई नई तुरकिन गोहार पार कर रोने लगी "मोर कोनों नइये मालिक, मोर गरीबिन के कोनो नइये" उसके विलाप से ढेला भी स्तब्ध रह गयी। ढेला ने साथ में आये बच्चों से कहा–"सकेल दव रे बगरे चूरी ला सकेलव" और साथ ही स्वयं भी आँगन भर की चूड़ियाँ समेटकर टुकने में रखने लगी। नयी तुरकिन को उसने चुप कराते हुए पूछा–अकेली हो? तुम्हारा आदमी भी तो है? लड़की ने कहा, "हाँ, अभी तो था यहीं" और सुबकने लगी।

ढेला को बहुत बुरा लगा, यह फिर अंगार हो गयी "था तो कहाँ मर गया, औरत को छोड़कर कहाँ दुबक गया"–कहते हुए जो बाहर आयी तो सुखराम के साथ चौरा में एक पचीस-छब्बीस बरस के नौजवान को बीड़ी पीते पाया। ढेला ने झपटते हुए पूछा–"तू ही है आदमी?" नौजवान ने डरते हुए कहा–हाँ मैं हूँ।

ढेला तो जैसे पगला ही गयी "औरत को पिटवाता है और यहाँ बैठकर बीड़ी चुहक रहा है। धिक्कार है तेरी मर्दानगी पर, भगा के लाया है क्या रे मैं लड़ रही थी तो तूने रोका क्यों नहीं बेईमान?"

नौजवान ने डरते-डरते कहा "अम्मा, तुम्हारे सहारे तो यहाँ आये हैं, भला तुम्हारी मार से कौन बचाता।" ढेला को इस वाक्य ने फिर असहाय कर दिया। वह बहुत हैरान हो रही थी कि ये कैसे लोग हैं जो न उससे लड़ते हैं न मैदान से भागते ही हैं बल्कि उसी के पाँवों से लिपटकर गिड़गिड़ाये जाते हैं।

कुछ देर की चुप्पी के बाद ढेला ने पास खड़े तमाशबीन बच्चों को गरियाते हुए कहा "भागो रे हरामखोरो, यहाँ क्या लड्डू-पेड़ा बँट रहा है जो अपनी महतारी की गोदी छोड़कर यहाँ आ खड़े हो भागो नहीं तो दूँगी एक झापड़।"

लड़के ही नहीं बल्कि बड़े-बूढ़े भी खिसकते बने। वे जान गये थे कि अब ढेला का रौद्र रूप खत्म हो गया है। अब तो जिन्हें मार-फटकार रही थी उन्हें ही घर ले जाकर बाकायदा जिभायेगी और ठहरायेगी भी। अगिनकछार की बेटी ढेला के साथ अक्सर ही ऐसा होता है।

ढेला ने कुछ किया नहीं कि हंगामा खड़ा हो जाता है। या यूँ समझिए कि बिना हंगामे के ढेला कुछ करती ही नहीं। जैसे मन्दिर में पंखा का प्रकरण ही लीजिए।

ढेला जौजे बरकत अली मुकाम साकिन अगिनकछार ने जब पिछले दिनों मन्दिर के लिए दो सीलिंग फैन दिये तो भी कुछ लोगों ने पूछा "एक निपूती के पंखे को क्यों मन्दिर में लटकाया जाये?" यह प्रश्न काफी उछला। मन्दिर के चुटैयाधारी डाढ़ी

महराज ने तो दिल्लगी करते हुए कह भी दिया, “नवा बैला के नवा सींग चल रे बैला टींगे टीग।” भइया ढेला का पति अपने भाइयों से बँटवारा लेकर आया है, है तो ढेला का गुलाम। ले आया धन पचास हजार तो उपकार करने चली है ढेला। नया नया हण्डा मिला है धन का तो कर लो डिरामा।”

ढेला ने सुना तो आगबबूला हो गयी। सीधे चली गयी पण्डित के पास। पण्डित ने झपटती गिरती आती ढेला को देखा तो उसके भी होश उड़ गये। ढेला सीधे पण्डित के घर में चली गयी। पण्डिताइन को ढेला भौजी मानती थी। पण्डित के बच्चे ढेला को देखते ही तुरकिन दीदी आगे, तुरकीन दीदी आगे चिल्लाने लगे। ढेला के पास आकर बच्चे लिपट गये। यह पहला मौका था जब ढेला बच्चों के लिए कुछ भी खजानी नहीं ला पायी थी। आवेश में आ गयी थी खाली हाथ वरना ढेला जब भी पण्डित जी के घर आती अपने पूत-भतीजों के लिए जरूर कुछ लाती। देर हो जाने पर स्वयं भी बासी खाकर अगिनकछार लौटती।

विगत दस बरस में दो बार ढेला ने अपनी गाढ़ी कमाई के पैसे से मीलाद करवाया है, पिछले मीलाद के दो दिन बाद ढेला ने रिश्ते की भौजाइयों को खुशी-खुशी एक-एक साड़ी उपहार में दी। पण्डिताइन के अतिरिक्त आस-पास के ठाकुरों, कुर्मियों, तेलियों और धोबी-नाइयों के घरों की औरतें भी ढेला की भौजाई लगती हैं।

किसी को साड़ी, किसी को पटकू, किसी को अँगौछी देकर ही ढेला ने दम लिया। बरकत अली का इलाके भर में खूब मान है। विगत बीस वर्षों में ढेला और बरकत अली को किसी ने लड़ते नहीं देखा। हाँ अलबत्ता बच्चों को हँसाने के लिए बरकत अली और ढेला कभी-कभार नौटंकी अवश्य करते हैं। किसी शाम सूर या बीरो खेलते बच्चों को अचानक सुनाकर बरकत अली जोर-जोर से कहने लग जाते, “अरे आज जियत नई बचावंव, महूं-पठान बच्चा आंव ठठाहूं ढेला ला।” बच्चे खेल छोड़कर बरकत अली के साथ हो लेते। बरकत अली घर के भीतर जाकर दीवाल को लाठी से पीटता और ढेला “मार डरिस दाई, हाड़ा-गोड़ा टोर डारिस छोड़ावव।” कहती हुई कलपने लगती। बच्चे बाहर इस सब नाटक में सहमे-डरे रहते कि ढेला ताली पीटती हुई हँसते-हँसते दुहरी होकर बाहर निकल आती और बच्चों से कहती “कौन मारही मोला रे टूराहो अभी मोर मरइया पेदा नई होय रे, जावव खेलव।”

गाहे-बगाहे चलने वाले इस नाटक को, गाँव के बड़े-बूढ़े और बच्चे जानते तो थे मगर बच्चे कुछ तो कौतूहल वश और कुछ विनोदानन्द के लिए जा पहुँचते ढेला के घर।

हर घर का बच्चा ढेला का अपना बच्चा था। रिश्तेदारियों का आलम तो यह था कि आस-पास के गाँव में भी ढेला के भाई, चाचा, भतीजा और बबा भरे पड़े थे। घर-घर रिश्तेदारी और गाँव-गाँव सम्बन्ध। पंखा प्रकरण पर जब ढेला झनझनाती हुई आ धमकी पण्डित के घर तो पण्डित जी घबरा से गये। वे जान गये कि ढेला तक

उनकी बातें जरूर जा पहुँची होंगी। कुछ-कुछ दूसरों से वे सुन भी चुके थे कि पंखा चढ़ाव पर उनकी टिप्पणी से ढेला बिफरी हुई है। सहसा पण्डित जी ढेला के सामने नहीं आये। पण्डिताइन ने ढेला को साग्रह परछी में बिठाया, पीढ़ा देकर, पीढ़े पर बैठती हुई नाराज ढेला ने पूछा "जीजा कहाँ है दीदी?" "आवत हे बैठ" कहती हुई पण्डिताइन चाय बनाने लगी। पण्डितजी तब तक बखरी से खाँसते हुई पधारे। पण्डित जी को देखते ही ढेला उठ खड़ी हुई और हो गयी शुरू– जीजा ये क्या बात सुन रही हूँ, सैंया के खेती भैया के नाम न समझिए। मैं पाई-पाई चूरी-चाकी बेचकर और तुम लोगों की सेवा कर कमाती रही तब ये पैसा जुड़ा। ढेला ने भगवान के लिए दो पंखा क्या दे दिया आप लोग लगे मजाक उड़ाने, हम पछीना गारते हैं। ढेला पर भरोसा तीन परोसा वाली नहीं है। मेरा वंश नहीं चला। न गाँव मा घर न खार मा खेत बस एक बोझा चुरी भर है इसलिए मजाक उड़ाते हो इसाक मियाँ ने जब चार पंखे दिये तब कुछ नहीं बोले, मोहम्मद माँकड़ ने जब एक कमरा बना दिया तब कोई हिम्मत न कर सका बस ढेला ही लतखोर है।" कहती न कहती ढेला बोम फाड़कर रोने लगी। एक लय और सुर में रोती हुई ढेला सभी बातों को कहती भी जा रही थी। अभी तक ढेला हिन्दी बघार रही थी मगर रोते ही छत्तीसगढ़ी में उतर आयी :

"मोर कोनो नइये भैया हो...
मैं दुनिया में अकेला रहिगेंव ना..."

पण्डित जी हतप्रभ! उनसे कुछ कहते ही न बने। पण्डिताइन ने ढेला को काबा भर पोटार कर उठाया। हाथ-मुँह धोकर ढेला फिर परछी में बैठी तब दो कप चाय लाकर पण्डिताइन ने दी। चाय पीते हुए पण्डित जी ने दबे स्वर से कहा, "का बात ये ढेला? फोकट लड़थस-रोथस।" पण्डित का इतना कहना था कि ढेला ने चाय का कप सरकाकर छन्न से जमीन पर रख दिया और ऊँचे स्वर में पण्डित के द्वारा कहे गये उपहास के वाक्यों को लगी दुहराने। पण्डित चाय पीते हुए मुस्कराने लगे। उन्होंने कुछ नहीं कहा तो पण्डिताइन ने उलाहना देते हुए पूछा–"सही बात ताय, काबर ऐसन ठट्ठा करथव। रोवा डारेव बिचारी ला।"

पण्डित जी ने कहा–"ढेला तू मेरी साली है कि नहीं, पहले यह बता?" ढेलाने कहा–"दुनिया ला मालूम है बतायेबर का लागही।"

पण्डित जी ने फिर आगे कहा "तू साली है तो बरकत अली साढू हुआ न। मुझे अपनी साली को लेकर दिल्लगी करने का भी हक नहीं है ढेला, अन्धेर न्याय है न हँसे-बोले तो क्या मुँह बाये मर जाये। तुम्हीं बताओ?" अब ढेला सन्न। न हूंके न भूके। पण्डित जी ने फिर ढेला को पुचकारते हुए कहा, "ढेला, तुम हो झनझनही समझती हो नहीं बस कछोरा भिर के लगती हो लड़ने जिस-तिस से। भगवान को जो हवा डुलायेगा उसे तो भारी पुण्य ही मिलेगा। और तुम्हें कौन नहीं जानता। तुम्हारे लिए अगर हँसी-ठट्ठा में कुछ बात निकल गयी हो तो क्षमा कर दो ढेला। तुम्हारा

दिल दुखा है मैं माफी माँगता हूँ।"

शायद पण्डित जी कुछ और कहते मगर परछी में बैठी ढेला की आँखों से टप-टप गिर रहे आँसुओं को देखकर चुप हो गये।

पण्डिताइन ने ही आगे बढ़कर पण्डित को उलाहना देते हुए कहा "दिल्लगी झन करे करव भई। बोकरा के जीव जाय खवइया ला अलोना ये हा का दिल्लगी ये?" उस दिन लड़ने गयी ढेला डाढ़ी महाराज के घर से तिहरहा ठेठरी खुरमी खाकर ही लौटी। डाढ़ी महाराज जी स्वयं घर के बाहर छोड़ने आये।

ढेला को विदा करते हुए डाढ़ी महराज ने कहा "ढेला रमजान चचा का जमाना याद करो जब वे मुझे क्या नहीं कह लेते थे और मैं भी क्या कुछ नहीं फेंक देता था। तुम रमजान चचा की बेटी हो ढेला यह कभी न भूला करो।"

दो

ढेला एक पल को भी नहीं भूल पाती थी कि वह रमजान और अगिनकछार की बेटी है। बरकत अली को पूरे गाँव ने वही सम्मान दिया था जो जो डाढ़ी महराज को। डाढ़ी महराज और बरकत अली दोनों घर जँवाई हैं। घर जँवाई बनकर बरकत अली जब अगिनकछार आये तब ढेला पन्द्रह बरस की थी। बरकत अली के आने के बाद रमजान के कारोबार में काफी बरक्कत हुई। बरकत अली ढेला के साथ गाँव गाँव चूड़ी पहनाने तो जाते ही साथ ही गाँव में एक पान की दुकान भी खोल ली। कुछ दिनों के बाद साइकिल रिपेयरिंग की दुकान भी खुल गयी। रमजान को तो इन सब तीन-तेरह से बहुत वास्ता नहीं था। वे बरकत और ढेला को खुश देखना चाहते थे। बरकत अली था भी एक ही जवान। रमजान की तरह उसे भी संगीत से प्रेम था बल्कि यूँ कहें कि संगीत से प्रेम के कारण ही बरकत को रमजान ने ढेला के लिए चुना।

बरकत के ससुर रमजान की समझदारी का इलाके भर में डंका पिटता था। जब रमजान ने बरकत को चुना तो लखनसिंह ने तुरन्त बरकत के वालिद को बधाई देते हुए कहा—भाई साहब, रमजान भाई जिसे चुन लें समझिए वह लाखों में एक होगा।

सजर अली ने ठाकुर लखनसिंह उर्फ परसराम को गले से लगाते हुए कहा था "ठाकुर साहब, अगिनकछार गाँव ही लाखों में एक है। आप लाखों में एक हैं और आपकी लीला मण्डली लाखों में एक है। हमारी क्या हैसियत है आप लोगों के सामने। आपने बच्चे को चुना है मैं शुक्रगुजार हूँ आपका। तीन लड़के हैं मेरे। एक मास्टर है। एक खेती करता है और गाँव में एक छोटी सी दुकान है और यह तीसरा आपका बरकत अली है। सेवा में आप लोग रखेंगे तो जरूर कुछ इल्म सीख जायेगा। ठाकुर लखनसिंह ने कहा, ढेला तो रमजान की नहीं, मेरी और गाँव भर की बेटी है। आप फिक्र न करें, बरकत अगिनकछार का दामाद बनकर जायेगा। खुशमिजाज जवान है। हमारी बेटी को भी खुश रखेगा।"

सजर अली की आँखें भीग आयी थीं, ठाकुर की बातों से। सजर अली ने भरे गले से कहा था—"अल्लाह के फजल से हम भी इस गाँव में ठाकुर साहब नेक लोगों को सोहब्बत में खुशी-खुशी बसर करते हैं। मुझे बड़ी खुशी है कि बरकत के सिर पर आप लोगों का साया रहेगा और उसके पाँव में भला आप सब के रहते काहे को काँटा गड़ेगा। और वाकई विगत बीस वर्षों में बरकत अली अगिनकछार में आदर्श दामाद बनकर खुद भी खुश है और गाँव भर में खुशी बाँट रहा है।

बरकत अली और ढेला के बीस वर्षीय वैवाहिक जीवन में सन्तान हीनता के बावजूद कहीं कोई आपसी मनमुटाव नहीं रहा। अम्मा को ढेला ने केवल दस बरस की उम्र तक जाना। ढेला के अब्बू पर अगिनकछार के दसों मुसलमान परिवारों के प्रमुखों ने और ठाकुर लखनसिंह ने काफी दबाव डाला कि एक ही लड़की है। केवल दस बरस की उसे भी माँ चाहिए और तुम्हें भी एक साथी की जरूरत है इसलिए दुबारा निकाह कर लो। लेकिन ढेला के अब्बा ने साफ ऐलान कर दिया—खुदा ने मुझे इतनी नेमतों से नवाजा है कि अब बाकी की जिन्दगी मैं केवल उसकी खिदमत में ही गुजार देना चाहता हूँ।

और वाकई अगिनकछार में ढेला के अब्बा रमजान धीरे-धीरे अपने घोषित मार्ग की ओर कदम दर कदम बढ़ने लगे। अगिनकछार में दस घर मुसलमानों के हैं तेरह चौदह घर ठाकुरों के और फिर कुर्मी, तेली, राउत, कोष्टा, नाई, धोबी के अतिरिक्त पचीस घर हरिजनों के।

रमजान पहले भी मृदुभाषी और परोपकारी व्यक्ति के रूप में जाने जाते थे मगर अपनी बीवी के इन्तकाल के बाद वे गाँव के गरीब-गुरबों की सेवा ही करने लगे।

झाड़फूँक से लेकर जड़ी-बूटी के इलाज में रमजान माहिर थे। पीलिया के फुँकैया बैद के रूप में बीसों गाँवों में उनकी ख्याति थी। शोहरत का आलम यह था कि बड़े बड़े अस्पतालों वाले रायपुर दुर्ग शहर के लोग साहेब-सुभा भी अगिनकछार में फूंक से ठीक होकर खुशी-खुशी घर लौटते।

रमजान के पास केवल तीन एकड़ जमीन थी। गर्मियों के दिनों में गाँव के भू.पू. ठाकुर मालगुजारों के पाँच सौ पेड़ों वाले आम के बगीचे की रखवाली रमजान ही करंते। रमजान और ठाकुर लखनसिंह की मित्रता छुटपन से चली आयी थी। अगिनकछार में ठाकुर के बाड़ा में ही ताजिये सजते और ठाकुर लखनसिंह के चाचा छत्रपाल सिंह भी हाल उठाते। अगिनकछार में मुहर्रम के दिन शेर बनकर जब रतीराम साहू निकलता तो शरीर भर में डाहनी-डाहनी रंग-बिरंगी धारी और लम्बी पूँछ देखकर लड़के डर जाते। छत्रपाल सिंह कलाकार किस्म के जीव थे इसलिए ताजिये को सजाने-सँवारने की सारी जिम्मेदारी उन्हीं की थी। लखनसिंह और रमजान चौथी तक साथ-साथ पढ़े। लखनसिंह अपने पिताजी के गुजर जाने के बाद सरपंच भी हो गये लेकिन एक पंचसाला के बाद गाँव भर के लोगों के साथ बैठकर उन्होंने ऐलान कर

दिया—परम्परा के कारण पिताजी के मरने के बाद अगिनकछार पंचायत में आने वाले पाँच गाँवों का मैं जरूर सरपंच रहा किन्तु इन पाँच बरसों में भाई रमजान ने ही असल में सरपंच के काम को सँभाला है। वे न साथ देते तो मैं न न्याय कर पाता न और समस्याओं को सुलझा पाता। अतः गाँव वालों की भावना को समझते हुए और उनकी नेकी की क़द्र करते हुए अगले वर्षों के लिए रमजान भाई का नाम सरपंच के लिए रखता हूँ रमजान ने कहा "मैं एक गरीब आदमी हूँ। आप सबके प्यार के कारण कुछ कर-धर लेता हूँ। लखन भाई अगर मुझे सीधे सरपंच बनवायेंगे तो हो सकता है मैं न इधर का रहूँ न उधर का, दूधौ जाही, दुहनौ जाही। सरपंची का काम मुफलिसी में नहीं सँभालता। चार लोग आते-जाते हैं। बाबू-भइया उठते-बैठते हैं। मैं भला कहाँ सबकी खातिरदारी कर सकूँगा, ओरछा के पानी बरेंडी नई चढ़य। मैं सबका सेवक हूँ मगर सरपंच बनेंगे भाई लखनसिंह" खूब तकरीरें दी गयीं। दोनों ओर से अपनी-अपनी दलीलें पेश की गयीं। किन्तु अन्त में सर्वसम्मति से रमजान ही अगिनकछार के सरपंच बने।

सरपंच बनने के बाद रमजान ने दो समस्याओं पर विशेष जोर दिया। एक तो बच्चों के लिए शालाभवन का निर्माण और दूसरा अगिनकछार में सैकड़ों बरस पुराने विष्णु मन्दिर का भव्य जीर्णोद्धार। अगिनकछार का विष्णु मन्दिर पुरातात्विक महत्व का है। लोग कहते हैं कि चार-पाँच पीढ़ी से बुजुर्ग इसे देखते आ रहे हैं। मगर पता नहीं चल पाया कि आखिर इसे बनवाया किसने। छोटा सा गाँव है अगिनकछार मगर परम्पराएँ बहुत समृद्ध हैं इस गाँव का विष्णु मन्दिर जर्जर हो गया था। डाढ़ी महराज घण्टा-घड़ियाल बजा आते मगर जजमानों को प्रेरित नहीं कर पाते केवल लम्बी साँस लेकर कहते—"रमजान चाचा, हम सब गरीब हैं तो हैं भगवान विष्णु भी अब इस गाँव में बेघर-बार होते जा रहे हैं। दाऊ लोग तो तमाशा ही देख रहे हैं। बस कुछ कहो तो कहते हैं कि अकाल दुकान मैं खुद खायें कि विष्णु भगवान का घर बनवायें।"

सुनकर रमजान बहुत हँसे। हँसते-हँसते उन्होंने डाढ़ी महराज को कहा—महराज सुनो दो लाइन। उर्दू में श्लोक बनता है उसे शेर कहते हैं। समझे न तुलसीदास भी कवि और गालिब भी, लिखैया-पढ़ैया की एक जात जी। सुनो तो कि दुःखी होकर एक शायर ने अपनी गरीबी के रंज में ऐसे ही जर्जर से मन्दिर या मस्जिद को देखकर क्या कहा है—

"दिल खुश हुआ है मस्जिदे वीरान देखकर
मेरी तरह खुदा का भी खाना खराब है।"

अर्थ को जानकर डाढ़ी महराज खूब हँसे। हँसते-हँसते उन्होंने कहा—चचा मगर हमारा दिल खुश नहीं है। भई मन्दिर को वीरान मत होने दो। रमजान को उसी दिन लग गया कि बेख्याली में गाँव भर के देवता का घर टूटा पड़ रहा है। उसे ठीक कराना

पहला काम होगा। सरपंच बनते ही इसीलिए रमजान ने एक अभियान ही छेड़ दिया। रमजान की जुबान ही ऐसी है कि अगिनकछार पंचायत के पाँचों आश्रित गाँव के लोगों ने मन्दिर के लिए खुले हाथों दान दिया और जीर्णोद्धार कुछ इस तरह हुआ जैसे वनवासी राम की अयोध्यापति के रूप में वापसी हुई हो।

अगिनकछार के अतिरिक्त पूरे क्षेत्र में ऐसा मन्दिर नहीं है। पैसा-पैसा जोड़कर और अपनी तीन एकड़ में से एक एकड़ बेचकर रमजान में मन्दिर का कोष अक्षय कर दिया। मन्दिर में चारों ओर से लोग आते हैं। मन्दिर के नाम से उसका नाम कुछ इस तरह जुड़ा है कि लोग विष्णु मन्दिर नहीं बल्कि रमजान मन्दिर ही कहते हैं।

रमजान मन्दिर की योजना बहुत लम्बी है। चन्दा संग्रह का कार्य इलाके में आज भी यथावत चल रहा है। मन्दिर के सामने एक बड़ा तालाब बनना बाकी है जिसमें गजमोक्ष की कथा को भव्य मूर्तियों के द्वारा रूपायित करने की योजना है।

रमजान ने दो एकड़ जमीन शाला भवन के लिए और एक एकड़ मन्दिर के लिए दान कर दी।

कुछ रिश्तेदारों ने कभी रमजान को टोकना भी चाहा तो उसने साफ कह दिया—भले काम से जन्नत नसीब होती है। गाँव में सैकड़ों घर हिन्दुओं के हैं। पूरा इलाका हिन्दुओं का है। मैं सरपंच हूँ तो केवल मुसलमानों का नहीं हूँ। जब लखन दाऊ ने स्वयं पाँच एकड़ बिगाड़कर मन्दिर के लिए धन दे दिया और इलाके भर से पचासों हजार आ गये तो क्या मैं सवाब का हकदार न बनूँ।

फिर दो एकड़ मैंने स्कूल के लिए दी है। गाँव में तीसरी तक कक्षाएँ खुल गयी हैं मगर बच्चे बड़े दाऊ की परछी में बैठकर पढ़ते हैं। क्या होगा अतिरिक्त धन का? ढेला और बरकत अली को तुम सब सँभालोगे ही। फिर लखन भाई तो हैं ही। इसलिए मैं कोई कोर-कसर नहीं रखना चाहता।

रिश्तेदार भी जानते थे कि रमजान किस मिट्टी के बने हैं। सौ-सौ एकड़ के मालगुजारों के रहते अगर रमजान को सरपंची मिली थी, तो केवल इन्सानियत के जज्बे के कारण।

किसी के घर में आपसी बँटवारा हो तो रमजान निर्णायक, किसी घर के लिए दामाद का चुनाव हो तो रमजान की भूमिका, यहाँ तक कि इलाके के गाँवों में दो पार्टियों के बीच एक सौ सात-सत्रह की अनेकों स्थितियों में रमजान की युक्ति काम में आने लगी। रमजान के पास था तो कुछ नहीं महज वे शीरीं जुबान थे। चाशनी में घुली हुई बोली-बानी वाले थे रमजान। रमजान ने ही अगिनकछार लीला मण्डली का गठन किया। पेटी मास्टर तो वे थे ही स्वयं हरिश्चन्द्र से लेकर पण्डित नत्थूलाल शर्मा लिखित नाटकों के आठ-दस भागों के इकलौते हीरो थे।

क्या नाच, क्या गाना, क्या हारमोनियम, क्या ढोलक सब पर एकाधिकार। रमजान ने जब बरकत अली को दामाद बनाया तब अपनी इकलौती बेटी ढेला के

लिये उसे केवल इन्हीं कलात्मक गुणों के कारण चुना। रमजान और बरकत के अब्बू में थोड़ी-सी जान-पहचान भर थी कोई नजदीकी रिश्तेदारी नहीं थी। ढेला के लिए तो कई रिश्ते आये मगर बरकत अली को ही रमजान ने चुना। रमजान अपनी लीला मण्डली के साथ तब गाँव-गाँव जाते थे। आज की तरह तब भला मनोरंजन के अनेकानेक साधन कहाँ थे। डाढ़ी महराज और रमजान जैसे कलाकारों के कारण अगिनकछार लीला मण्डली की इलाके भर में धूम थी।

तीन

उस साल सात दिन का कार्यक्रम नदिया तीर के गाँव भरकापुर में मिला था। भरकापुर केवल ढीमरों का गाँव है जहाँ चार घर मुसलमानों के भी हैं। वहाँ के मालगुजारों ने अगिनकछार लीला मण्डली को सात दिन के लिए तय किया था। भरकापुर के सजर अली स्वयं अगिनकछार आकर निमन्त्रण दे गये। चार दिनों तक रिहर्सल चला। रामलीला मण्डली के तमाम कलाकारों को रमजान ने सधाया-बधाया। गर्मी के दिन थे। चार बैलगाड़ी में मुकुट, पेटी, ढोलक, पाल, परदा और तमाम सामान लादे गये। कवि के रूप में डाढ़ी महराज साथ में थे ही। डाढ़ी महराज पहले कलापथक के इंचार्ज थे। गाँव-गाँव में कलाकार खोजकर सिरजाते थे, मध्यप्रदेश शासन के निर्देश पर। अगिनकछार उनका भी ससुराल गाँव है। उनके ससुर का इन्तकाल हो गया तो वो भी अगिनकछार आकर बस गये। गँवई चलाने के लिए। अगिनकछार में एक ही ब्राहाण परिवार था। टिकली-चन्दन के लिए ब्राह्मण खोजने पर इस इलाके में मिलता नहीं था इसीलिए अगिनकछार के बड़े दाऊ ने डाढ़ी महराज के ससुर चित्रकूट वासी को गाँव में बसाया था। एक नामी भागवत बाँचने वाले पण्डित पचास बरस पहले चित्रकूट से अगिनकछार आये थे उनके साथ डाढ़ी महराज के सुसर भी थे। बातचीत में ही बड़े दाऊ ने उन्हें गाँव में पुरोहिती के लिए रजुवा लिया और दूध-रोटी चित्रकोटी का हिसाब जम गया।

उन्हीं चित्रकोट के पण्डित के घर जँवाई हैं पण्डित रामचरण शर्मा। अगिनकछार में जब कलापथक की नौकरी छोड़कर आ बसे तो यहाँ झक में आकर डाढ़ी ही बढ़वा ली बस पड़ गया नाम डाढ़ी महराज बाद में एकाध बार डाढ़ी मुड़वाकर चिक्कन-चाँदन भी बने मगर नाम जो पड़ गया तो पड़ ही गया। आखिर में रामचरण महराज ने ऐलान कर दिया कि जजमानों ने जब श्रद्धापूर्वक मेरा नाम बढ़ा ही दिया है, तो क्यों न मैं भी उनकी भावना के अनुरूप डाढ़ी को पोसूँ-पालूँ। वही डाढ़ी महराज लीला मण्डली के कवि थे। एक तरह से रामलीला मण्डली के मैनेजर ही।

जब भरकापुर के लिए लीला मण्डली तैयार हो गयी तो बियारी कर लेने के बाद रमजान ने सबको कहा—पहाती चलबो अभी सुत जाव सब।

रमजान इतना कहकर सोने चले गये, डाढ़ी महराज जनम के जल्दबाज। कई

बार उन्हें उनकी जल्दबाजी के लिए रमजान सुना चुके थे महराज-लकर-धकर के धानी आधा तेल आधा पानी। मगर डाढ़ी महराज मानें तब। अभी सब एक लटक सो भी नहीं पाये थे कि डाढ़ी महराज लगे जगाने–चलव न रे। आगू के रेंगे अऊ पाछू के दौड़े। चलव जल्दी। जब चार गाड़ियों में सामान लादकर लीलामण्डली चली तो गाँव में ठीक से सोवा भी नहीं पड़ा था। रमजान आगे की गाड़ी में बैठे, सबसे पीछे की गाड़ी में डाढ़ी महराज, बीच में सब छोटे कलाकार। डाढ़ी महराज गाँव से निकलते ही सुर धरने लग गये। कहाँ-कहाँ के पुराने गीतों को डाढ़ी महराज याद रखे हुए थे।

डाढ़ी महराज गाँव के दामाद थे। इसलिए रमजान को भी वे अपने ससुर के समान ही आदर देते थे। रमजान तो मजाक-मजाक में इतनी दूर की कह जाते थे कि रमजान ही कहें और डाढ़ी महराज ही सहें। अब तो चचा-भतीजे में मामा-भांजा में, ससुर-दामाद में विनोद के सम्बन्ध ही खत्म से हो गये हैं। रमजान और डाढ़ी महराज में मजाक जिन्होंने देखा-सुना है वे उस जमाने को याद करके आहें भरते हैं।

तैइहा के बात बइहा लेगे जी। क्या जमाना था कह लो, बोल लो, दिल का समूचा भेद खोल लो। जात-जात पर राहय छोटे-बड़े सुनय काहय, अब तो रे कह दो तो थपरा तान लेगा, उस जमाने की बात ही और थी। चारों गाड़ी में लोग लदे फँदे चले आ रहे हैं डाढ़ी महराज ने गाँव से निकलते ही तान लगाना शुरू कर दिया-

"माटी होही तोर चोला रे संगी,
माटी होही तोर चोला
माटी ले उबजे माटी मा बाढ़े
माटी मा मिलना हे तोला।"

अभी डाढ़ी महराज दूसरा पद उठा ही रहे होते कि रमजान चाचा मसखरी पर उतर आते–"डाढ़ी, तोर दाई के छेवारी मा जउन गीत गाय रेहेंव तेला सुन।"

और इसके साथ ही चारों गाड़ी के कलाकार ठठाकर हँस पड़ते। डाढ़ी महराज रमजान को काका मानते इसलिए मजाक में अपनी माँ-मौसी पर होने वाले कटाक्ष का रस ही ले सकते थे।

परम्परा का सवाल होता था। रमजान पर डाढ़ी महराज भी मौका देखकर हल्ला बोल देते–"रमजान कका के अम्मी भारी नईये अब्बा के चिन्हारी"

लोग बीच गुड़ी में ऐसी उक्तियों का खूब रस लेते।

भरकापुर के लिए पाँच घण्टे का रास्ता था। रास्ते में कई समस्याओं पर लगे हाथों चर्चा हुई। लखन सिंह जी ने डाढ़ी महराज को मन्दिर में सेवा करने के लिए पाँच एकड़ जमीन भी दे दी थी। लखन सिंह ही बो-बियास कर, और मींज-कूट भर डाढ़ी महराज के घर में रखवा देते। लखन सिंह कभी कहते भी कि पण्डित जी अपनी खेती खुद सँभाल लीजिए तो उलटकर डाढ़ी महराज कहते–

"तुम करथौ आ खेती अऊ
बाम्हन करथे जा खेती"

और इसी के साथ बात खत्म हो जाती साल दर साल लखन सिंह ही बस प्रबन्ध करते।

रमजान ने स्वयं गा-बजाकर और गाँव-गाँव जाकर मन्दिर के लिए धन संग्रह किया। भरकापुर में लीला मण्डली भी गयी तो केवल मन्दिर के लिए धन संग्रह करने। हँसते-गाते वे भरकापुर पहुँच गये।

गाँव में सबसे पहले एक नौजवान ने अगिनकछार लीला मण्डली का स्वागत किया। यही कोई बाईस-तेईस बरस का छटवा जवान। हँसते हुए नजदीक आकर उसने सबको नमस्कार कहा। रमजान ने नाम पूछा तो उसने उत्साहपूर्वक बताया—बरकत अली वल्द सजर अली मुकाम पोस्ट भरकापुर।

यह रमजान से बरकत की पहली भेंट थी। रमजान सजर अली को जानते थे उसने कहा "बेटा, तुम्हारे वालिद नहीं आये न कोई दूसरा आदमी तुम कैसे आ गये?"

बरकत अली ने कहा "चचा आप लोग जल्दी आ गये। मैं तो घण्टी की आवाज सुनकर अन्दाज लगाकर आ गया। यही तो घर है सामने हमारा दुकान भी है छोटी सी। गाँव वाले तो मण्डली को ढोलक-मजीरे से बाकायदा स्वागतकर ले जाने वाले हैं, मैं उन्हें बता कर आता हूँ तब तक आप रुकें।"

इतना कहकर बरकत अली भागा-भागा गया और कुछ ही देर में गाँव के लोगों को ढोलक मजीरे के साथ परघाने के लिए गाते-बजाते ले आया। बरकत गले में ढोलक लटकाकर स्वयं भी तन्मयतापूर्वक गा रहा था।

"रामे लखन ला काबर भेजे,
बनवासे हो माता केकई।"

ऐसा स्वागत अगिनकछार लीला मण्डली का कभी नहीं हुआ था। डाढ़ी महराज रमजान मियाँ और लखन सिंह सब गद्‌गद हो गये। सजर अली के घर में लीला के कलाकारों को ठहराया गया। भरकापुर के बड़े दाऊ ने लाख कहा कि उनके बाड़ा में मण्डली को ठहराया जाये मगर सजर अली नहीं माने, सजर के प्रेम को देखकर डाढ़ी महराज ने वहीं डेरा जमा लिया। मण्डली की खूब खातिरदारी होती। लगातार सात दिन तक चला कार्यक्रम सुबह नदिया से ताजा कलिन्दर तोड़कर स्वयं बरकत लाता और बाल्टी-बाल्टी आम भिगाकर मण्डली के सामने रख जाता।

डाढ़ी महराज ने गरती आम चिचोरते हुए एक दिन कहा, "बरकत भाई, भरकापुर का आम और कलिन्दर भले भूल जायें तुम्हारे सत्कार और प्रेम को हम कभी नहीं भूल सकते।" बात खत्म हुई तो रमजान ने डाढ़ी महराज को वहाँ से उठकर नदी की ओर चलने को कहा। नदी किनारे पहुँचकर रमजान ने सीधे पूछा "बता पण्डित बरकत ला तोर साढ़ू बनाव के नहीं?"

पण्डित जी ने झट कहा—"मुझे झन पूछो चचा मेहरुन्निसा उर्फ ढेला बाई को पूछो।"

"अरे उससे क्या पूछना है जी। बड़े महराज ने जब तुम्हें दामाद बनाया था तो क्या सिबतरी से पूछने गये थे। पूछते तो डढ़ियारा तुम अगिनकछार में आ ही न पाते। कहाँ हमारी बेटी सिबतरी और कहाँ तुम पोंगवा पण्डित कहते हुए जो ठहाका लगाया रमजान ने तो जवाब में डाढ़ी महराज भी अट्टहास करने लगे।"

अन्त में सर्वसम्मति से ठाकुर और डाढ़ी महराज सब से पूछकर बरकत को दामाद के रूप में रमजान ने कबूल कर लिया और माह भर बाद निकाह की तारीख तय हो गयी।

एक तो लीला का प्रभार ऊपर से नये-नये बने समधियाने का जोर। खूब चढ़ावा आया आखिरी दिन।

दो और गाड़ी में भरकापुर से दाल, चावल और धान भरकर बरकत अली को गाँव वालों ने अगिनकछार भेजा।

एक पन्थ दो काज हो गये। ढेला और बरकत ने एक-दूसरे को देख भी लिया और सामान भी सुरक्षित पहुँच गया।

अगिनकछार में हुई ढेला और बरकत की शादी को बीस बरस बाद भी सब याद करते हैं। ढेला की माँ नहीं थी। बड़ी ठकुराइन के रहते ढेला को कभी लगा ही नहीं कि उसकी माँ नहीं है। रमजान और ठाकुर की मितानी विधिवत बदी गयी मितानी थी। दोनों एक-दूसरे के कान में जँवारा खोच कर छुटपन में ही मितान बन गये थे। इसलिए ठाकुर को ढेला फूलददा कहती थी और ठकुराइन को फूल दाई। दीवाली में हर बरस ठाकुर के घर में ढेला के लिए नये कपड़े आते और ईद-बकरीद में रमजान अपने मितान के साथ गाँव के तमाम मित्रों को घर में बिठाकर जिमाते।

ढेला को विदा करते समय ठकुराइन विह्वल हो गयी। ठकुराइन के तीन लड़के थे, लड़की एक भी नहीं थी। उसके लड़कों की शादी में बहिन का नेग ढेला ने ही किया था। ढेला तो पछाड़ खाकर गिर ही गयी। ठकुराइन और ढेला को सँभालते हुए ठाकुर ने कहा, "अरे भाई दो दिन बाद तो फिर ढेला आ जायेगी। हम बरकत को माँग कर लायेंगे अगिनकछार और वाकई ठाकुर साहब के आग्रह पर दो दिन में ही बरकत को ढेला के साथ सजर अली ने विदा कर दिया।

चार

बरकत अली और मेहरुन्निसा उर्फ ढेला इधर कारोबार में लगे रहे, घर-गृहस्थी की चाक-चौबन्दी में और उधर रमजान मियाँ जन सेवा में। विगत बीस वर्षों में ऐसा कभी नहीं हुआ कि ढेला के पाँच गाँव गँवई में कोई दूसरी तुरकिन आ धमकी हो। अगिनकछार पंचायत के पाँचों गाँव ढेला के पुश्तैनी गँवई-गाँव हैं। ढेला की माँ भी

इन गाँवों में चूड़ी पहनाती थी। ढेला जब जानने-समझने, कमाने-खाने लायक हुई तो उसे भी इन गाँवों का सहारा मिला। और भी जो अगिनकछार के मुसलमान परिवार के लोग हैं वे चूड़ी पहनाने का काम नहीं करते। सब खेती-बाड़ी करते हैं। कुछ नये लड़के इधर कारखानों में लग गये हैं। दो-एक घरों में छाता सुधारने और मनियारी सामान बेचने का धन्धा चलता है। आस-पास के बाजारों में काँच लगे छोटे-छोटे डिब्बों में रिबन, काजल, टिकली, फुँदरी, स्नो-पाउडर से लेकर सस्ती शृंगार सामग्री के साथ दिवालगिरी और उसकी तीन-तीन मीटर की बत्ती से लेकर बाजारों में वे खूब जमते हैं। चूड़ी के धन्धे पर ढेला का एकाधिकार है इसीलिए जब उसने सुना कि कोई नयी तुरकिन आकर गँवई बिगाड़ रही है तो आगबबूला हो गयी। लड़ पड़ी मगर जब उसके रौद्र रूप को देखकर नयी तुरकिन कदमों में बिछ गयी तो ढेला का गँवई ज्ञान समाप्त हो गया। ढेला का दिल भर आया। नये दम्पत्ति को उसने मय सामान अपने घर में लाकर न केवल ठहरा लिया बल्कि पानी-पसिया का भी प्रबन्ध कर दिया।

ढेला को सबसे अधिक नयी तुरकिन के पेट ने प्रभावित किया। साफ दिखता था कि लड़की माँ बनने वाली है। पोट पिटाई लड़की के साथ हुए दुर्व्यवहार से ढेला बहुत लज्जित हुई। घर आते ही सबसे पहले उसने लड़की से माफी माँगी। "रिसाबे झन, मोर आदत हे झनझनाय के। मोर महतारी।"

लड़की ने ढेला के बदले रूप को देखा तो रुआँसी हो गयी। सहसा उसे अपनी अम्मी भी याद हो आयी। लड़का भी बहुत प्रभावित हुआ। अभी तक ढेला ने नाम तक नहीं पूछा था। बटकी में बासी, प्याज और आम की चटनी परोसती हुई ढेला ने सोल्लास पहली बार लड़की का नाम पूछा "क्या नाग है बेटी?" लड़की ने बासी खाते हुए जवाब दिया 'मुमताज'। लड़की ने नाम बताया तो बाहर परछी में बैठे नवजवान ने झट अपना भी नाम बता दिया—"और अम्मा गुलाम को सत्तार कहते हैं।" ढेला को लड़के का रंग-ढंग जँचा नहीं। न उसका स्वभाव, न बोलने-बतियाने का सलीका। देखने से ही लड़के की उच्चकई साफ झलक जाती थी।

पाजामा, कुरता और सिर में दुपल्ली टोपी डाटे नवजवान की आँखों में बाकायदा सुरमा भी लगा हुआ था। ढेला को लड़के ने कतई प्रभावित नहीं किया। उसने महसूस किया कि मुमताज और इस लड़के के बीच जोड़ ठीक नहीं बैठा है। कहाँ तो मुमताज सीधी-साधी, निश्छल लड़की भली-भली सी और कहाँ यह तेज तर्रार, उचक्का किस्म का लड़का सत्तार। न बोलने-बतियाने का सलीका न आँखों में शर्मो-हया। बीवी पिटती रही रतीराम साहू के आँगन में और यह नासपिटा बीड़ी चुहकता रहा। ढेला के ऊपर उस क्षण से ही लड़के के बारे में एक गलत प्रभाव पड़ गया था। उसे स्वार्थी किस्म के मर्दों से बड़ी चिढ़ थी।

बरकत अली पर उसे फख्र था तो केवल इन्सानी खासियतों के कारण। ढेला

के अब्बू ही नहीं गाँव भर के लोग बरकत के स्वभाव से खुश थे। अगिनकछार वालों को लगता है जैसे बरकत इसी गाँव में पैदा हुआ। रमजान के इन्तकाल के बाद मन्दिर समिति में बरकत अध्यक्ष बनाया गया। मन्दिर तो बनकर तैयार हो गया था। मन्दिर के सामने तालाब में गजमोक्ष के विराट दृश्य को मूर्तियों के माध्यम से साकार करने की दिन-रात तैयारी चल रही थी। हाथी बनकर तैयार हो गया था। विशाल काला हाथी सूँड़ ऊपर उठाये हुए। सूँड़ में कमल का फूल और उसके एक पाँव को मुँह में दाबे पानी में पड़ा ग्राह भी बन चुका था। विष्णु भगवान बनाये जा रहे थे। चतुर्भुजी हाथी की पीठ पर सवार शंख, चक्र, गदा, पद्म वाले विष्णु भगवान। बरकत अली अपने ससुर के इन्तकाल के बाद मन्दिर और शाला भवन के काम में उलझा रहता। इसीलिए तो ढेला अकेली ही झनझनाती चली गयी थी लड़ने, अब नयी तुरकिन को बोझा सहित ले आयी है तो बरकत घर में नहीं है। अभी ढेला कुछ और पूछती कि सत्तार ने पूछ लिया—चचा नहीं दिख रहे हैं, घर में नहीं हैं क्या?

हैं क्यों नहीं अभी आ जाते हैं। मन्दिर गये होंगे कुछ काम चल रहा है वहाँ।

—मन्दिर! लड़के ने आश्चर्यमिश्रित स्वर में पूछा—

—हाँ-हाँ, मन्दिर, ऐसे क्या पूछ रहे हो। भौंचक्के क्यों हो गये?

—भौंचक्का तो होना ही है अम्मा। मुसलमान और मन्दिर।

—देखो, तुम बक-बकाओ मत यह अगिनकछार है यहाँ हिन्दू-मुस्लिम नहीं बसते यहाँ इन्सान बसते हैं।

अब सत्तार को कुछ कहते नहीं बना। अपना-सा मुँह लेकर रह गया। तभी बाहर किसी के गुनगुनाते हुए घर में प्रवेश करने की आहट हुई। ढेला ने आवाज से ही कह दिया—लो सत्तार तुम्हारे चचा आ गये। बरकत ने घर में घुसते हुए पूछा—कौन नया भतीजा पैदा हुआ है भाई जरा देखें। सत्तार ने जवाब में लपककर कहा— सलाम चचा, जन्मे हैं नये-नये हम ही। सलाम का जवाब देते हुए बरकत ने लड़के को भर नजर देखा। लड़की भी खड़ी होने लगी तो बरकत ने बड़े प्यार से बैठने को कहा। ढेला ने सत्तार और अपने मियाँ के लिए भोजन परोस दिया। सत्तार अति उत्साही और वाचाल था। एक कौर खाया नहीं कि खाने की लगा तारीफ करने—वाह अम्मा कमाल का खाना है, आज अपनी माँ की बराबरी का हाथ दिखा मुझे, बिलकुल ऐसा ही बड़ियाँ बनाती है और खिलाती भी इसी तरह खूब है मन लगाकर।

बरकत ने कुछ नहीं कहा मगर ढेला ने झट कह दिया "देखो बाबू मिठलबरा और मुँहजोर दोनों मर्द ठीक नहीं होते। जो जितनी जल्दी तारीफ करता है वह उतनी ही जल्दी बुराई भी करने लगता है। मुझे डर लगता है ऐसे लोगों से अभी तो तुमने ठीक से चार कौर खाये नहीं और लगे रमायन गाने।"

सत्तार ने कहा—अम्मा ये क्या हो गया है आप लोगों को, बात-बात में रामायण और मन्दिर। अजीब भुलावे में जी रहे हैं भई आप सब। अब खाते-खाते बरकत ने

पहली बार बात की—भुलावा नहीं है भाई। इसमें क्या भुलावा है जी। रामायण के बदले कुरान। और मन्दिर के बदले मस्जिद कह देने भर से इन्सान नेक नहीं हो जाता। तुम परेशान क्यों हो भई। इन्सानी रिश्तेदारी और सुख-शान्ति बड़ी चीज है इतने परेशान मत हुआ करो।

—परेशान चचा इसलिए हो रहा हूँ...

अभी सत्तार कुछ और कहता कि बरकत के आगे ढेला ने सिलपची लाकर रख दी। वे हाथ-मुँह धोकर बैठक में आ गये।

पाँच

सत्तार ने अगिनकछार जैसा गाँव देखा ही नहीं था।

दो-तीन दिन तो खूब घूम-फिरकर अगिनकछार को उसने देखा, अगिनकछार बस्ती ही अजीब लगी। दस घर हिन्दुओं के फिर एक घर मुसलमान का। कहीं चार घर एक साथ मुसलमानों के और उसी से सटा हुआ किसी ठाकुर का घर। उधर ठाकुर की काली गाय बां-बां कर रही है और इधर करीम की बड़ी बकरी अपने बाल बच्चों के साथ चहलकदमी कर रही है।

सत्तार दो दिन में ही बरकत अली के साथ घूमघाम कर हर तरह से गाँव को जान-समझ गया। वह मन्दिर भी गया। कुछ दिनों बाद ही मन्दिर के प्रांगण में पवन दीवान का भागवत यज्ञ होना निश्चित हुआ था। अगिनकछार गाँव तो छोटा ही है मगर कार्यक्रम वहाँ बहुत बड़े होते हैं।

सत्तार चूँकि ढेला को चाची कहने लगा इसलिए गाँव के रिश्ते में भाई लगने वाले तमाम ठाकुर, कुर्मी, तेली, राऊत सत्तार को भान्जा कहने लगे। एक तरह से अगिनकछार सत्तार का मामा गाँव ही हो गया। होते-होते बड़े बुजुर्ग तक सत्तार को देखते ही "जोहार ले भांचा" कहने लगे कुछ तो "पालागी भांचा" तक उतर आये।

सत्तार ने एक दिन अपने चचा बरकत ने पूछा—चचा ये बताइए कि आखिर हमारे छत्तीसगढ़ में मामा और भान्जे को प्रणाम क्यों करता है।

बरकत बिचारे सीधे-साधे जीव। उन्हें भी जिज्ञासा हुई। मगर कह कुछ नहीं सके। दूसरे दिन मन्दिर में पण्डित जी मिल गये। बकरत के पूछने पर सत्तार के सामने उन्होंने बताया—यह छत्तीसगढ़ दक्षिण कोशल कहलाता है भाई। राम की माता कौशल्या का मायका है यह और राम इसीलिए हमारे "भान्जा" हुए। इसलिए हर भान्जा राम हो गया। यही कारण है कि छत्तीसगढ़ में भान्जे को प्रणाम करने की परम्परा है। जो देश में अन्यत्र नहीं देखने को मिलती।

बात पण्डित जी ने कुछ इस ढंग से समझाई कि सत्तार उनका मुरीद हो गया। मुरीद क्या हुआ एक तरह से गले ही पड़ गया।

शुरू-शुरू में तो पण्डित जी सत्तार से खिंचे ही रहे मगर जब सत्तार घर-बाहर

हर कहीं, पालागी महराज, पैलगी पण्डिज जी कहने लगा ता वे भी कुछ पिघलने लगे। पिघलना ही था। वह पण्डित ही क्या जिसे प्रणाम कर जीता न जा सके। सत्तार दिन-दिन पण्डित जी के करीब होता गया और तरह-तरह की कहानियाँ गढ़कर अपने दुःखों की दास्तान बयान करने लगा। उसकी बातचीत से पण्डित जी को लगता कि सत्तार केवल नाम का सत्तार है, बोली-बानी आदत-व्यवहार में तो बिल्कुल हिन्दू लगता है।

तालाब में जब पण्डित जी पत्थर पर बैठकर लोटा माँज रहे होते तो सत्तार जान-बूझकर हिन्दुओं की तरह हाथ-पाँव धोने लगता। बल्कि एक दिन तो नहाकर उसने तालाब के किनारे बने शीतला मन्दिर में एक लोटा जल भी चढ़ा दिया।

एक दिन तुलसी चौरा में जल चढ़ाकर परिक्रमा करने लगा। यद्यपि ढेला और बरकत अली भी सहिष्णु थे और कट्टरता के कुटेव से बचे हुए थे मगर इस तरह की नौटंकी नहीं करते थे। कुछ लोगों ने इस तरह तुलसी पर और शीतला माता पर जल चढ़ाने के करतब को लेकर विरोध भी किया।

एक दिन इसी विरोध के वातावरण में सत्तार ने बजरंग बली के मन्दिर में जल चढ़ा दिया।

तीन चार लोग वही तालाब में नहा रहे थे। उन्होंने टोका तो ऐंठते हुए उसने कह दिया—"जब पठान मन्दिर बनवा सकता है तो जल क्यों नहीं चढ़ा सकता।"

उसी ऐंठ को देखकर रतीराम से न रहा गया। उसने आगे बढ़कर प्रतिवाद करते हुए कहा—"भइया, मन्दिर को सब मिलकर बना रहे हैं। देख-रेख केवल रमजान मियाँ की थी अब बरकत देख-रेख कर रहे हैं। उन्होंने तो कभी जिद्द करके ऐसी हरकत नहीं की। तुमने आते ही गाँव में नौटंकी शुरू कर दी।

सत्तार ने उलटकर जवाब दिया—"नौटंकी आप लोग करवाते हैं, बेचारे रमजान से दो एकड़ जमीन ले ली। बरकत को बुद्धू बनाकर मन्दिर के काम में फाँसे हुए हैं। तब नौटंकी नहीं दिखती। यहाँ एक लोटे जल से हो गयी नौटंकी। बड़े अगिनकछार वाले बनते हैं।" अभी बात आगे बढ़ती कि बरकत तालाब में आ गये।

बरकत ने सबसे पहले सत्तार को शान्त किया। रतीराम से बरकत ने सब सविस्तार सुना। बरकत बातों को सुनकर आग-बबूला हो गये।

"हाँ तो तुम इसीलिए मेरे भतीजे बने हो कि गाँव में भांचा बनकर पाँव पुजवाओ और जहर भी घोलो।" सत्तार ने पलटकर जवाब दिया—"जहर तो आप घोल रहे हैं। बेवकूफ बनाते हैं सबको घर में अँधियार और घोड़सार बर दिया। पहले मस्जिद बनवाते तब जाकर मन्दिर की फिक्र करते। तुम मुसलमान हो? मुसलमानों के नाम पर कलंक हो। तुम्हें गाँव की वाहवाही खा गयी, अच्छा कहाने के लिए नाटक करते हो।"

बरकत सत्तार की बातों से स्तब्ध रह गये। बरकत के घर में ही आश्रय प्राप्त यह नौजवान इस तरह आक्रामक हो जायेगा यह तो कोई भी सपने में नहीं सोच

सकता था।

रतीराम भी सकपका गया। बरकत ने आगे कुछ भी कहना उचित नहीं समझा। सत्तार तालाब से उफनता हुआ घर आया। ढेला घर में ही मुमताज को पास में बिठाकर लिख पोहना से लीख-जूँ निकाल रही थी। ढेला अक्सर पास में मुमताज को बिठाकर बड़े प्रेम से कंघी-चोटी कर दिया करती थी। बालों में कंघी करते हुए ढेला अभी इतना ही कह पायी थी—"बहुत जूँ थी मुमताज अब बेटा कम हो गयी है, मैं दो-चार बार में सब निकाल दूँगी।

तभी सत्तार पैर पटकता हुआ घर में घुसा, सत्तार ने घर में घुसते हुए जोर से कहा—"सिर से जूँ तो अब क्या निकलेंगी, हमीं तुम्हारे घर से निकल जाते हैं। बहुत हो गयी रिश्तेदारी।"

सत्तार के तेवर को देखकर ढेला भी अकबका गयी।' उसे सहसा विश्वास नहीं हुआ, बरकत तो मजाकिया बेलबेलहा था ही उसने सोचा शायद सत्तार को भी कुछ बरकत का असर हो गया हो, ढेला इत्मीनान से सर पर कंघी फेरती रही।

सत्तार ने फिर कहा—सुनती नहीं हो क्या, हरामखोर जो हमें लतियाये फटकारे वह अपना सगा कैसा? चलो निकलो, अगिनकछार में दसों घर मिल जायेंगे कोई यही घर है?

अब ढेला को कुछ समझ में आया कि माजरा है क्या—उसने हाथ के कंघे को जमीन पर रखकर सत्तार से पूछा—"क्या है रे, क्यों, बाघ जैसा गुर्रा रहा है, कहीं से कुछ पी-खाकर आया है क्या?"

सत्तार ने उसी तरह उफनते हुए कहा—"मैं गुर्रा रहा हूँ? पूरे अगिनकछार में दहाड़ती फिरती हो तुम। औरत हो कि पोंगा। न लिहाज न शर्म। हमें नसीहत मत दो, बहुत जान लिया है तुम्हारा सकल करम, कहने को मुसलमान हैं, और हिसाब किताब सब हिन्दुओं जैसा-बेकार ही मैं मुसलमान हुआ।" ढेला तो जैसे यह सब सुनकर पगला ही गयी। लगी गाली देने—"रोगहा, चेलीक, तुम काहे के मुसलमान रे। तू तो कुत्ता है। मैं सब समझ रही हूँ। मुझे दो-चार रोज पहले ही मुमताज ने बताया है कि तू असल में है ही दरिन्दा। निकल जा यहाँ से तुरन्त...।" कहते हुए ढेला ज्योंही आगे बढ़ी कि सत्तार ने उसे जोर का धक्का दे दिया और ढेला वहीं धड़ाम से गिर गयी। मुमताज रोने लगी। दो मुक्के सत्तार ने मुमताज को और लगाये फिर हाथ पकड़कर बाहर खींच ले जाने लगा। मुमताज ने देखा ढेला धक्के से गिरी तो उसका सर आँगन में लगे फर्श में जा टकराया था।

मुहल्ले के लोग एकत्र हो गये और देखो-देखो क्या हो गया।

ढेला के सर से खून बह रहा था। गाँव भर के लोग धीरे-धीरे जुटने लगे। सबको आश्चर्य हो रहा था कि जिस ढेला ने पनाह दी उसे ही आखिर क्यों सत्तार ने उठाकर पत्थर पर कचार दिया। बरकत अली के बीच-बचाव से मामला तो शान्त हो गया

मगर सत्तार ने साफ कह दिया कि अब वह कहीं नहीं दलित मुहल्ले में ही रहेगा।

भला ढेला के लिए बचा ही क्या था।

मुमताज भी रोती हुई विदा हो गयी। बुधारू की परछी में सत्तार ने अपना सामान जमा दिया। परछी से लगा एक कमरा भी बुधारू ने दे दिया। गाँव वाले थे सीधे-साधे। झट लड़ पड़ते फिर मिल भी जाते। वे सत्तार और बरकत अली की लड़ाई से बहुत परेशान नहीं हुए। अलबत्ता ठाकुर साहब को चिन्ता हुई। चिन्ता इसलिए कि वे गाँव की राई-रत्ती खबर रखते थे। दलित मुहल्ले में सत्तार की उठक-बैठक की खबरें वे काफी दिनों से सुन रहे थे। बल्कि उन्होंने तो यहाँ तक सुना था कि सत्तार बुधारू को अपना सगा मामा ही कहता है। उसके यहाँ खाता-पीता भी है।

अगिनकछार में एक-दूसरे के यहाँ खाने-पीने, आने-जाने की वैसे ही परम्परा थी। इसलिए कोई कुछ बोलता न था। मगर जब सत्तार सीधे बुधारू की परछी में जा बैठा तब अफवाहों की असलियत खुलने भी लगी।

ढेला मुमताज से तालाब में ही मिल पाती थी। सत्तार उस पर दबाव डालता था कि अब ढेला से मेलजोल मत रखे। बरकत से सत्तार ने दुआ-सलाम भी छोड़ दी। बरकत को बहुत बुरा लगता। अगिनकछार में तो दुश्मन को भी गले लगाकर चलने की परम्परा थी। यह सत्तार जो देखते ही त्यौरियाँ चढ़ा लेता। बल्कि बरकत कई बार सत्तार को भेंट लेते तो बढ़कर पूछ लेते—"कहो बाबू ठीक तो है न।" सत्तार खीझकर कहता—"क्यों, क्या कुछ और बिगाड़ना है। बिगड़ गया जितना बिगड़ना था अब तो बनकर दिखाऊँगा।" दो-एक बार की ऊटपटाँग बातों के बाद बरकत ने स्वयं कुछ कहना-बोलना छोड़ दिया। कौन पथरा में सिर फोड़े। बरकत जानते थे कि दुष्टों को सम्मान पचता नहीं। वे विन्रमता को हार की स्वीकृति समझते हैं और उनका दम और बढ़ जाता है इसलिए बरकत ने तय कर लिया कि अब टोका-टाकी नहीं करेंगे।

हाँ, इधर दूसरों के माध्यम से बरकत जरूर ऊलजलूल बातें सुनते कि सत्तार कहता फिर रहा है कि—"कटुवा को अगर पाठ न पढ़ाया तो मैं भी अपने बाप का बेटा नहीं। मन्दिर बनवाता है। अरे उसी मन्दिर के मामले में गाँव में महाभारत न छिड़वा दिया तो मैं संतू नहीं।"

इन दिनों यह सत्तार का उपनाम संतू बहुत प्रचलित हो गया था। उसकी तरह-तरह की कलाबाजी भी बढ़ गयी थी। गाँव में अनावश्यक तनाव बढ़-सा गया था।

इस सबके बावजूद बरकत अली अपने काम में लगे रहते। मन्दिर में तथा ग्राम विकास के कार्यों में कोई ढील नहीं आने देना चाहते थे। धीरे-धीरे मन्दिर के बाहर हाथी बनकर तैयार हो गया। आठ दिन लगे सूँड़ के ऊपर कमल फूल बनाने में।

मगर की शक्ति के आगे असहाय गजराज अपनी डूबती साँसों के साथ एक कमल का फूल तोड़ सूँड़ उठाकर आर्तनाद करते हैं कि—प्रभो मेरी रक्षा करो और

भगवान विष्णु प्रगट हो जाते हैं चतुर्भुजी। धीरे-धीरे गजमोक्ष कथा को मूर्तियों के माध्यम से कलाकार अगिनकछार में मूर्तरूप दे रहा था। आस-पास के लोग क्रमशः जीवन्त हो रही मूर्तियों को देखने आया करते।

इलाके भर में चर्चाएँ चलतीं, कलाकार की चर्चा तो होती ही मन्दिर के भव्य जीर्णोद्धार के पीछे रमजान के छिपे उत्सर्ग एवं बरकत अली की उदारता की भी चर्चा चहुँओर हो रही थी। निर्माण कार्य जोर-शोर से चल रहा था।

विष्णु भगवान का निर्माण चल रहा था। हाथी की पीठ पर विष्णु का धड़ बैठ चुका कि एक दिन सुबह पता चला कि गजराज की सूँड़ में लगा कमल फूल गायब हो गया है।

गाँव में बात पहुँची। नजदीक के गाँवों में चर्चायें चलने लगीं। तरह-तरह की बातें। लोग आठ ही दिनों में सत्तार के बदले तेवर से और परिचित हो गये थे। मगर सहसा किसी ने उसकी ओर सन्देह की दृष्टि से नहीं देखा। बल्कि इस बीच एक ठाकुर के यहाँ सत्यनारायण की कथा हुई तो सत्तार स्वयं वहाँ जाकर पंचामृत माँग बैठा और प्रसाद लेकर वहीं खा भी गया। ढेला और बरकत ने कभी ऐसा उत्साह नहीं दिखाया। लोग अकबका गये। भला मुसलमान और पंचामृत। दो-तीन दिनों पहले गायब फूल पर वहीं चर्चा हुई। कई उत्साही लोग तो उसे पार्टी की राजनीति से जोड़ने लगे कि पंजा वालों की कारस्तानी है भाजपा के चुनाव चिह्न को भला क्यों सूँड के ऊपर रहने देते।

मगर बरकत अपने ढंग से लगा रहा। पुनर्निर्माण की तैयारी चलती रही।

इस बीच सत्तार ने यहाँ-वहाँ कहना शुरू कर दिया कि मुसलमान की देख-रेख में मन्दिर बनेगा तो फूल तो क्या फल भी गायब हो जायेगा। भगवान भी गायब होगा एक दिन।

ठाकुर लखन सिंह ने सुना तो वे आगबबूला हो गये। वे बहुत विचार कर और तह में जाकर बातों को नहीं विश्लेषित करते थे। सीधे मुद्दे पर आ अटकते थे। अपने लोगों से बातों को जानकर उन्होंने बुलाया सत्तार को। पहले तो सत्तार ने जाना मंजूर नहीं किया। फिर ना-नुकर के बाद गया भी तो जाकर बाहर ऐंठा खड़ा रहा।

ठाकुर लखन सिंह ने बरकत अली, डाढ़ी महराज और गाँव के रतीराम जैसे दस-पाँच लोगों को बुलवा लिया था।

'उन्होंने दहाड़कर पूछा—"बता रे सत्तार जब से तू आया है अगिनकछार में हम चैन से क्यों नहीं रह पा रहे हैं?'

सत्तार चुप।

"बता न बे" ठाकुर ने कहा। आज तुझे बताना पड़ेगा कि तू है कौन। कभी प्रसाद खाता है कभी कट्टर मुसलमान को भी नसीहत देने लगता है और कभी भगवान को ही गायब करने की धमकी देता है। बता?

बतायेगा क्या ठाकुर साहब। मुझसे पूछिए—रतीराम ने कहा। यह तो बाकायदा नाचना भी जानता है। आठ ही दिन में कोई कैसे सीख जायेगा।

अरे ऐसा कलाकार भी है...कई लोगों के मुँह से निकला। कलाकार तो है ही—ठाकुर जीवन सिंह ने कहा—कुछ दिन पहले एक खबर उड़ाई थी कि हिन्दू है मगर मारपीट कर मुसलमान बना दिया गया है।

बल्कि यह हरामखोर मुसलमानों के खान-पान और व्यवहार के बारे में भी ऊटपटाँग अफवाहें फैला रहा है। अगर यही सब चला और यह यहाँ रहा तो हम भी कट मरेंगे।

लोग आवेश में आ गये। कुछ नौजवान तो मरने-मारने की बात करने लगे। सत्तार कोई जवाब नहीं दे रहा था। सबने सोच-विचार कर तय किया कि नजदीक ही तो पुलिस चौकी है क्यों न वहाँ से किसी हवलदार को भी अपने बीच बुलवा लें। लखन सिंह के लड़के स्कूटर से गये और रामचरण हवलदार को लिवा लाये थाने से।

रास्ते भर लड़के ने जो वाकया बताया तो रामचरण को थोड़ी और जिज्ञासा हुई।

रामचरण का स्थल पर उतरना था कि सत्तार के चेहरे का रंग उड़ गया। रामचरण हवालदार ने पहले तो भर नजर सत्तार को देखा फिर जो ठहाका लगाया कि उपस्थित सभी लोग मसले की गम्भीरता के बावजूद मुचमुचाने लगे। हँस चुकने के बाद रामचरण हवलदार ने सबसे पहले सवाल दागा "क्यों बे तेरा नाम सत्तार कब से हो गया तू पोंगरी गाँव का सतरोहन चर्मकार है कि नहीं, बता हरामखोर।"

सत्तार बने सतरोहन के लिए कुछ भी बचा नहीं था। उसने हथियार डाल दिया।

लोग दंग रह गये। महीने-डेढ़ महीने में अगिनकछार में जासूसी उपन्यास का किसी भी रोचक कथा की तुलना में यह प्रामाणिक कथा बन आयी थी।

लोग हवलदार रामचरण की ओर देख रहे थे कि शायद इस कथा को वही समाप्त करें। लेकिन रामचरण चाहते थे कि स्वयं सतरोहन उर्फ सत्तार ही कथा को अपने श्रीमुख से प्रस्तुत करें।

सतरोहन उर्फ सत्तार ने भी हील-हवाला नहीं किया। वह कुछ कहे इसके पहले रामचरण ने डपटकर कहा "बिलकुल साफ-साफ बता दो तो तुम्हें खिसक लेने का मौका भी दे दूँगा सतरोहन, वरना चक्की पिसवाऊँगा गाँव में दंगा करवाने के इल्जाम में समझ लो। साफ बता दो। पिछला झटका मत देना।"

सत्तार ने खखारकर कहना शुरू किया—"मैं पोंगरी गाँव का सतरोहन चर्मकार हूँ। हवलदार साहब पहले पोंगरी के पास चिंगरी थाने में रह चुके हैं। इसलिए मुझे जानते हैं।

आज से साल भर पहले मैं फौज में था। छुट्टियों में गाँव आया था। पहली बार हरी वर्दी डाटकर गाँव आया तो बड़ा रुआब जमा। मैं यद्यपि फौज में मोची के काम के लिए भर्ती हुआ था। मगर ड्रेस और सभी चीजें तो थीं ही। चमाचम ड्रेस डाटकर

आया तो लोग बहुत प्रभावित हुए।

एक दिन रैदास पारा का मंगलू मेहर मेरे पास आया। उसने बताया कि उसकी डौकी पन्द्रह दिन पहले भाग गयी है और नजदीक के गाँव में पैठू खुसर गयी है। उसने मेरे ड्रेस और बूट के रुआब को मानते हुए विनती की–"सतरोहन साहेब, डौकी ला लान दे एक हजार रुपया दुहूँ।"

मुझे भी लगे-हाथों एक काम मिल गया। मैं तो वैसे ही गाँव में दहशत बना हुआ था। हमारा इलाका झार दलित इलाका है। इस इलाके की तरह उधर विकास नहीं हुआ है। मैं ही एक फौजी था पूरे पचासों गाँव में। मैं साफ कह देता था कि दो खून करने का मुझको हक है सरकार की ओर से। साफ-साफ आडर है।

कमरपट्टा लपकाता मैं पहुँच गया। मगनही डौकी के घर। उसके मुडगिड़ा घरवाले ने देखते ही हाथ जोड़ लिये। डौकी को मैं निकाल लाया। मंगलू मेहर ने गाँव से निकलते ही पहले बबूल की काँटेदार डाली को फलकाया और औरत को सपासप पीटते हुए घर लाया। औरत की कमर और जांघों में काँटे धँस गये।

उसी दिन से मैं पास के गाँवों में 'डौकी लनइया साहेब' हो गया। हमारे गाँवों की ओर न तो आज भी सड़क है न स्कूल। बिजली-बत्ती का तो सवाल ही नहीं उठता।

मैं स्वयं अपनी डौकी को खेदार कर दूसरी ले आया था, बनाकर। दो महीने की मेरी छुट्टी थी। मैं छटपटाता रहता था। जात सुधारने के लिए। न हिन्दू लोग मुझे मन्दिर में जाने देते थे, न ही मान देते थे। मैं फौज में रहकर सब जान गया था। अपनी जाति के लोगों से वहाँ मिला। बहुत लोग बुद्ध भगवान की शरण में चले गये थे। हरियाणा, पंजाब, यू.पी. के जाति भाई लोग। कुछ हमारे सगा लोग मुसलमान भी हो गये थे।

तभी से मेरे मन में यह बात आ गयी थी कि मैं फौजी होकर अपने लोगों में पाँव तो पुजवा रहा हूँ मगर समाज में तो फिर भी नीचा ही हूँ इसलिए मुमताज पर मेरी नज़र गयी। उसका इतना कहना था कि रतीराम उठ खड़ा हुआ हाथ जोड़कर–"मालिक हो, एक बात मोरो सुनलव।" लखन सिंह जी ने कहा–"बोलो" रतीराम ने कहा–यह चालबाज आदमी है। मैं तो तुहर नौकर हूँ। ददा हो। तुंहरे नाहना टोरत हवं। बात बनाय बर नई जानवं। हवलदार से रहा नहीं गया उसने कहा–"यार, बात तो जलेबी की तरह बन रही है तुम्हारी, कुछ साफ भी कहो भाई। और जल्दी कहो।"

रतीराम ने कहा–ये सत्तार कहता था कि मुसलमान लोग हिन्दुओं को खाना देने से पहले उसे झूठा कर देते हैं। उस हिसाब से तो हम सब लोग कई बार जूठा खा चुके हैं।

लखन सिंह रतीराम की बात से खूब हँसे। बोले "रतीराम क्या-क्या गुल खिला है भइया अगिनकछार में इस बीच बाप रे बाप। इतनी बात हो गयी, अरे हम तो

एक ही रोटी को बचपन से अपने मुसलमान भाइयों के साथ चाब कर बाँट-बाँट कर खा रहे हैं जी यह सत्तार क्या बतायेगा। जूठा तो दिल में बसा रहता है। ऐसे ही सतरोहनों के दिल में। तभी न कभी बुद्ध की शरण में जाना चाहता था फिर अचानक मुमताज की शरण में चला गया...।" ठाकुर की बात से सत्तार कुछ झेंप गया।

हवलदार ने कहा—"अब सब अपना पुराण बन्द कर दे। किस्सा जो है सो अकेला सतरोहन उर्फ सत्तार ही बयान करे। मगर साफ-साफ और जल्दी-जल्दी चलो रे।" सत्तार ने पिछली बात को ही आगे बढ़ाते हुए कहना शुरू किया—"हाँ तो मैं साहेब फौजी लंगर का खाना खाकर और साहेब लोगों का जूता चमकाकर इतना तो जान ही गया कि दुनिया में हैसियत खुद बनानी पड़ती है। बिना मरे तो सरग नई मिलय ददा हो। धर्म बदले बिना इज्जत नई महूंला मदूंला। इसलिए मैंने भी सोच लिया था, फौज में ही। गाँव में, शहर में फख्त एकै गारी ताय—"अरे दलित साले।" बल्कि साहेब जब फौज में गया तो पता चला कि हमारे इलाके से सौ गुना गाली तो दूसरे प्रान्तों में मिलती है।

तो साहेब मैं तो परेशान हो गया इस सबसे। अरे इज्जत नहीं तो क्या है जी। फिर ये नाटक कि इस मन्दिर में प्रवेश के लिए कोई ले जा रहा है तो वहाँ मार पड़ रही है भदाभद। कहीं और ड्रामा हो रहा है। तो मैंने सोचा साहेब कि जब ड्रामे में सकल देश जी-खा रहा है तो चल सतरोहन पहन ले बाना तू भी मुसलमानी और हो जा इज्जतदार। तो इस तरह हड़बड़ी में मैं मूड़ के नाव कपार कर बैठा। देखा सहारा तो मुमताज को ही। उसे पहले जाकर खूब मनाया-पथाया कि मैं तुम्हारे मजहब को कबूल कर लूँगा। वह भी बिचारी भोकवी थी मान गयी और इस तरह मैं योजना पर अमल करने के लिए जा घुसा मुमताज के घर में। कूद तो गया साहेब मगर दिल से कूदा होता तो इस अगिन-कछार में क्यों पापी कहलाता। मैं तो ददाजी कहीं का नहीं रहा। न दलित, न मुसलमान। कूद गया मुमताज के घर और दिल लटका रहा अपने मुहल्ले में ही। इसीलिए साहेब दुर्गति करा रहा हूँ अपनी।

कहते हुए सतरोहन सुबकने लगा । बरकत अली ने उसे ढाढ़स बँधाया तो वह और दुःखी हो गया।

ठाकुर साहब और हवलदार भी उसे समझाने लगे। सतरोहन को उन्होंने कहा—"घबराओ मत सतरोहन अपनी गलती कबूल करने वाला बहुत बड़ा आदमी होता है। तुम नेक आदमी हो वरना इस तरह पछताते नहीं। बता डालो सब आज हम सब तुम्हारे हैं कोई न कोई रास्ता अवश्य निकाल लेंगे यह अगिनकछार है सतरोहन, डरो मत।" सतरोहन ने सँभलते हुए आगे कहा—"का बतावंव मोर बाप, तुंहरे शरण मे हवं मैं ढेला दाई की गोद में भी नहीं समा सका ऐसा अभागा हूँ भला मुझ जैसे पापी को कहाँ पनाह मिलेगी फिर भी जितना आप लोगों ने दिया उसी की याद में बाकी जीवन काट लूँगा और सँभलने की कोशिश करूँगा।"

बरकत ने कहा–"तुम सँभहले सँभलाये हो जी बता दो बाकी बात तो फिर हम लोग भी पानी-पसिया पीने चलें।"

सतरोहन ने कहना शुरू किया–हाँ अब और क्या छिपाना है। तो मैं ये बता रहा था कि हमारे पोंगरी गाँव में था एक ही मुसलमान परिवार। मुमताज के अब्बा का घर। ये लोग भी चार-पाँच बरस पहले ही आकर बसे थे पोंगरी में। हाँ नजदीक के गाँवों में मुसलमान बहुत हैं। बल्कि कई गाँव मुसलमान मालगुजारों के हैं। मुमताज के घर कूदने से पहले मैंने अपनी नयी डौकी को मार-पीटकर खेद दिया था। और दिन दहाड़े घुस गया था मुमताज के घर। उसके अब्बा गाँव भर को बुला लाये। मुमताज तो थी ही तलाकशुदा। इसके आदमी ने उसे तीन बरस पहले ही छोड़ा था। यह कुटिया पिसिया कर और चूड़ी पहनाकर अपना और अपने अब्बू का घर चला रही थी। जब मैंने मुमताज को जा पकड़ा तब गाँव-गोहार पड़ गयी। मुसीबत तो तब आयी जब आस-पास के मुसलमान मालगुजार मरने-मारने पर उतारू हो गये। मेरी फौजी हेकड़ी खत्म हो गयी। और मुझे मुसलमान बनकर इस मुमताज का घरवाला बनना पड़ा बाकायदा। जो मैं चाहता ही था। तब भी बावेला मचा था और यही हवलदार रामचरण चिंगरी थाने से आये थे।"

इतना सुनना था कि रामचरण हवलदार फिर ठहाके लगाने लगे।

ठाकुर लखन सिंह और बरकत अली भी हँसी न रोक सके।

रामचरण हवलदार ने कहा–"यही नहीं फौज में भी यह गया नहीं जिसके कारण वारंट जारी हो गया और यह हरामखोर अब यहाँ आ मरा है। रातोंरात ये दोनों भागे गाँव से। मैं वारंट लेकर भी कई बार गाँव गया मगर जवाब यही मिला कि मुमताज से निकाह हो जाने के बाद उसी रात जाने वे कहाँ चले गये। अच्छा हुआ तू यहाँ मिल गया अब साले तुम्हारा होगा कोर्ट मार्शल वहाँ। तब फिर भूल जाओगे सब हरामखोरी।"

सत्तार सिर नीचा किये चुपचाप खड़ा रहा। ठाकुर लखन सिंह ने ही कहा–"हवलदार जी इसका भला कहाँ-कहाँ करवायेंगे कोर्ट मार्शल।"

एक तो फौज में होगा, एक पोंगरी गाँव में हुआ। एक हम करेंगे यहाँ हिन्दू-मुस्लिम दंगा करवाने की कोशिश के कारण...।

अभी ठाकुर साहब कुछ और कहते कि सतरोहन उर्फ सत्तार ने हाथ जोड़ते हुए कहा–"ठाकुर साहब एक कोरट और चलेगा कमल फूल चुराने के कारण वह मैंने ही चुराया था। मैंने उसे घर में छुपाकर रखा है।"

जहाँ उसके अपराध के कारण लोग दाँत पीस रहे थे वहीं उसकी साफगोई के कारण मुचमुचा भी रहे थे।

हवलदार ने हँसते हुए कहा–"जा बे, ला उसे जल्दी और देख भागना नहीं।"

सत्तार ने बरकत अली से कहा–"चचा आप भी साथ चलिए, मुझे अकेले डर

लगता है कि कहीं भाग ही न जाऊँ।"

उसके फौजी बेफिकरे अन्दाज से सब हँस पड़े। बरकत और सत्तार वहाँ से चले गये तो लखन सिंह ने रामचरण से कहा—"छोड़िये हवलदार साहब, कहाँ इसे कोर्ट मार्शल करवायेंगे। यहीं रख लेते हैं। इसे प्रेम की भूख है, प्रेम और सम्मान की कमी के 'कारण महत्त्व पाने के लिए यह दरिन्दगी पर उतर आता है। यह आदमी अन्दर-बाहर से निर्वस्त्र है। का नंगरा के धोबे बा निचोबे। इसे यहाँ से भगाकर भला, दूसरे गाँव को और क्यों उलझन में डालें हम। अपना अगिनकछार प्रेम की बस्ती है। इसे यहीं सुधारेंगे।

सतरोहन या सत्तार बनकर नहीं, "इसे हम आदमी बनकर रहना सिखायेंगे अगिनकछार में।"

दण्ड ऐसा दो कि आदमी सुधरकर नया स्वरूप ग्रहण करे।

मार

"कुर्सी भी पुरानी है और बुड्ढा भी, पर हैं दोनों ही काम के"...कहते हुए मिस्त्री ने एक ठहाका लगाया। मैं भी हँसे बिना न रह सका। चाय सुड़कते हुए मिस्त्री ने हाथ का काम और तेज कर दिया। लगता था जैसे मशीन से जाली की बुनाई हो रही है। मिस्त्री कुर्सी की टूटी पीठ पर प्लास्टिक के धागे की बुनाई भी कर रहा था और अपना परिचय भी दे रहा था। आया तो था आज ही, मगर घण्टे भर में उसने अपना ऐसा प्रभाव जमाया कि लगता था मानो बरसों से वह हमें जानता है।

यह संयोग ही था कि मिस्त्री से सुबह मेरी भेंट हो गयी। घर की पुताई खत्म हो गयी थी। मेरे मन में आया कि लगे-हाथों अब पुरानी-सुरानी कुर्सियों का भी उद्धार करवा दिया जाए। सोच तो रहा था काफी दिनों से, मगर बात तो आज ही बननी थी। घर के आगे बने अपने कुटीर में बैठा यों ही अखबार पढ़ रहा था कि सामने से आवाज देता हुआ एक बूढ़ा आदमी गुजरा। पीठ में प्लास्टिक की रस्सी के बण्डल थे। "कुर्सी ठीक करा लो", "कुर्सी ठीक तो नीके-नीक" यह तुक भी वह भिड़ाता चल रहा था।

मुझे हाँके के कारण ही उसने आकृष्ट किया। मैंने उसे पुकारा–"जरा रुकिए", उसने पास आते हुए कहा–"बाबूजी, जरा क्यों रुकें, जब तक आप खदेड़ न दें, रुके ही रहेंगे। हम तो कुर्सी बनाते हैं, भाई हाँ। जब लोगों के बैठने का बढ़िया बन्दोबस्त हम करते हैं, तो जाहिर है, हमें भी लोग बिठाते ही हैं। कहिए क्या हुकुम है?"

उसकी बातचीत का अन्दाज बड़ा सम्मोहक था। वह पास आकर बैठ गया, तो यों ही बात करने के लिए मैंने उसे और छेड़ दिया। तब तक चाय भी आ गयी। मैंने ससम्मान जब उसे चाय दी, तो उसने कहा–"वाह बाबूजी, यह न हुई बात। इसी को तो तहजीब कहते हैं। हूँ तो मैं मजूर और आप मालिक, लेकिन देखिए सलीका आपका। मजा आ गया। बाकी, बाबूजी यह बात समझ में नहीं आयी कि घर तो सामने पक्का शानदार खड़ा है लकालक, लेकिन आप इस जगह कुटिया बनाकर मजे से बैठे हैं। बात क्या है?"

मुझे उसके भोलेपन पर हँसी भी आयी और मैंने ताड़ भी लिया कि हो न हो, यह आदमी गँवइहा है। शहर में जन्मा आदमी कुटिया को देखकर इस तरह नहीं

उलझता। इस कबीर कुटी में मेरे कई मित्र आते हैं; मगर शहर में जन्मे मित्र इसे काटेज की तरह सजाने का सुझाव आदि देकर मुक्त हो जाते हैं। मगर गँवइहा आसिफ भाई रामहृदय, चित्तरंजन आदि इस कुटी पर फिदा हो जाते हैं, ठीक इस डोकरे की तरह।

मुझे गुमसुम देखकर उसने फिर कहा—"बाबूजी, आपने हमारे प्रश्न का उत्तर नहीं दिया?" मैंने कहा—"दादा, पहले यह बताइए कि आपका नाम क्या है?"

"मिस्त्री।"

"ये भी कोई नाम है यह तो काम क्या करते हैं? यह बताता है। नाम कुछ है कि नहीं?"

"गंगू मिस्त्री, पुरनिया बिहार वाला।"

"पुर्णिया? बिहार?"

"हाँ जी, पूर्णिया बिहार। गाँव के आदमी हैं साहेब, यहाँ आपके नगर में तीस बरस से हैं। जाते हैं गाँव दो-तीन बरस में। आये थे कारखाने में नौकरी करने, मगर नौकरी मिली नहीं। कुर्सी बुनाई सीख ली। वेल्डिंग का काम करते थे जवानी में। अब सत्तर पार कर रहे हैं। बुढ़िया हमारी पापड़ बनाती है। उदबत्ती भी बेचता हूँ। क्या कला नहीं है हमारे पास। बस, कद्रदानों की कमी है। इसी कला के बल पर हमने भी झोंपड़ी बना ली है। ठीक ऐसी ही, जैसी आपकी है। हा...हा...हा...।"

गंगू मिस्त्री फिर वहीं मुझे ले आये। अब मैंने बताया कि "भाई, यह जगह सरकारी है। यों ही पड़ी थी, तो मैंने उसमें झोंपड़ी जैसी बैठक बना ली। दोस्त बैठते हैं। मैं गाँव का आदमी हूँ। शहर तो मजूरी के लिए आ मरा। यहाँ बैठता हूँ, तो मुझे अपनी जड़ों की याद आती है। अपनी हैसियत का खयाल बना रहता है।"

अब गंगू मिस्त्री ने टोक दिया—"बाबूजी की बात। हैसियत का खयाल क्या रखना। वह तो बेर-बेर यह जो समाज है, वह याद दिलाता ही रहता है। आप चाहे जितना मुगालता पाल लीजिए, मगर समाज तो मौके पर आपकी हैसियत बता ही देता है।

अब देखिए न, हमारे यहाँ बाबा नागार्जुन हैं कि नहीं, कितने बड़े लेखक हैं? रेनूजी हुए कि नहीं। वही 'मारे गये गुलफाम' वाले 'तीसरी कसम' के लेखक। ये सब दिनकर जी आदि, और माफ कीजिए बाबूजी, कबीर कुटिया पढ़ा, तो शक तो हो ही गया है कि आप भी इन्हीं के खानदान के चिराग हैं; मगर यह खानदान कभी पूजा नहीं जाता साहेब। पुजाई तो होती है बाबूजी पैसे की, पावर की, लाठी-डण्डे की। लेखक के हाथ कलम होती है, लाठी नहीं। इसीलिए भैंस दूसरे ले जाते हैं। लेखक टापता रह जाता है।" तकरीर देकर गंगू मिस्त्री हँस पड़े। मैं उसके इस रूप को देखकर दंग रह गया। इतना जुड़ाव साहित्य से। दुनिया की ऐसी समझ। और फिर रहा है कुर्सी सुधारता।

मैंने ध्यान से एक बार फिर गंगू मिस्त्री को देखा। खिचखिची सफेद दाढ़ी, सुरती से पीले पड़ चुके मजबूत दाँत, पतला लम्बोतरा चेहरा, मँझोला कद, मजबूत हाथ-पाँव। मिस्त्री ने लम्बा कुरता पहन रखा था। कुरता इतना लम्बा था कि खड़े होने पर भी घुटनों के नीचे का हिस्सा ढका रहता। लुंगी इतनी छोटी और कसी हुई कि लगता था मिस्त्री मात्र कुरते से काम चला रहा है। मैंने कहा भी कि मिस्त्री जी, कुरते की लम्बाई ही इतनी है फिर कुछ और पहनने की आपको जरूरत ही नहीं।

गंगू मिस्त्री जोर से हँसे, बोले, "बाबूजी, हम जन्म के नंगे, पहने तो नंगे, नंगे तो नंगे। वह नहीं है मसल कि नंगे का क्या धोना, क्या निचोड़ना। बाकी आप मत घबड़ाइए, नीचे बाकायदा लुंगी है, फिर लँगोट भी है बाबूजी। कुछ येहर-ओहर हो नहीं सकता है; तनिको नहीं।" कहते हुए वह फिर ठठाकर हँस पड़ा। मैं कुछ और कहता कि मिस्त्री ने कहा—"बाबू, बुलाए हैं तो कुछ टूट-फूट जरूर होगी, तभी न बुलवाया गया है गंगू मिस्त्री को। बताइए है कोई कुर्सी?" मैंने कहा, "है क्यों नहीं। बीस बरस पुरानी कुर्सी है मिस्त्री जी। जरा पीठ पर से ढीली हो गयी है। नया कर दीजिए, सो चले कुछ दिन।"

सामान उठाते हुए गंगू मिस्त्री ने कहा—"जरा क्या, एकदम ठीक कर देते हैं चलिए।" मैंने गंगू मिस्त्री को कुर्सी सौंप दी। वे जाली बनाने लगे। शाम तक वे दोनों कुर्सियों की पीठ ठीक कर गये। बीच में कुछ और बातें हुईं। जाते समय उन्होंने बच्चों की खूब तारीफ की। बात-ब्यौहार की तारीफ। कुछ मेरे स्वभाव को लेकर कसीदे पढ़ते हुए गंगू मिस्त्री विदा हुए।

मैं उन्हें भूल ही जाता कि तीन माह बाद अचानक गंगू मिस्त्री पापड़, उदबत्ती और बिस्कुट के पैकेटों के साथ प्रकट हुए। साथ में उनकी पत्नी भी थीं। मैंने चाय पिलाने के बाद कुछ सामान भी ले लिया। मिस्त्री ने गर्वपूर्वक अपनी पत्नी को बताया कि मैं उनकी बहुत इज्जत करता हूँ। पत्नी बहुत सीधी और भली लगी। कुछ देर रुककर वे चले गये।

फिर गंगू मिस्त्री एक दिन अपने मुहल्ले के लोगों के साथ आये। सबसे उन्होंने परिचय कराया। फिर मुझसे गणेश चन्दे की वसूली हुई। पानी पीकर सब अपनी मुहिम पर निकल पड़े। गंगू मिस्त्री सबको बताते भी जा रहे थे, "भाई मजूरी करता हूँ; मगर बड़े-बड़े साहबान मुझे इज्जत देते हैं। पहुँच-पहचान है। रसूख है। ऐसे ही थोड़े हैं। मानते हैं लोग तो कोई कला है न जी। आदमी की कद्र नहीं है कद्र है, कला की। वरना यहाँ कौन पूछता है?" साथ के लोग भी उनकी बातों का आनन्द ले रहे थे।

गंगू मिस्त्री का आना-जाना लगा रहता। इस बीच आस-पड़ोस के मित्रों को भी उन्होंने प्रभावित कर लिया। मैंने एक दिन उन्हें छेड़ा, "गंगू जी, आपका तो भाई बहुत पहचान-रसूख बन गया है। सब चीन्ह रहे हैं आपको।"

"बाबूजी की बात", गंगू ने बात का मजा लेते हुए आगे कहा—"क्या है कि कला की न कद्र हो रही है साहेब। आप ही को देखिए, मैंने दो-एक बार तो आपको बड़े हाकिमों के हियाँ भी देखा है। आते-जाते। बल्कि झुण्ड में आप लोग गये थे एक बार, तो मैं वहाँ बुनाई कर रहा था। लगता है कि कुछ माँगने गये थे आप।" मैंने कहा—"गंगू जी, माँगना ही कहिए। सहयोग माँगने गये होंगे लेखकों के साथ। बिना रुपये के साहित्य का काम भी चलता कहाँ है भाई?"

"सो तो है। सबसे बड़ा रुपैया। लेकिन साहेब, बिना मतलब कउनो किसी को छदाम नहीं देता है। कुछ उन्हें देने पर ही कोई हमें देता है। यही नियम है। साहित्यकार क्या देता होगा भला। कभी-कभी तो पेपर वाला लोग भी पहुँचता है बँगलों में। हम सब देखते-बूझते हैं।"

मैं सहसा कुछ कह नहीं सका; मगर गंगू को भरमाने के लिए मैंने कह दिया, "भाई, हर जगह लेन-देन नहीं चलता। साहित्यकार तो बस सम्मान सहित सहयोग चाहता है। वह भला क्या देगा और क्यों देगा किसी हाकिम और मालदार आदमी को।"

"बाबूजी, बड़ी गलत बात आप कह रहे हैं। ऐसा हो नहीं सकता कि बिना लाभ के, बिना कारण के कोई द्रव्य दे देवे। कुछ तो बेचना ही पड़ता है। जैसे हम अपनी कला बेचते हैं कि नहीं। आप लोग भी कुछ कला तो बेचते ही होंगे। हा...हा...हा...।"

मुझे उसकी इस बार की हँसी थोड़ी खल गयी; मगर मैंने कहा कुछ नहीं। बस बात को समेटते हुए इतना ही कहा—"भाई, कला की कद्र है। लोग मान देते हैं। बड़े-बड़े तपाक से मिलते हैं। जैसे तुम्हें नहीं मिल रहा है सम्मान? ठीक वैसे ही समझो।"

गंगू मिस्त्री अभी कुछ और कहने जा ही रहे थे कि रवि भाई, बसन्त और अशोक के साथ सफेद मारुति में आ धमके।

गंगू ने कहा—"लीजिए, किसी बड़े आदमी की सवारी आ लगी।" मैंने स्वागत में उठते हुए कहा—"ये लोग साहित्य के नेता हैं गंगू जी। लिखने-पढ़ने वालों को चुटैया पकड़कर उठाते-बैठाते हैं।"

गंगू ने कहा—"हाँ बाबूजी, जब चमाचम कार में कोई चलेगा, तो चुटैया पकड़कर लोगों को उठाबे-बैठाबे करेगा।"

बकता-झाँकता वह विदा हुआ, तो मैं मित्रों से मुखातिब हो सका। कबीर कुटीर में बैठकर मित्रों ने एक भव्य जलसे का खाका ही खींच लिया। यह पहला जलसा तो था नहीं। लिखते-पढ़ते थोड़ी-सी पहचान हम सबकी बड़े अफ़सरों, नेताओं से हो गयी है, तो कुछ जलसा जम ही जाता है। लेखक मित्रों ने शाम को कबीर कुटीर में बैठक ले ली। तय हुआ कि पिछले जलसों की तरह यह इस बार भी चन्दा लेकर स्मारिका छपवाएंगे। जलवा रहेगा।

मुझे याद दिलाया गया कि बड़े-बड़ों से मेरे जो सम्बन्ध हैं, वे कितने स्थायी

और उपयोगी हैं। मेरी हालत धन संग्रह के मामले में "आधा घर भर, आधा में जगधर" जैसी रहती है। आयोजनों की शुरुआत सामूहिक संकल्प के साथ होती है; मगर अन्तिम तिथि आते न आते प्रायः मैं अकेला होकर गुनगुनाते लगता हूँ–

"निज भुज बल मैं बयरु बढ़ावा।
देहँव उतरु जो रिपु चढ़ि आवा।"

मुझे बड़ा गर्व होता है कि लिखने-पढ़ने वाले की भी कद्र है। जैसे गंगू मिस्त्री को गर्व होता है कि फन्दा बनाने की कला के कारण वे खूब आदर पाते हैं। ठीक उसी ढंग का हिसाब। योजना के अनुरूप मैं इस बार के जलसे के लिए भी विज्ञापन आदि बटोरने निकला। शुरुआत मैं वहीं से करना चाहता था। जहाँ से मान-सम्मान सहित राशि मिलती है। इस बीच दाता का कद खूब बढ़ गया था। वे कई पद सोपान पार कर ऊँचाई पर पहुँच चुके थे; लेकिन मुझे मुगलता था कि बड़े चाहे जितने हो जायें, लिखैया-पढ़ैया के कद्रदान तो हैं। फिर मुझ जैसों के तो और भी जबर्दस्त फैन हैं।

मैं पहुँचा। स्लिप देते ही पहले वे बुला लेते थे; लेकिन इस बार ऐसा नहीं हुआ। भीड़-भाड़ खूब थी। घण्टे भर बाद बुलौवा आया। वे फाइल पढ़ते हुए हाँ हूँ, बताइए कहते रहे। अन्ततः उन्होंने हाथ झाड़ते हुए कहा, "देखिए, समय ठीक नहीं है। इसलिए फिलहाल कुछ भी सम्भव नहीं है।" उनसे मुँह की खाकर मैं बाहर निकल आया।

रास्ते में सोचता रहा कि यहाँ भले ही दाल नहीं गली, मगर चलकर उस उद्योगपति का दरवाजा खटखटाया जाये, जिसने पिछले तीस वर्षों में एक औद्योगिक साम्राज्य ही खड़ा कर लिया है। वे संस्कृति और साहित्य के विशेष प्रेमी भी बनते हैं। मैं वहाँ पहुँचा, तो गाड़ियों की भीड़ और नेताओं का मेला ही लगा था। मैं स्लिप देने जा ही रहा था कि उद्योगपति एक पूर्व मन्त्री के साथ अपने चैम्बर से बाहर निकले। उन्होंने सामने मुझे देखकर जान लिया कि मैं कुछ माँगने ही आया हूँ। उन्होंने बिना पूछे ही कहा–"कल एक लेखक आये थे, पूर्व मन्त्रियों से सिफारिशी पत्र भी लाये थे। आप तो ऐसा करिए, उनके कार्यक्रम में ही जुड़ जाइए। देखिए, नया राज्य बन गया है। समय ठीक नहीं है। इस बार कुछ भी सम्भव नहीं है।"

मैं वहाँ से भी अपना-सा मुँह लेकर चला आया। संयोग ही था कि घर आकर बैठा भी न था कि गंगू मिस्त्री झोले में सामान लादे आ धमके। चकहने लगे–"बाबूजी, हम तो कहते हैं कि सामान लें या न लें, लेकिन आप जिस तरह मान देते हैं, वह कम है क्या? फिर भाई, एक-दो सामान लेकर मान रख भी सकते हैं। आपके लिए कौन कठिन काम है। भगवान ने क्या नहीं दिया है आपको?" कहते हुए गंगू मिस्त्री अपना सामान फैलाने लगे।

मैंने उन्हें टोकते हुए रूखे अन्दाज में कहा–"उठाइए अपना सामान। सब समय एक समान होता है क्या? फिलहाल कुछ भी सम्भव नहीं?" गंगू मिस्त्री का मुँह खुला

का खुला रह गया। वे सकपकाते हुए सामान समेटने लगे। उनके चेहरे पर आये भावों से अपमान की प्रतिक्रिया मैं साफ पढ़ पा रहा था।

सहसा मेरी छोटी बिटिया दो गिलास पानी लेकर वहाँ आ खड़ी हुई और मिस्त्री से आग्रह किया, "बाबा, पानी लीजिए।"

मिस्त्री ने उठकर जाते हुए रुखाई से कहा—"बचवा, पानी तो सब उतर गया एक ही झटके में। अब क्या पानी पियें। अरे, हम तो मेहनत से सिरजाई चीजों का दाम माँग रहे थे न। भिखारी की तरह दुत्कारने की कोनो जरूरत नहीं है। हम कोई लेखक-कबी नहीं हैं कि मार पड़े, तब भी तलुवा ही चाटते रहें।"

पकड़

सवेरा होते ही गाँव भर के लोग परेम बाई के बारे में बहुत कुछ जान गये।

गाँव वाले तो भला इतनी जल्दी क्या जानते मगर ललमुँहा ने हाथ में साजू झुलाते हुए जो एक फेरा लगाया तो हो गया हल्ला। एक मुँह से दूसरे मुँह होते हुए परेम के बारे में सही खबरें फैल गयीं।

ललमुँहा गाँव का नाई है। लाल मुँह वाले बन्दरों की तरह लाल बबूका होने के कारण रिश्ते की भाभियों ने उसे जो एक बार नाम दे दिया तो फिर वही नाम उसका असली नाम हो गया। अब तो शायद उसे भी याद नहीं कि कभी माँ-बाप ने उसका नाम सतरोहन रखा था।

अक्सर ललमुँहा को देखकर बच्चे दो पंक्तियों का यह गीत गा देते हैं—

"लाल मुँह के बेंदरा
तोला देबो चेंदरा।"

पंक्तियों में कोई विशेष अर्थ नहीं है मगर ललमुँहा बच्चों पर नकली गुस्से का दिखावा कुछ इस तरह करता है जैसे उन्हें मार ही डालेगा। मगर बच्चे भी जानते हैं कि ललमुँहा खखुवाकर केवल मारने का अभिनय करेगा और रास्ता नापेगा। रास्ता नापना इसलिए भी जरूरी होता है क्योंकि बड़े फजर उठकर ललमुँहा हाथ में साजू लेकर मालिकों के घरों में दस्तक देने लगता है, दाढ़ी बनाने के लिए। इधर खर्र-खर्र उस्तरे से दाढ़ी भी बनाता चलेगा, उधर "मालिक, सुनेहस बात ल..." कहते हुए पुड़िया भी छोड़ता चलेगा। सुनने वाला जानता है कि ललमुँहा यूँ ही कुछ तो भी हाँक देता है, मगर ललमुँहा का प्रस्तुतीकरण ही ऐसा होता है कि कोई चाहे जितना जी कड़ा कर ले उससे पूरी बात सुने बगैर मुक्त नहीं हो सकता।

ललमुँहा गाँव में केवल दाढ़ी ही नहीं बनाता, बाकायदा समाचार सेवा भी चलाता है। गाँव में जो भी अखबारी चरित्र के लोग हैं उन्हें ललमुँहा समाचार सेवा के द्वारा बाकायदा समाचार ट्रान्समिट कर दिये जाते हैं फिर वितरण में देर कितनी लगती है। अस्सी से कम ही छानही है इस गाँव में। नाम जरूर अगिनकछार है गाँव का, मगर यहाँ लोगों की तासीर आग की तरह नहीं, बल्कि पानी की तरह है। जिधर ढाल मिली, बहने लगे। गाँव की तासीर में जो ढलान है उसी का लाभ उठाता है तमेर दाऊ।

वह हर नयी चीज को पहले स्वयं के बाड़े में देखने की जिद करता है।

परेम बाई के मामले में भी उसकी जिद बरकरार रहेगी, यह ललमुँहा जानता था, इसीलिए उसने दाऊ के माथे पर ठोमहा भर तेल ठोंकते हुए पूछ लिया, आने वाली हे दाऊ नवा दुकानदारिन। (नयी दुकानदारिन आने वाली है दाऊ) दाऊ तो सब जानते थे। आँख मूँदे हाँ हूँ करते रहे। नाऊ तेल लगाता रहा। जब तेल लगाकर नाऊ जाने लगा तब तमेर दाऊ ने कहा, भेजना बे खोरबाहरा को कल।

'हव दाऊ' कहते हुए ललमुँहा को ऐसा लगा जैसे सरकारी फरमान मिल गया हो। ऐसा लगना स्वाभाविक भी था। अगिनकछार में तमेर दाऊ ही सरकार थे। उनका हुकुम सरकारी फरमान से बढ़कर ही था। ऐसे अवसरों पर ललमुँहा की हैसियत कभी कोर्ट के मचकुरी की तरह हो जाती है और तमेर दाऊ का विशेष आशीर्वाद मिल जाता तो थानेदार की भी हो जाती है। जैसे वर्दीधारी सरकारी सेवक मामले को तलाशते और फिर उसकी तफ्तीश करते हैं, बाकायदा मजे ले लेकर, उसी तरह ललमुँहा भी हुकुम बजाता है। एक ही मालिक है गाँव में–तमेर दाऊ। और संयोग ही है कि एक ही दुकानदार भी है गाँव में, खोरबाहराराम गोली वाला। चूँकि शुरू-शुरू में खोरबाहरा ने गाँव के प्राइमरी स्कूल में सिंघाड़ा छाप बड़ी-बड़ी गोलियों के विक्रय से अपनी दुकानदारी शुरू की इसलिए आज बाकायदा जमी-जमाई दुकान हो जाने के बावजूद उसका नाम गोली वाला है।

गोली वाला की दुकान में इन दस बरसों में धीरे-धीरे सभी तरह के सामान पठेरा, पठेरा से लकड़ी के खोखों में सजते गये। अब तो काँच की अलमारी भी दुकान में आ गयी है। पहला टेलीविजन भी गोली वाला ही लाता मगर गाँव में सत्तर एकड़ के जोतनदार तमेर दाऊ ने साफ कह दिया था कि रायपुर वाले घर से काला-सफेद टी.वी. वे ला रहे हैं। पहला एन्टीना उनके बाड़ा में लगना है। कोई अगर ज्यादा बुगबुगाएगा तो धूर्रा धर के जायेगा।

खोरबाहरा समझ गया कि उसे ही आगाह करने के लिए तमेर दाऊ ऐलान करवा रहे हैं। चार माह तक इसीलिए खोरबाहरा रुका रहा। जब रायपुर वाले घर में दाऊ ने रंगीन टी.वी. लगवा लिया तब वहाँ से वे ब्लैक एण्ड व्हाइट उठवाकर अगिनकछार में ले आये। उस दिन उनके आँगन में गाँव भर के लोग एकत्र हुए। सत्यनारायण की कथा भी रखी गयी। खोरबाहरा भी गया। कोतवाल से हाँका लगवा कर सबको दाऊ ने बुलवा लिया था।

चार माह बाद ही खोरबाहरा ने पूछ-सरेख कर अपनी दुकान पर टी.वी. लगवाया। टी.वी. लगने पर तमेर दाऊ खँखारते हुए दुकान में आये, उन्होंने बैठते हुए कहा–"खोरबाहरा टी.वी. ले आये अब बीवी भी ले आओ जल्दी।"

खोरबाहरा तमेर दाऊ की तुकबन्दी को यूँ ही मजाक समझ रहा था, मगर जब

उन्होंने दुबारा कहा तो वह सतर्क हो गया।

"कहीं दाऊ को पता तो नहीं चल गया कि मैं तुतारीघाट से परेमबाई को चूड़ी पहनाकर लाने वाला हूँ" मन में यह सोचता हुआ खोरबाहरा दाऊ के लिए चाय बनाने लगा। दाऊ जिसके यहाँ चाय पी ले, वह घर कृतार्थ हो जाता है। उसकी इज्जत चौगुनी हो जाती है जिसे तमेर दाऊ बीड़ी के लिए पूछ भर लें। गोली वाला तो दाऊ के द्वारा उसके घर की देहरी खूँद देने से ही धन्य हो जाता था।

तमेर दाऊ अगिनकछार में पचीसेक बरस से रह रहे हैं, मगर यहाँ के मूल बाशिन्दों पर धीरे-धीरे उसका कुछ इस तरह कब्जा हुआ कि लगता है वही इस गाँव के असल रहवैया है बाकी तो बसुन्दरा हैं, जो आ-आ कर इस गाँव में बसते गये।

बीस बरस की उमर में तमेर आज से पच्चीस बरस पहले बैलगाड़ी में बर्तन लादकर इलाके के गाँवों में बेचने के लिए आते थे। तब उनके साथ गाड़ी हाँकने वाले उनके नौकर रतीराम के सिवाय तीसरा कोई नहीं रहता था। तमेर अगिनकछार में महीनों दुकान लगाए रहते। अगिनकछार को वे केन्द्र के रूप में इस्तेमाल करते। आस-पास के बीसों गाँवों में घूमते, मगर आते अन्त में अगिनकछार। पहले पहल जब वे रतीराम के साथ गाँव आये तो बीच बस्ती में खड़े नीम की छाया के नीचे उन्होंने बैलों को बाँधकर वहीं अधरा में जेवन चुरोने लगे। रतीराम बर्तनों को उतारकर नीम के नीचे सजाने लगा। तभी सरजू तेली घर से निकले। उन्होंने तमेर को कहा, "परछी मा लगा लव जी खाली हे।"

(बरामदे में लगा लो दुकान, खाली है बरामदा)

तमेर ने तुरन्त कहा, "वाह अँधेरा माँगे दू आँखाँ तुँहर जय हो मंडल।"

और धीरे-धीरे सारा सामान सरजू तेली के शानदार बरामदे में जा सजा। फिर तो धीरे-धीरे सरजू और तमेर की वो छनी कि कुछ का कुछ हो गया। उस साल तमेर ने महीने भर कारोबार किया। चारोमुड़ा के गाँवों में उधार बर्तन बाँट दिया।

लोग फसल कटने के बाद कर्ज चुकाने का वादा कर औने-पौने बर्तन खरीद ले गये।

सरजू तेली आये-दिन कभी माली तो कभी थरकुलिया, कभी गिलास तो कभी कटोरी खरीदते रहे। एक दिन सरजू ने आग्रहपूर्वक रतीराम और तमेर को भोजन भी करवाया। उस दिन फूलकांस की बड़ी थरकुलिया भी केवल तमेर को जिमाने के लिए उसने खरीद ली। उसकी घर वाली यद्यपि सरजू को टोकती कि 'बाढ़ी मत लव दाहरा के भरोसा मा।' मगर सरजू को तो तमेर की दोस्ती का नशा चढ़ा था। उसने उस बरस न केवल बर्तन ही लिया, बल्कि तमेर से एक हजार नगर उधार भी ले लिया—जमीन खरीदने के लिए। नरवा के पास की जमीन बिक रही थी। अपने चक से लगी जमीन को खरीदने के लिए सरजू ने रुपया उधार ले लिया और कागज पर लिखा-पढ़ी भी हो गयी।

साल दर साल सरजू के बरामदे में तमेर की दुकान सजने लगी। तमेर गर्मियों

में दुकान लेकर आता और माघ में आकर वसूली कर ले जाता। शादी-ब्याह, मरिया-हरिया सब में धीरे-धीरे तमेर को न्यौता दिया जाने लगा, बल्कि होते-होते गाँव भर में जुबानी रिश्तेदारियों का जाल-सा बुन दिया तमेर ने—काकी, कका, ममा, फूफा सब उसने अगिनकछार में तलाश लिया।

तीन साल बाद पाँच एकड़ जमीन उसने नाले के करीब ली, फिर धीरे-धीरे कर्ज की एवज में लोगों से जमीनें उसे मिलने लगीं। सरजू ने स्वयं अपनी तीन एकड़ जमीन उसे दे दी। बरस दर बरस इस तरह का चमत्कार होता गया कि परछी से कुरिया, फिर कुरिया से माई घर पर काबिज होते हुए तमेर ने सरजू तेली का पूरा घर ही चपक लिया। सरजू अब भांठापारा में दो कुरिया बनाकर रहता है।

तमेर अब सत्तर एकड़ जमीन का मालिक है। दस सौंजिया और तीन बैला चरवाहा लगाते है। एक ट्रैक्टर उसने पिछले ही बरस लिया है। रायपुर में उसके पास बर्तनों की दुकान आज भी है मगर उसे उसके बाल-बच्चे चलाते हैं। रतीराम भी वहाँ का कारोबार सँभालता है। अकेले तमेर दाऊ अगिनकछार वाले बाड़ा में रहते हैं। वे गाँव के सरपंच हैं। पिछले चुनाव में इस क्षेत्र से विधायक के लिए प्रत्याशी भी रहे। पहली बार एक दल से, दूसरी बार दूसरे दल से। इलाके भर में उनकी ही चलती है। तमेरिन-गौटनिन कभी-कभार छठे छमासे गाँव आती है। रायपुर की दुकान के पीछे ही लम्बा-चौड़ा मकान भी है। सुनते हैं अब तमेरिन रायपुर में रहना पसन्द नहीं करती। उसे रतीराम से जो खबरें मिलती हैं उससे उसकी बेचैनी बढ़ जाती है।

दुकानदारिन की खबर इसी तरह की बेचैन करने वाले खबरों में से एक है। पैंतालीस बरस के तमेर को और कोई भले न जाने, तमेरिन खूब जानती है, बल्कि पिछली बार जब वह अगिनकछार आयी थी तो तमेर दाऊ को उसने खूब लताड़ा था। ललमुँहा नाई ने सपटकर सब सुन लिया था। तमेरिन ने साफ कह दिया, "मुझे बुढ़ाने के लिए रायपुर में बिठा दिये और यहाँ रास रचाते हो।"

तमेर ने समझाते हुए कहा था, रास न रचाऊँ तो दिल कैसे जीतूँगा। सकल नाटक तो तुम लोगों के लिए करता हूँ। ददा, दाई, कका, काकी का सब जो फाँदा बनाकर फेंक रखा है, वह क्या सचमुच का है? यहाँ लोग भाउक हैं, निपट मूरख। प्रेम के नाटक में ही धन बढ़ता है। पहले मन को चुराया है मैंने, तब धन पर कब्जा किया है। बीच में यह जो तन आ जाते है उसके लिए तो तुमको समझदारी से काम लेना ही पड़ेगा। हफ्ते-हफ्ते आता तो हूँ रायपुर, मरी क्यों जाती हो।

बस इससे आगे ललमुँहा से कुछ सुना न गया क्योंकि जैसा ललमुँहा बताता है उसके अनुसार खाट पर भदाक से तमेरिन के लेटने और खटिया के कड़कड़ाने की आवाज के साथ तमेर की लगातार हुंकारने की आवाज ही सुनाई पड़ती थी। ललमुँहा कहता भी है—"अरे तमेर दाऊ के खेल पाँच के आगे किसन कन्हैया फेल

हे जी।" लपरहा ललमुँहा का दावा सौ प्रतिशत ठीक है, यह सुनने वाले भी जानते हैं।

पैंतालीस बरस के तमेर दाऊ के गठे हुए शरीर को देखकर ही लगता है कि बर्तन बेचने के अतिरिक्त काफी दिनों तक उन्होंने शरीर बनाने का अच्छा अभ्यास किया है। बीच गुंड़ी में जब तमेर दाऊ आ बिराजते हैं तो कभी-कभार किस्सों के माध्यम से पहलवानी की बातें भी खुलती हैं। वे बताते हैं कि "यहाँ तुम लोग मुझे तमेर दाऊ के नाम से जानते हो और रायपुर के लोग बुटरा पहलवान के नाम से। ऊँचाई के कारण ही तो मैं मार खा गया। अगर नाटा न होता तो पहलवानी में छत्तीसगढ़ का नाम विदेशों में पहुँचा देता। मगर भाई कद-काठी तो भगवान तय करता है। हाँ, ताकत खूब है बदन में। है कोई यहाँ जवान जो आज भी मेरी कलाई पकड़ ले। है कोई माई का लाल...।" बस यहीं गाँव वालों का सिर झुक जाता है। कुछ तो दाऊ का कसरती बदन और कुछ माड़ी भर धन। सभी अलामात तो है। चटकन में नहीं तो मुटका में सही, "कुटेला से न जमे तो मोदगर जमा दो" दाऊ का यही तरीका है। इसलिए उनकी कलाई कोई पकड़ता ही नहीं।

दाऊ वसन्त पंचमी के दिन गाँव में रइपुरिया अखाड़ची लोगों को बुलाकर अपनी ताकत दिखाते हैं। छुरा-चाकू, पट्टा-मुगदर सब से दाऊ के कारण ही गाँव वाले परिचित हो सके।

सब अखाड़ची जब करतब दिखाकर सुस्त हो जाते हैं तब शुरू होता है तमेर दाऊ का दाँव। तरह-तरह के दाँवों को तमेर दाऊ पेश करते हैं। एक तरफ गाँव की औरतें खड़ी होकर लँगोट कसे तमेर दाऊ के नंगे शरीर के गठन को देखती हैं और दूसरी ओर गाँव के लज्जित जवान सर झुकाए देखते हैं।

पाँच बरस पहले एक नौजवान ने नागपंचमी के दिन ललकार सुन कर तमेर दाऊ की कलाई को पकड़ ही लिया था। तमेर दाऊ ने लाख कोशिश की, मगर कलाई नहीं छूटी तभी रइपुरिया लठैत ने लाठी चलाने का अभिनय करते हुए एक लाठी नौजवान के सिर में फचाक से धर दी। तमेर दाऊ की कलाई तो छूट ही गयी पर नौजवान का इस लोक से सम्बन्ध भी छूट गया। तब से तमेर दाऊ की ललकार गूँजती रहती है कि है कोई माई का लाल, जो आज भी मेरी कलाई पकड़ ले। मगर कोई पकड़ नहीं पाता।

"और सब तो सहा जाता है जी बस दाऊ का यही नाटक नहीं सहा जाता।" खोरबाहरा ने इस बार तनिक ऊँची आवाज में कह दिया था। दाऊ तक यह खबर यूँ तो देर से पहुँची मगर हो गयी पेशी खोरबाहरा की।

दाऊ ने पहुँचते ही खोरबाहरा को कहा, "क्यों रे खोरबाहरा, कमाना-खाना अच्छा नहीं लग रहा है क्या?"

खोरबाहरा भी चुप न रह सका, बोला,–"दाऊ क्या बात है खोलकर कहिए।'

'खोलकर कहूँगा नहीं, खोलकर रख दूँगा तुम्हारी सारी दुकानदारी। हमारे खिलाफ बोलता है। हमारी ताकत को नाटक कहता है नानजात।"

"नहीं दाऊ ताकत को नहीं, नाटक को नाटक कहता हूँ।"

"क्या नाटक हुआ रे?"

"आप पैंतालीस बरस के हैं। गाँव में बीस-बीस बरस के जवानों को ललकारते हैं। कभी किसी ने कलाई पकड़ ली तो मालिक आपकी इज्जत हमारी इज्जत है इसलिए मैंने कह दिया। कोई गलत बात तो नहीं है ऐसा सोचना।"

सुनकर सारा गुस्सा दाऊ का एक पल में ठण्डा हो गया। तमेर दाऊ ने लम्बी-लम्बी साँस खींचते हुए कहा, "बैठो चटाई में।" तुरन्त उन्होंने नौकर को आदेश दिया, "लान रे चाह खोरबाहरा बर।" उसके बाद तमेर दाऊ कुछ कह नहीं सके। उन्हें पहली बार लगा कि उम्र के आगे वे पराजित से हो रहे हैं। बात को बदलते हुए उन्होंने कहा, "ताकत का रिश्ता उम्र से नहीं है खोरबाहरा।"

"ठीक है दाऊ मगर खून भी तो धीरे-धीरे ठण्डा हो जाता है। अब आप बस ऐसा मत कहा करें। जवानी को ललकारिए मत, पुचकारिए। काम तभी बनेगा।"

"तुम तो बड़े सयाने हो खोरबाहरा।"

"नहीं दाऊ, सयाने तो आप हैं। हम तो बस पीठ पर लाठी खाते-खाते सीखे हैं।"

अब तमेर दाऊ फिर सतर्क हो गये। छुटपन में खोरबाहरा जब उनके यहाँ गाय, भैंस चराता था तो तमेर दाऊ के रायपुर वाले लड़के खेल-खेल में कई बार खोरबाहरा को पीटते थे। यह दाऊ भी जानते हैं। एक बार जबर्दस्ती खोरबाहरा के गाल में कबड्डी-कबड्डी कहते हुए तमेर दाऊ के बड़े लड़के ने दो चाँटा जड़ दिया था।

तमेर दाऊ ने लड़के को तब डाँटा तक नहीं था। केवल हो-हो कर हँसते रहे थे।

खोरबाहरा उस दिन अपनी माँ के पास खूब रोया था। अब तो आँसू पोंछने वाली माँ भी नहीं थी। साल भर में ही बीबी भी छोड़कर चली गयी। मुरहा पोटरा खोरबाहरा को भी ईश्वर ने शरीर भीमसेन जैसा दिया है। बोरा भर चावल को यूँ ही उठाकर खोरबाहरा पठौंहा तक जा चढ़ता है। खूब खाने और दण्ड-बैठक मारने का शौक भी खोरबाहरा को दाऊ के यहाँ चरवाही करते हुए लगा। माँ जब तक रही, खोरबाहरा दाऊ के यहाँ चाकरी करता रहा। माँ के गुजरते ही उसने प्राइमरी स्कूल के सामने गोली और फुग्गा बेचना प्रारम्भ कर दिया। धीरे-धीरे बाजारों में भी घूमने लगा और आज गाँव में उसके पास पाँच एकड़ जमीन तथा एक कच्चा मगर बड़ा-सा मकान भी है।

केवल एक कमी थी पका देने वाली की। पत्नी के गुजर जाने के बाद वह तलाश में भी था कि कोई ढंग की संगिनी मिल जाये तो चूड़ी पहना लूँ।

देर जरूर हुई मगर जब तुतारीघाट की परेमबाई ने मुस्कराकर उसे हाँ कर दिया तो जीवन भर की उसकी कमी एक पल में पूरी हो गयी।

अगिनकछार के खोरबाहराराम जी दुकानदारी करने यूँ तो चार-पाँच बरस से तुतारीघाट जा रहे थे मगर महीने भर से उनके बारे में एक विशेष खबर भी इधर उड़ने लगी थी। सम्मारी बाजार है तुतारीघाट का। प्रति सोमवार लगता है। खोरबाहरा पहले दस बजे जाकर सोमवार रात तक अपनी बैलगाड़ी में सामान लादे लौट आता था किन्तु कुछ महीनों से रात वहीं रुक जाने लगा था। गाँव में कोई बात छुपती कहाँ है। और जहाँ ललमुँहा नाई जैसा जासूस हो वहाँ भला कोई बात कहाँ तक छिप सकती है।

लोगों को उम्मीद थी कि खोरबाहरा तुतारीघाट की दुकानदारिन को दो माह बाद चूड़ी पहनाकर लायेगा, मगर जल्दी खोरबाहरा को भी थी। अपनी दुकानदारी देखे कि राँधे तिपोए।

इधर परेमबाई तुतरहिन (तुतारीघाट की दुकानदारिन) भी बेताब थी। दो बरस से वह मायके में समय काट रही थी। आखिर कब तक भैया ददा के कोरा में बैठी रह सकती थी। तुतारीघाट तो उसका मायका है। दो बरस पहले जोगनी गाँव के मुकुन्द से उसकी शादी हुई थी। मुकुन्द की उमर भी तब अठारह बरस की थी और परेम की भी।

परेम को भगवान ने जाँगर दिया था भरपूर। इलाके भर में उसके साँवले रंग के बावजूद मजबूत कद-काठी के कारण परेम की चर्चा पन्द्रह-सोलह बरस में ही होने लगी थी। परेम कोई फिल्मस्टार नहीं थी तो क्या तुतारीघाट में पसरा (दुकान) लगाने वाली तेज-तर्रार युवती तो थी। दसों गाँव के लोग बाजार आते और दिन-दिन जवान हो रही परेम के भरते बदन को देखकर अपने-अपने गाँवों तक चरबत्ता के दौरान बात ले ही आते। खबर तो तमेर दाऊ को भी थी। खोरबाहरा तो खैर परेम की जाति का विधुर था ही। उमर खोरबाहरा की कोई खास नहीं थी, मगर एक बरस के भीतर ही उसकी पत्नी गाज गिरने से जो गुजरी तो जवान खोरबाहरा विधुरों में शुमार होकर रह गया। उसकी दुकान परेम की पसरा के पास ही लगती थी। मुहाचाही के लिए दो बात वह कर भी लेता मगर हिम्मत जुटा नहीं पाता। कहाँ कुँवारी परेम कहाँ विधुर खोरबाहरा। यूँ ही दिन बीत रहे थे कि एक दिन खोरबाहरा को खुद परेम ने ही बताया कि उसकी शादी जोगनी गाँव के मुकुन्द के साथ हो रही है। तब तक परेम ने मुकुन्द को देखा भी नहीं था। देखने का तो खैर सवाल ही नहीं था। उसकी सौतेली माँ और सौतेले भाई ने उसके लिए वर खोज दिया, यह काफी था। परेम गुस्से में आती तो पास में दुकान लगाये खोरबाहरा को कहती भी—"अरे मोर दाई, भाई सग्गा रितिन ते मैं पसरा नई लगातेंव (अरे सगी माँ और सगा भाई होता तो मैं बाजार-बाजार दुकान नहीं लगाती।)"

तुतारीघाट ही क्या अगिनकछार, जोगनी, अर्दरा, लिमऊ और पाताल गाँव के लोग जानते हैं कि परेम दस बरस की उमर से चना-मुर्रा सर पर लादकर गाँव-गाँव बेचती है तब कहीं उसे एक मुठा खाने को मिलता है। खैर बचपन जस-तस बीता,

जवानी ससुराल में ठीक से बीत जाये यही परेम सोचा करती।

खोरबाहरा से यूँ तो परेम का कोई खास सम्बन्ध नहीं था। मगर पास-पास पसरा होने के कारण दोनों में लेन-देन भी चल जाता। कभी छटाकी बाट माँग लिया तो कभी अठन्नी-चवन्नी। चना लेकर किसी ने रुपया दिया तो चिल्लर खोरबाहरा दे देता और खोरबाहरा पानी पेशाब के लिए दुकान छोड़ देता तो परेम नाप-जोख कर सामान बेच देती। खोरबाहरा ने यही याद करते हुए कहा—तोर सुरता आ ही टूरी (तुम्हारी याद आयेगी।)

परेम ने कहा—मंहू नई भुलावंव (मैं भी नहीं भूलूँगी)

तब तक ग्राहक आ गये और बात बन्द हो गयी। शाम को दुकान समेटते हुए खोरबाहरा ने कहा—"बने-बने रिबे अउ राज करबे ससुराल में। धन्य हे तोर आदमी जेला तैं मिलेस।"

परेम लाजवाब हो गयी। दिल से किसी ने पहली बार उसके लिए अच्छा सोचा था। उसकी आँखें इस आशीष से भर आयीं।

अगले सप्ताह खोरबाहरा की बगल वाली गुमटी खाली हो गयी। शादी हो गयी परेम की। ससुराल में दो ही परानी थे। उसका पति और उसकी सास। पहली रात को परेम जब बर्तन-भाण्डा समेटकर सोने जा रही थी तो सास ने घण्टा भर पाँव दबवाया। पाँव दबवाते हुए तरह-तरह से डोकरी ने धमकाना शुरू कर दिया कि मुहरी-पोटरी (जिसकी माँ बचपन में ही मर गयी हो) जान कर बहू बनाया है। सँभलकर, सहकर रहना आदि-आदि। परेम को बड़ा अजीब लगा। इसमें सँभलने और सहने की क्या बात आ गयी। पहली रात में ही यह नसीहत।

बचपन तो बीता ही है सहते-सँभलते। अब पतिगृह में भी सहना ही है? परेम ने घण्टा भर बाद सास की कुरिया का दीया बुझाकर अपने कमरे का दरवाजा खोला। वहाँ घुप्प अँधेरा था। टटोलकर खाट की पाटी को पाया। देखा तो खाट पर मुकुन्द बेसुध सोया था। एक किनारे में परेम भी सो गयी। रात भर छटपट-छटपट करती जरूर रही मगर सोचा कि हो सकता है थकने के कारण मुकुन्द इस तरह सो रहा है।

दूसरी रात भी मुकुन्द उसी तरह पड़ा रहा। मुरदे की तरह। सुबह उठकर परेम काम-बूता में लग तो जाती मगर रात का खयाल करके उसे सास की बात डराने लगती कि सहना-सँभलना है।

'सह रे जीव, तिरिया जनम ताय' कहते हुए परेम दिन काटने लगी। न मुकुन्द पन्द्रह दिनों में कभी रात को जागा, न परेम को नींद ही आयी। धीरे-धीरे परेम को गाँव की महिलाओं से पता चल गया कि मुकुन्द किसी काम का नहीं, कामचोर भी है। माँ कमाती है और वह घूम-घूम कर खाता है। न शरीर में जोर है न माथे में।

अब परेम को सास की नसीहत का अर्थ समझ में आया। सह तो रही थी परेम

मगर उसकी सास को भनक भी लग रही थी कि गाँव की महिलाओं से उसका मेल-जोल बढ़ रहा है। मुकुन्द ने भी एक दिन माँ को परेम के बारे में कहा कि खाट भर तो परेम ही पसर जाती है, उसे पाटी पर चिपटकर सोना पड़ता है। परेम सब देख-सुन रही थी। न मुकुन्द हिलता, न डुलता। उसे देखकर काँपने लगता। एक रात परेम ने उसे काबा भर पोटार (बाँहों में भर लिया) लिया तो वह ऐसा चिल्लाने लगा कि जैसे उसका दम ही छूट जायेगा।

रात को जब भी परेम कोई बात शुरू करती, मुकुन्द कह देता, "नींद लागत हे, सुतन दे।"

परेम चुप हो जाती।

सोते हुए अगर जरा भी परेम के शरीर का दबाव मुकुन्द पर पड़ता तो वह, 'किसाब लागत है' (पेशाब लग रही है) कहते हुए उठ जाता और लौटता तीन घण्टे बाद।

किसी-किसी रात तो लौटकर ही न आता।

परेम ने भी भीतर ही भीतर संकल्प ले लिया और जान लिया कि इस घर में वह शायद ही रह पाये, मगर वह नहीं जानती थी कि ससुराल से उसे इतनी जल्दी विदा लेनी पड़ेगी। वह दिन ब दिन सोचती जरूर कि रात बैरी, दिन दुश्मन अब रहना बेकार है। उधर मुकुन्द भी अपनी माँ को आये दिन नींद हराम होने की बातें बता ही रहा था। रोता था माँ की आँचल में मुँह छिपाकर। मुकुन्द की परेशानी माँ से देखी न गयी। वह एक दिन बघनिन बन ही गयी। लगी गाली देने, "मास गरू हे तोर, कमावस नहीं।" (तुम्हारी देह ही भारी है, काम कुछ नहीं।)

परेम ने पलटकर जवाब दे दिया–"तोर बेटा के मुँह में जबान हे न शरीर में जाँगर का कमावंव।"(तुम्हारे बेटे के मुँह में जुबान है न बदन में जाँगर क्या कमाऊँ)

उसका इतना कहना था कि सास ने उसका झोंटा ही पकड़ लिया। परेम तो जैसे आगबबूला ही हो गयी। उसने सास को गाली देते हुए पच्च से वहीं थूक दिया।

अब तो मुकुन्द भी हिम्मत कर आगे बढ़ा।

परेम ने उसे डाँटते हुए कहा, "मेहला, उही मेर राह नहीं ते थपड़िया दूहूँ।"

मुकुन्द सिटपिटाकर रह गया मगर सास दहाड़ने लगी। देने लगी गाली और पास में पड़ी लाठी को भी उसने उठा लिया।

अब परेम के लिए कुछ भी शेष नहीं रह गया था। उसने अपने ताकतवर हाथों से एक हल्का-सा धक्का सास को दिया।

डोकरी तीन उलाँडबाटी खाकर परछी में, "हाय दाई ओ मार डरिस," कहते हुए धम्म से जा गिरी।

बस, फिर परेम उस घर में नहीं रही। मायके में आकर उसने अपनी मौसी माँ से साफ कह दिया कि का ये मेहला संग मरे से बने है मइके में बुढ़ाहूँ।

(इस बेकार के मरद के साथ मरने से बेहतर है मायके में बुढ़ाना)

उसकी मौसी माँ और भाई ने इस निर्णय को पसन्द नहीं किया। उसे साफ सुना दिया कि एक कमरा लेकर वह अलग रहे। और भी बहनें हैं उन्हें भी ब्याहना है।

परेम अलग रहकर पसरा लगाती हुई शान से जीवन बिता रही थी। न उधो का लेना, न माधो का देना।

सोमवार को तुतारीघाट में पसरा लगाती और दीगर दिनों चना-मुर्रा बेचने गाँव-गाँव निकल जाती।

आने को तो कई लोग आये, चूड़ी पहनाने, मगर परेम ने साफ इनकार कर दिया। मगर होनी को कौन टाले।

दो बरस से अगिनकछार का खोरबाहरा तप करता रहा। भीतर ही भीतर हसरत पालते हुए उसकी बगल में दुकान लगाता-बढ़ाता रहा मगर हिम्मत न कर सका। अन्ततः परेम ने उसके दिल की हालत को जान कर एक दिन कहा—"भात रंधइया कोन हे तोर घर?"

"कोनो नहीं।"

"लान ले।"

"कोन ल।"

"जोन पसन्द है तेला?" कहते हुए परेम ने होठ के कोरों से मुस्करा कर बाकी भी स्पष्ट कर दिया। और खोरबाहरा का सूना जीवन हरिया गया।

तुतारीघाट और अगिनकछार के बीच एक नाला है, कोल्हान नाला। अब तो नाले में केवल रेत ही रेत है मगर दस बरस पहले इसमें काफी पानी रहता था। अगिनकछार से तुतारीघाट जाने वाले यात्री इस नाले से गुजरते हुए डरते थे। जंगली सुअरों के कारण, जिसे इस इलाके में बरहा कहते हैं। बरहा यानी दाँतों वाला ताकतवर सुअर। अगिनकछार के लोग तमेर दाऊ को भी दबे-छुपे बरहा दाऊ भी कहते हैं। इस तुलना के पीछे तमेर दाऊ की आदतें और हिंसक वृत्ति ही है। जो भी सामने दिखा उसी के चीरने के लिए पगलाकर दौड़ पड़ना तमेर दाऊ की भी आदत है। ठीक बरहा की तरह। खोरबाहरा को एक बार बरहा का सामना करना पड़ा था। शाम ढले वह तुतारीघाट से दुकान बढ़ाकर अगिनकछार की ओर लकर-धकर आ रहा था कि नरवा वाली झबड़ी के पास गुर्राते हुए उसने बरहा को देखा। अभी वह सँभल भी पाता कि बरहा उसकी ओर तेजी से बढ़ा। खोरबाहरा जानता था कि बरहा अपने शत्रु की ओर सीधे से दौड़ता है, दाएँ-बाएँ यें नहीं देखता। और कोई व्यक्ति तेजी से बढ़ते आक्रमक बरहा को दायें-बायें हटकर चकमा दे सके और हिम्मत न हारे तो बरहा थककर सटक लेता है। हुआ भी ऐसा ही उस दिन, खोरबाहरा साफ बच निकला।

रास्ते भर खोरबाहरा ने सोचा कि तमेर दाऊ भी तो बरहा हैं। बेकार में उसके

सामने डटे रहकर जान गँवाते हैं लोग। पिछली बार जब अखाड़े के करतब के दौरान नौजवान ने उनकी कलाई पकड़ ली थी तो आखिर बरहा दाऊ ने उसका कामतमाम कर ही दिया था। इसीलिए खोरबाहरा कूट बुद्धि से काम लेता है। सीधे भिड़ने का समय हो तो भिड़े भी कोई। अगिनकछार में फिलहाल सीधे भिड़ने का वातावरण नहीं है, यह वह जानता है। तमेर दाऊ विगत पचीस बरसों में कुछ इस तरह बली हुए थे कि जंगली बरहा की परम्परा उन्हीं के कारनामों के कारण इलाके में और मजबूत हो गयी थी। नरवा और झबड़ी के नष्ट होते जाने से बरहा समाप्त हो गये। आज अगिनकछार और तुतारीघाट के क्षेत्र में दूर-दूर तक बरहा की छाया भी नहीं है। अब वैसे घने जंगल-झबड़ी ही नहीं रहे तो बेचारे सुअर बरहा ही कहाँ रहेंगे। उनका आसरा ही खतम हो गया। इधर जंगल-झाड़ी का सफाया होता गया, उधर तमेर दाऊ का कारोबार बढ़ता गया।

अगिनकछार को उन्होंने इसीलिए चुना भी था। रायपुर में बरतनों की पुरानी दुकान तो अब पुश्तैनी घर के सामने चलने वाली नाम की दुकान है। असल धन्धा आरा मशीन का है। बबूल, रिंया, सिरसा, खमहार, कउहा औ सरई के पेड़ों का जो घना जंगल था, अगिनकछार के चारों ओर उसे तमेर दाऊ ने ही तो साफ करवाया है। अब तो इस क्षेत्र में चिरई-चिरगुन भी कम हो गये हैं। वे अगिनकछार को अपना गाँव जरूर कहते हैं मगर सारा कारोबार उनका रायपुर में है। तमेर दाऊ के साथ यह विशेष सुविधा है। जब गाँव में सरपंची का दावा करते हैं तो अगिनकछरिहा हो जाते हैं और जब आरा मिल या दूसरे बड़े कामों के लिए लाइसेंस आदि का जुगाड़ जमाते हैं तो शुद्ध रइपुरिया हो जाते हैं।

गाँव वालों के सामने ही कई बार बड़ी बेशर्मी से अपने शहरी मेहमानों से कहते हैं' " अरे भइया, कहाँ इस रद्दी गाँव में रहना पड़ता है बिजनेस के कारण। मैं तो रायपुर को ही मानता हूँ रहने की जगह। वहीं तो नाल गड़ी है जी अपनी। अगिनकछार तो कैम्प है बस। तमेर दाऊ को बात बदलते देर नहीं लगती। जब गाँव के खासमखास बनते हैं तो उसी अन्दाज में कहते हैं, "मैं तो भइया अगिनकछार में पैदा जरूर नहीं हुआ, मगर मरूँगा यहीं। मंडल बगैचा में मैंने अपनी समाधि के लिये जगह भी चुन ली है। रायपुर को तो भूल ही जाना अच्छा है। वह भी कोई रहने लायक शहर है जी। अगिनकछार तो स्वर्ग है। यहीं रहेंगे, यहीं मरेंगे। रहें रायपुर में बड़े-बड़े भैया लोग। करें राजनीति और फतह करें दिल्ली-भोपाल। अपने लिए तो अगिनकछार ही दिल्ली और भोपाल है।"

तमेर दाऊ की माया को बड़े-बड़े लोग नहीं समझ पाते, भला अगिनकछार वालों की क्या बिसात। वे तो केवल पाँव पूजते हैं और जान की खैर मनाते हैं।

खोरबाहरा दुकानदार भी गाँव वालों की तरह दाऊ से पाँच हाथ दूर रहना चाहता

है। मगर तमेर दाऊ उससे दूर नहीं रहना चाहते, खासकर तब से तो और भी नहीं जब से दुकानदारिन चूड़ी पहनकर अगिनकछार आयी है। अब तो खोरबाहरा दुकानदारिन को पसरा लगाने के लिए भी मना कर चुका है। शुरू-शुरू में परेम साथ में गयी मगर खोरबाहरा ने कहा, "मैं ही काफी हूँ, तू घर सँभाल।"

परेम को तो जैसे स्वर्ग ही मिल गया। गाँव की रिश्ते की जिठानियाँ चुहल करते हुए कहतीं भी कि खोरबाहरा से कहकर खटिया बनवाओ लोहे की, लकड़ी से काम नहीं बनेगा। परेम भी इस उक्ति का आनन्द लेती है। वह जानती है कि इशारा उसके और उसके मालिक के भारी-भरकम शरीर की ओर है। लोग देखते तो देखते ही रह जाते जोड़ी को।

"ये दे हा जोड़ी ये, देखत आँखी जुड़ाथे।" चूड़ी पहनकर आने पर जब परेम ने रिश्ते की बूढ़ी सास को प्रणाम किया तो उसे यही प्रशंसा मिली। बात थी भी सही। खोरबाहरा जैसा जवान अगर अतराव में नहीं था तो इलाके में परेम जैसी जबर्दस्त औरत भी नहीं थी, केवल शरीर से ही नहीं, हिम्मत से भी। अभी उसे आये माह भर भी नहीं हुए थे कि एक घटना घट गयी। शाम का समय था खोरबाहरा दुकान लेकर गया था। तुतारीघाट सोमवार के दिन। टहलते हुए आ गये तमेर दाऊ। पहले तो खूब खँखारते रहे फिर भी जब परेम नहीं निकली तो लालमुँहा से कहलवाया कि बड़े दाऊ आये हैं निकलकर पाँव पड़ लो।

परेम ने कह दिया कि जब घर मालिक आ जाये तभी दाऊ को आना चाहिए। अकेली औरत से मिलने की क्या तुक। सुनकर तमेर दाऊ आगबबूला हो गये। उन्हें सपने में भी उम्मीद नहीं थी कि उनका ऐसा अपमान कोई अगिनकछार में भी कर सकता है। वे फुँफकारते हुए अपने बाड़ा की ओर चले गये। मगर एक काँटा कलेजे में फँस गया। इस बीच तमेरिन भी रायपुर से आयी, एक हफ्ते रही और चली गयी मगर दाऊ ने रायपुर की तरफ मुँह नहीं किया। उन्हें तो बस परेम को पाठ पढ़ाने की चिन्ता रहती।

खोरबाहरा ने सुना तो उसका भी खून खौल उठा, मगर ठण्डे दिमाग से सोचने पर खोरबाहरा को लगा कि मुरदों की बस्ती है अगिनकछार। यहाँ लोग अपनी इज्जत भले बेच दें किसी दरिन्दे का मिल-जुलकर सामना कभी नहीं करते।

सँभलकर रहने का संकल्प लेकर वे दोनों चुप रह गये, मगर सँभलो चाहे जितना भी, रहना तो जमीन में ही है और वह भी अगिनकछार जैसे गाँव की जमीन पर।

ताक में तो था ही तमेर दाऊ। भादों का महीना था। तमेर दाऊ खेतों की ओर चल निकले। अपने खेतों में होते हुए उन्होंने देखा कि खोरबाहरा के खेत में कोई अकेली महिला निदाई कर रही है ददरिया गाते हुए—

"बाँधे ले बोझा गिरे ला कन्सी।
भगवान के मन्दिर मा बाजथे बंशी..."

अभी वह गा ही रही थी कि तमेर दाऊ दम्म से मेंड़ पर खड़े हो गये जाकर। परेम ने देखा। शाम का समय, सोमवार का दिन। आस-पास के खेतों से सब कमैया-कमैलिन जा चुके थे। खोरबाहरा दिन ढले आता था इसलिए वह एक हरिया औरं नींद लेना चाहती थी, मगर हो गया अनर्थ। दाऊ कुसमय देखकर बाघ बनने चला आया था। वह खेत के पानी से हाथ-पाँव धोकर अपने घर की ओर चलने लगी कि दाऊ झपाटे के साथ आगे बढ़ आया। दाऊ ने कहा, "बस आज परेम हम से कर लो तो भगवान के मन्दिर में बंशी बजेगी वरना सब सूना हो जायेगा।"

परेम ने डाँटते हुए कहा, "इज्जत चाहत हस ते हट जा दाऊ।"

दाऊ ने कहा, "तुम्हारी आज इज्जत ही तो हम चाहते हैं, हटेंगे क्यों।" कहते हुए दाऊ ने बढ़कर उसकी बाँह को थाम लिया।

परेम को तो जैसे किसी ने करेंट छुवा दिया हो। उसे तीजन बाई से सुनी पंडवानी का वो प्रसंग याद हो आया जब दुस्सासन ने आगे बढ़कर द्रौपदी को पकड़ लिया था और द्रौपदी विवश होकर रोने लगी थी। इस कथा को सुनते हुए कई बार पास में बैठी औरतों को परेम ने रोष में कहा भी था कि राहपट देतिस रोगहा ला...।

उसकी इस बात पर पास की औरतें खूब हँसतीं।

आज अपनी बार-बार दुहराई जाने वाली उक्ति पर अमल करने का मौका आ गया था। वह कुछ सोच पाती कि दाऊ ने उसे बाँहों में भर लिया। अब परेम के लिए कोई भी रास्ता बचा नहीं था। उसने पूरी ताकत से दाऊ को पीछे धकेल दिया। दाऊ लड़खड़ाकर गिर तो गया मगर फिर झपटकर आगे बढ़ आया। परेम ने आव देखा न ताव, एक भरपूर झापड़ दाऊ के गाल पर रसीद कर दिया। दाऊ हक्का-बक्का रह गया। परेम यह कहते हुए घर की ओर बढ़ गयी—"जा दाऊ अपनी इज्जत बचा ले। अँधियार हे घर जा।"

दाऊ से कुछ करते नहीं बना। रात को जब खोरबाहरा आया तो पूरी बात सुनकर उसने कहा, "धन्न हे मोर भाग, कलेजा ठण्डा कर देस परेम। देबी अस तेहां हमर गाँव के। जय हो तोर।"

परेम की आँखों में खुशी के आँसू छलक आये। परेम को लगा कि स्त्री के लिए वहीं स्वर्ग है जहाँ आदर करने वाला पति उसको पल-पल प्यार और संरक्षण देता है।

खोरबाहरा ने आगे यह भी कहा कि दाऊ का सूरज शायद अब डूबने वाला है। दुस्साहसी और विचारहीन लोग अपने ही कर्मों के कारण समाप्त होते हैं। देर-सबेर गिरते हैं तो उनका विनाश ही होता है फिर उठने का अवसर नहीं मिल पाता। यह बात अपने अनुभवों से खोरबाहरा भी जानता था और बचपन से दुखों में पली परेम भी।

गाँव में केवल वही बात चर्चित थी कि परेम ने घर आये दाऊ को दुत्कार दिया।

किसी को कानोंकान खबर तक नहीं हुई कि दाऊ के गालों पर परेम ने अपने

हाथ का नक्शा भी बनाकर दिखा दिया।

दाऊ दूसरी सुबह रायपुर जाने का बहाना कर माह भर के लिए कहीं चले गये। बीच-बीच में आते भी मगर वो रौनक न रही, न वो जलाल रहा। नागपंचमी के बदले उन्होंने ठीक दशहरे के दिन एक विशेष अखाड़े का प्रबन्ध किया। भनक लग गयी थी खोरबाहरा को भी। कल्याण कॉलेज, भिलाई में साल में एक बार अखाड़ा होता है, यह खोरबाहरा भी जान चुका था। वह पाँच पार्टियों का पता लेकर स्वयं न्यौता देने चला गया अपनी ओर से।

दशहरे के दिन का महत्त्व इसलिए भी था कि विगत बीस बरस से तमेर दाऊ ही रावण का पाठ करते थे। इस साल तो वे रावण का पाठ नहीं बल्कि साक्षात् रावण ही बनने वाले थे, ऐसा खोरबाहरा को भी पता चल गया था। दाऊ इस बीच चाहता तो पुराने तरीकों से परेम से बदला ले सकता था मगर अपमान कुछ इस तरह का हुआ था कि दाऊ खुलेआम परेम को बीच गाँव में बेइज्जत करना चाहता था। ठीक दुर्योधन की तरह सबके सामने। नीचों की योजनाबद्धता भी लाजवाब होती है। आठों पहर आग उगलने वाला तमेर दाऊ परेम से खाए थप्पड़ का जवाब कुछ इस तरह देना चाहते थे कि इलाके में ही क्या पूरे छत्तीसगढ़ में सैकड़ों बरस तक लोग याद रखें। याद रखें कि शेर को आँख दिखाने का अंजाम क्या होता है।

योजना थी कि पहले दाऊ गाँव में ललकारेंगे फिर परेम को सबके सामने उठवाकर ले जायेंगे बाड़ा। बाकी काम रइपुरिया लठैत करेंगे।

मैदान छोड़कर नहीं भागना है, यह अगिनकछारों के नवजवानों ने भी तय कर लिया था। खोरबाहरा तो खैर मरने-मिटने का संकल्प ले ही चुका था। मगर दाऊ को इस भीतरी तैयारी की भनक बिलकुल नहीं थी। वे तो पचीस बरस पहले का अगिनकछार ही मान रहे थे गाँव को। तमेर दाऊ सज-धज कर पहुँचे रावण भांठा में। इस बरस तो उनकी धज ही निराली थी। नयी ड्रेस थी—मुकुट से लेकर जूते तक सब चकाचक। ठीक समय पर हारमोनियम की धुन में बड़े महाराज ने रावण वध लीला के लिए पाठ प्रारम्भ किया। मेघनाद के लिए उन्होंने ललकार कर पढ़ा,

'रामा चला इन्द्रजीत अतुलित जोधा रामा सियारामा,
रामा बन्धु वधन सुनि उ पजा क्रोधा रामा सियारामा।'

और नाटक शुरू हो गया।

पहले मेघनाद के हाथों लक्ष्मण मूर्छित हुए, फिर जागे मेघनाद वध हुआ तब कहीं रावण का दरबार शुरू हुआ और शुरू हो गयी लड़ाई। लड़ाई यूँ तो नकली ही थी मगर लग रहा था जैसे दाऊ के भीतर रावण की आत्मा प्रवेश कर गयी हो। साक्षात् रावण हो गये दाऊ ने लक्ष्मण और राम बने लड़कों को खूब नकली लड़ाई में थकाया। मरने के वक्त भी मरना नहीं चाहते थे वे। तब भी नहीं जब गद्दी पर बैठे व्यास ने पढ़ा—

"गर्जेव मरत घोर रण भारी

कहां राम रन हतौं पचारी
डोली भूमि गिरत दशकंधर
धुमित सिन्धु सर दिग्गज भूधर।"

मगर तमेर दाऊ सुनने को खाली नहीं, मार लाल-लाल आँख से चारों ओर देखते हुए लड़ने का अभिनय करते रहे। राम बने लड़के को रोना आ गया। किसी तरह बड़े महाराज ने जोर से कहकर उन्होंने धरती पर गिरने पर मजबूर किया। अग्निबाण चलने के बाद भी तमेर दाऊ मरना नहीं चाहते थे। रावण वध के बाद फिर चला वही अगिनकछार का नाटक। अखाड़े का करतब हो गया शुरू, बीच गुंड़ी में। चारों ओर कटाकट भीड़। औरतें एक तरफ, दूसरी ओर मर्द। मगर एक नयी बात भी दिख रही थी दाऊ को, अखाड़े के दल कई दिख रहे थे। उन्होंने तो रायपुर से एक दल को बुलाया था। यह क्या लौडों की भीड़-सी दिख रही है, उन्होंने सोचा, मगर अवसर सोचने का नहीं बल्कि बल दिखाने और अगिनकछार की नौजवानी को लज्जित करने का था।

लज्जित नौजवान हारे हुए जुआरी की तरह होता है, यह तमेर दाऊ खूब जानते थे। सारी ताकत के बावजूद जिस तरह भेड़ों के बीच पले शेर के बच्चे को भीतरी शक्ति का अहसास नहीं था, ठीक उसी तरह दाऊ ने ढोंग रचाकर अगिनकछार की हिम्मत को तोड़कर रख दिया था।

दाऊ तो साक्षात् रावण हो रहे थे।

इधर खोरबाहरा अपने अखाड़ची मेहमानों के साथ ही गाँव के नौजवान लोगों के साथ खड़ा था। उस ओर महिलाओं की अग्रिम पंक्ति में परेम डटी हुई थी। दाऊ को कुछ अजीब जरूर लग रहा था। रायपुर के अखाड़ची भी असुविधा महसूस कर रहे थे। बीच गली में राम-लक्ष्मण की सवारी आयी तो अखाड़े का प्रदर्शन शुरू हो गया।

रायपुर वालों के बाद भिलाई वालों का प्रदर्शन जो शुरू हुआ तो अगिनकछार में समाँ ही बँध गया। तरह-तरह के करतब। रुआबांधा कें बबला यादव ने जब छाती पर पत्थर रखवाकर बड़े हथौड़े से उसे तुड़वाया तो लोगों की साँसें रुक गयीं। साँस तो तमेर दाऊ की भी रुक गयी थी मगर वे अपनी घोषणा के मुताबिक लँगोट कसकर आये और लगे मुग्दर भाँजने। मुग्दर भाँजने के बाद वे असली घोषणा पर आन पहुँचे। चारों ओर नजर घुमाने के बाद मूँछ उमेठते हुए वे मंच के बीचों-बीच खड़े हो गये। उनके बारे में पहले एक छोटा-सा उद्बोधन रइपुरिया अखाड़े के संचालक ने कहा, "भाइयों एवं बहनों, तमेर दाऊ पहलवानों के पहलवान हैं। जीवन भर लँगोट के सच्चे रहे। वो तो शादी हो गयी, इसलिए बाल-बच्चे भी हो गये वरना वे बाल ब्रह्मचारी ही रहते। उनके पास आज भी जवानों से अधिक ताकत है। जिसे खुले तौर पर आप सब देखते और मानते हैं।" इसके बाद बस वह ऐतिहासिक ऐलान ही बचा था जिसे

मन्त्र की तरह दाऊ इस्तेमाल करते हुए अगिनकछार पर राज कर रहे थे। उन्होंने सीना फुलाकर कहा–"है कोई माई का लाल जो मेरी कलाई पकड़ कर टिक जाये एक पल भी मैदान में..."

सन्नाटा-सा खिंच गया। अभी वे दूसरी बार 'है कोई माई का लाल' कहते हुए घेरे का चक्कर लगाने जा ही रहे थे कि महिलाओं के दल से कछोरा भिरकर (साड़ी को दोनों टाँगों के बीच में खूब कसकर पहनना) साक्षात् रणचण्डी की तरह परेम निकल आयी। उसके माथे पर बड़ी-सी लाल बिन्दी लकलका रही थी और बाल खुल से गये थे। दाऊ कुछ समझते, तब तक परेम ने आगे बढ़कर दाऊ की कलाई दायें हाथ से कुछ इस तरह झपटकर जोर से जा पकड़ा कि दाऊ हिलडुल ही न सके। हल्ला-सा मच गया। रइपुरिया अखाड़ची पैंतरा दिखाने वाले थे कि भिलाई वालों ने और गाँवों के नवजवानों ने ऐलान कर दिया कि अगर कोई बीच में पड़ा तो लाशें बिछ जायेंगी। होने दो जोर-आजमाइश दाऊ और अगिनकछार की बहू के बीच। कलाई थामे परेम को देखकर दाऊ भीतर से हिल गये।

परेम ने ललकारकर कहा, "छोड़ा दाऊ, कलाई छोड़ा अपन, देखा ताकत अऊ अपन मरदानगी सबके आगू।"

दाऊ ने जोर तो बहुत लगाया मगर शेरनी की पकड़ के आगे विवश बूढ़े भेड़ की तरह दाऊ का दम घुटने लगा।

□□